Clara

&

ses amours de robots

ISBN – 979-10-96255-01-6

Clara

&

ses amours de robots

Jean Darmen

Roman
Adultes

Jean Darmen

Photo ©GO/Shutterstock

1

Elle entra en sifflotant, traversa le couloir qui menait à la salle de séjour, se débarrassa de sa veste qu'elle posa sur une chaise, et ouvrit la porte-fenêtre de la terrasse.

Elle s'écrasa sur le transat, allongée sur le dos, au soleil.

Enfin, elle pouvait souffler !

Elle dominait la ville de Sydney, Darling Harbour et l'embouchure de la Parramatta dans Jackson Bay ; elle ne vit pas le paysage ni le toit des immeubles, mais son regard s'éleva vers le ciel sans nuage où passait un avion en phase d'approche, un très gros porteur de l'armée de l'air.

Il faisait déjà chaud en cette fin novembre, l'été s'installait dans l'hémisphère austral.

Elle se déshabilla, chemisier et jupe d'abord qu'elle balança derrière elle dans la salle de séjour ; elle attendit un peu avant d'y jeter en boule ses sous-vêtements. Elle répandit soigneusement une crème solaire sur son buste et ses cuisses, puis elle s'allongea les genoux écartés et les talons joints, *comme une grenouille* se dit-elle en souriant. Elle ferma les yeux et tenta de vider son esprit de tout ce qui l'avait énervée.

Elle était mécontente d'elle.

Elle sentit un rayon de soleil lui caresser l'intérieur des cuisses, là où sa peau était encore un peu pâle. Sa matinée lui laissait le goût amer d'une matinée ratée. Elle avait pourtant été douce : une promenade dans les rues, un regard sur les vitrines de prêt-à-porter ; un passage au Centre de Soins et de Loisirs à Kings Cross, puis chez son coiffeur, près de Martin Place ; une visite dans un commerce alimentaire ; un arrêt dans un salon de thé où elle avait observé des hommes en noir discutant bourse, deux mots désagréables à un inconnu qui l'avait abordée comme s'il l'avait prise pour une autre qu'elle n'était certainement pas ; enfin, trois mots à une amie qui était venue l'embrasser, et lui dire bonjour et au revoir. Rien de bien spectaculaire ni de très étonnant. La routine, quoi !

Charlotte attendait impatiemment le retour de Clara, Clara qui n'avait pas eu besoin d'insister beaucoup pour qu'elles louent ce bel appartement. Elles avaient eu une bonne idée, économique en tout cas. À quatre, ils étaient un peu à l'étroit, mais leurs maris n'étaient pas souvent là, et Charlotte ne se voyait pas habiter en banlieue, loin de ce centre-ville qu'elle aimait tant.

Elle somnola, elle devait être fatiguée.

*

Charlotte sentit un doigt humide tourner autour de la pointe d'un de ses seins, puis une main se glissa rapidement pour lui toucher l'intérieur des cuisses, et lui effleurer le sexe. Elle simula l'endormissement et attendit des caresses plus intimes.

La main se posa sur une cuisse comme pour prendre la chaleur de sa peau ; puis elle sentit la fraîcheur d'une crème solaire que cette main étalait sur tout son corps de ses pieds au cou, sans se presser, avec un raffinement dont elle connaissait l'auteur.

Elle continua à simuler la somnolence, dans l'attente d'un mot tendre qui ne vint pas.

Charlotte entendit Clara bouger une chaise dans la cuisine, ranger les provisions dans le réfrigérateur, puis ouvrir et refermer la porte de la salle de bains.

Elle l'imagina se déshabiller devant le miroir, se regarder de profil en soulevant le coude pour voir son sein droit qui la préoccupait ; puis lever ses bras derrière sa nuque, tirer ses cheveux en arrière en redressant la tête, scruter sa poitrine et la soupeser à pleine main.

Elle aimait Clara dans cette attitude d'interrogation, elle aimait Clara quand elle doutait de sa beauté. Elle l'avait surprise plusieurs fois, inquiète de son look, et l'avait serrée contre elle en l'embrassant dans le cou, sans un mot, celui de trop qui aurait déclenché sa colère.

Clara devait mettre de l'ordre dans ses cheveux raides, et se démaquiller les yeux. Souvent à son retour de l'hôpital, elle passait un pinceau de rouge rubis sur ses lèvres ; elle trichait un peu pour les rendre encore plus pulpeuses.

Charlotte se ferait un plaisir sadique de détruire au premier baiser cette œuvre de précision. Elle entendit un glissement familier de pieds nus sur la terrasse, le craquement d'un fauteuil sur lequel quelqu'un s'assoit, le froissement des pages d'une revue.

Clara l'intellectuelle ne pouvait s'empêcher de lire. Elle s'était mise à son aise, en ne gardant qu'une courte chemise d'homme ouverte, offrant sa poitrine au soleil. Elle avait protégé ses lèvres d'une épaisse couche de rouge légèrement brillant. C'était réussi et appétissant, c'était sans doute ce qu'elle voulait.

— Bonjour, Clara.

— Comment peux-tu tenir, comme ça ? Il fait beaucoup trop chaud, ma chérie.

— Je suis fatiguée de ma nuit, je bronze !

— Je trouve que tu l'es bien assez !

— Ça recharge mes batteries aussi !

— C'est vrai que ça fait du bien, admit Clara.

Celle-ci laissa passer un moment de silence puis ajouta :

— Es-tu allé à Kings Cross ?

— Oui.

— Nous aurions dû nous y rendre ensemble, mais je n'avais vraiment pas le temps. T'es-tu excusée pour moi auprès de Carl ?

— Oui ! Il m'a promis un autre rendez-vous spécial pour toi.

— C'est sympa de sa part.

Charlotte continua d'un ton sec :

— Mais moi, je me suis fâchée avec lui, bêtement.

Clara ne fit aucun commentaire, elle connaissait le tempérament brutal de Charlotte et le caractère affirmé de Carl.

Un long moment de silence passa.

— Si tu préparais le repas, demanda Clara.

Charlotte se leva d'un bond, et fila vers la cuisine :

— Je vais ouvrir la bouteille et les huîtres.

Clara l'avait réveillée, elle lui communiquait facilement son énergie. C'est en partie pour ça qu'elles avaient opté pour la colocation. Clara dirigeait, elle aimait décider ; Charlotte obéissait sans jamais discuter les ordres de Clara :

— Habille-toi un peu ma chérie! J'ai invité Mélia à déjeuner.

— Zut, dit Charlotte, je n'aurai pas assez d'huîtres !

— Ne te fais pas de souci, Mélia mange très peu, elle veut garder sa ligne de fée. Par contre, elle apporte un dessert.

*

Mélia était de bonne humeur, comme toujours.

— Je vois que vous profitez déjà de l'été ! Est-ce que je peux faire comme vous ? demanda-t-elle d'une voix joyeuse.

Elle observa Clara les fesses à l'air dans une chemise trop courte ; elle glissa un regard à Charlotte en petite culotte bleue en dentelle, portée sans rien d'autre ; ça lui sembla étrange.

Mélia n'attendit pas la réponse, et ne garda que son string rose.

— Je me sens bien chez vous, j'aime votre terrasse !

La jeune Mélia habitait pourtant un superbe appartement avec vue sur Sydney Opera House et la verdure des Royal Botanic Gardens. De ses fenêtres, elle pouvait apercevoir Fort Denison et une partie de la rive nord de Port Jackson : un bel appartement que lui avait offert son riche mari. Elle aurait pu acheter une villa à l'est vers Vaucluse ou sur la rive nord, mais elle avait préféré s'installer en ville proche de la City un peu désertée la nuit, mais tellement active le jour. Mélia appréciait l'environnement de l'appartement de ses amies.

— De chez vous, la vue sur Darling Harbour est spectaculaire : elle me donne presque le vertige !

— Assieds-toi et profite du soleil.

Charlotte n'avait jamais vu Mélia aussi peu habillée. Clara n'avait pas menti, elle était bien foutue, guère plus grande qu'elle, mais une peau de rêve, lisse, fine et bronzée, plus européenne peut-être, même si elle ne pouvait cacher son ascendance asiatique.

Mélia regarda Charlotte et sa petite culotte bleue, elle sourit : *c'était n'importe quoi pour faire semblant d'être vêtue.* Elle examina également les fesses musclées de Clara : *pour recevoir une amie, ces deux-là étaient vraiment cool.* Ça lui plaisait.

*

Elles s'installèrent toutes les trois sur la terrasse pour déjeuner, elles gobèrent leurs huîtres avec un verre de vin blanc de Tasmanie.

— J'adore, dit Charlotte.

— J'arrête avec les huîtres, répondit Mélia en caressant doucement l'avant-bras de Clara, je me réserve pour le dessert.

— Comme tu veux.

En effet, le moindre gramme de trop devait se voir sur ce corps svelte.

— Tu te martyrises, lui reprocha Clara.

— Je mange à ma faim.

— Tu ne crains rien, toi. Par contre, pour moi, tout se cache là ou là, dit Charlotte en pinçant un bourrelet imaginaire sur ses hanches et en serrant ses seins lourds pour leur donner la forme conique qu'elle considérait comme leur forme idéale.

— J'aime ta poitrine comme elle est, dit Clara.

— C'est vrai, qu'elle est belle, je dirai même plus que belle, somptueuse, approuva Mélia.

— La mienne n'a définitivement aucune forme, se lamenta Clara.

Elle la souleva à travers sa chemise pour la mettre en valeur.

— Vous êtes toutes les deux mieux foutues que moi, dit Mélia.

En disant ça, Mélia avait la certitude, au fond d'elle-même, d'avoir le plus joli et le plus élégant ensemble de seins de la Terre. *Mais comme c'était bon de se plaindre un peu !*

Chacune était mécontente : Mélia ne trouvait pas ses seins assez volumineux, quoique parfaits, Charlotte les trouvait trop lourds, quoiqu'appétissants, et Clara aurait bien voulu en avoir de plus fermes quoiqu'ils fussent finalement très réussis.

Mélia ressentit un malaise : la tournure que prenait la conversation risquait fort de la faire virer à une série de lamentations sur les grosses – et injustes — imperfections de leurs corps ; elle lança un autre sujet moins sensible, à son avis, mais tout aussi dangereux :

— Et vos hommes ? Quand rentrent-ils ?

Ni Clara ni Charlotte ne le savaient, d'ailleurs elles voulaient l'ignorer, et le retour inopiné de leurs maris à la maison serait l'occasion d'une agréable surprise pour elles.

— C'est la raison pour laquelle nous sommes en colocation : pour ne pas rester seules chacune de notre côté, répondit Clara avec vivacité. Pour toi, ce doit être différent, tu es gâtée !

« Le mien rentre tous les week-ends. C'est mieux » répondit l'innocente Mélia, jeune mariée à un homme d'affaires qui avait les moyens de revenir au bercail tous les week-ends avec l'avion de sa société, même du bout du monde.

Clara et Charlotte se satisfaisaient de ne revoir leurs militaires de maris que tous les deux ou trois mois à l'issue de leurs missions : un passage en coup de vent. Ce rythme avait fini par leur convenir et elles avaient organisé leur vie en conséquence.

— On n'est pas là pour discuter de nos maris, dit Clara.

Mélia répondit en pinçant la bouche :

— Il y a quand même un rapport puisque tu m'as promis qu'on allait parler sexe dans le cadre de ton sujet d'étude.

— En partie ! En partie seulement, admit Clara.

*

La rencontre de Clara et de Mélia avait été un concours de circonstances peu banal : Mélia, riche inactive, toute à ses loisirs, à ses relations mondaines et à ses soins incessants, passait son temps à entretenir son corps ; Clara, concentrée sur son job de psychologue à l'hôpital, et sur ses études de médecine, avait entrepris une étude sur les attitudes de ses contemporaines face au sexe et à l'amour.

Cette étude l'avait amenée à interroger des volontaires recrutées par petites annonces, et convoquées à des entretiens en tête-à-tête à son bureau de l'hôpital.

Dès les premières rencontres, elle avait remarqué quelques jeunes femmes, et projetait d'en faire des amies. Parmi elles, Mélia était la plus intéressante : elle l'avait interviewée à plusieurs reprises, et Mélia s'était confiée sur tous les aspects de sa vie sentimentale et sexuelle.

Elles avaient sympathisé ; Clara l'avait invité une première fois pour la présenter à Charlotte qui l'avait trouvée craquante dans sa courte robe d'été.

Charlotte l'aurait bien consommée tout de suite sur le canapé du salon ; Clara avait refréné ses ardeurs, et avait exigé qu'elle patiente un peu : l'heure arriverait où elles pourraient la déguster à loisir, petit à petit, tranquillement, la savourer comme une rare gourmandise, ou éventuellement en abuser comme d'un alcool fort.

Clara lui avait demandé de produire un texte sur l'idée qu'elle se faisait du mâle idéal. Elle avait l'intention de lui donner d'autres sujets de réflexion par la suite, mais elle voulait prendre son temps. Déjà le mâle idéal, quel vaste sujet !

Du point de vue de Clara, la trentaine passée, Mélia, avec l'insouciance de ses vingt ans, semblait représentative du comportement d'une génération moins éduquée, mais plus avide de jouissances ; elle lui avait avoué qu'elle avait une envie folle d'avoir une expérience avec une femme, ou avec deux, pourquoi pas !

Aujourd'hui, Clara savait que, sous le prétexte de rapporter ses notes sur le mâle idéal, Mélia venait pour satisfaire ce fantasme.

Les regards de Mélia en disaient long.

Les regards de Clara aussi. Elle ressentait ce besoin de toucher sa peau, de caresser ses fesses et, tout simplement, la faire jouir. De son côté, Charlotte la dégustait déjà des yeux derrière ses lunettes de soleil, bien pratiques au fond pour observer sans être vue.

Mélia feignait de ne pas s'apercevoir de ses regards sur sa poitrine, des légers frôlements de Charlotte sur son bras et de son genou qu'elle glissait négligemment contre le sien.

Charlotte était impatiente, elle débarrassa la table, laissant Clara seule face à Mélia. Elle n'arrivait pas à calmer son désir pour cette petite pétasse, intelligente et avide de tout connaître et surtout richissime grâce à un mari en or massif.

*

Un grand sourire éclaira le visage de Mélia à la vue des vélos d'appartement :

— Vous en avez acheté deux !

— Un pour Charlotte et un pour moi, on s'entraîne ensemble !

— Je pourrai les essayer ?

— Quand nous aurons fini de travailler ! Maintenant, passe-moi ton cahier, demanda Clara.

Mélia présenta un gros cahier d'écolier dont elle avait rempli quelques pages d'une écriture serrée, avec des soulignés et des points d'exclamation, sans raison apparente.

— Comme prévu, on s'échange nos notes !

Clara prit le cahier de Mélia, Mélia prit celui de Charlotte, et Charlotte celui de Clara.

— Je préfère revenir au soleil pour lire tout ça, dit Charlotte !

Clara précisa :

— Lecture en silence et pas de commentaires ! Qui veut un peu de crème solaire ?

— Moi, répondit Charlotte.

Clara caressa Charlotte en étendant la crème. Elle le faisait avec tout un art fait de délicatesse et de tendresse, elle y prenait également son plaisir. Mélia la regardait avec gourmandise.

— Je t'en mets ? Lui demanda Clara.

— Volontiers ! Fais comme si j'étais Charlotte.

— Petite jalouse !

Clara s'appliqua, et Mélia ronronna sous les caresses.

Puis le silence se fit : chacune plongée dans sa lecture, chacune allongée sur un fauteuil, grillant sous un soleil implacable.

On n'entendait plus que le cliquetis des haubans dans le port, et le bourdonnement de la circulation sur l'autoroute urbaine desservant Harbour Bridge, le pont emblématique de Sydney, « le portemanteau ».

Clara arrêta de lire quand elle vit Mélia mettre son index dans la bouche pour l'humecter ; ce n'était pas pour tourner une des pages du cahier : elle serrait discrètement les cuisses, et se concentrait sur ses caresses ; elle inspirait profondément, le ventre creusé et la poitrine soulevée au rythme de sa respiration.

Clara savait qu'elle avait acquis une certaine expertise dans l'art de se faire jouir en se masturbant ; les semaines lui semblaient longues entre deux visites de son mari. Clara se retourna pour regarder les mains de son amie parcourir son corps en allant de la bouche au mont de Vénus, en passant par des caresses sur sa poitrine. Puis ses mains se concentrèrent sur son bas-ventre ; elle gémit, les yeux fermés, le sourire aux lèvres.

Charlotte arrêta sa lecture, se leva, s'agenouilla devant Mélia, et lui lécha l'entrejambe pour recueillir sa rosée avant que le soleil ne sèche tout. Mélia posa la paume de ses mains sur ses seins, se cambra, tendit son ventre, et bascula la tête en arrière en soupirant.

Charlotte appuya sa joue contre la cuisse de Mélia, pinça et tira les lèvres de son sexe : elle répéta plusieurs fois le même mouvement, puis elle introduisit une phalange de son index tout en continuant à la lécher.

Mélia souleva ses fesses, elle se raidit, et se serra la poitrine à deux mains en gémissant.

Clara ouvrit sa chemise, et se caressa au même rythme que Mélia, puis fut tentée d'intervenir, mais le moment n'était pas venu et elle avait trop soif. Elle se leva, et leur dit comme si elle n'avait rien vu :

— Je vais chercher des rafraîchissements !

— J'en ai fini avec elle, répondit Charlotte.

Mélia ronronnait comme une chatte qu'on flatte :

— Continue, Charlotte, n'arrête pas s'il te plaît !

Charlotte inséra sa langue le plus loin possible et, pour ne pas s'oublier, se caressa d'un doigt.

Clara rapporta les boissons qu'elle déposa sur la table de la terrasse.

— Un jus de fruit ?

— Oui, merci !

Après cette pause, Charlotte demanda à Mélia de s'asseoir sur ses genoux, et de s'appuyer le dos contre elle. Charlotte lui pelotait les seins, ses mains pinçaient délicatement les tétons, les effleuraient et les soupesaient pour les présenter à Clara qui en mordilla un par gourmandise.

— Mélia, je vois que la lecture de nos notes t'a été profitable, dit Clara !

— Super-intéressante, répondit-elle.

— Comment peux-tu écrire : « un moche peut faire l'affaire sous certaines conditions » ?

— Le moche ? Tu fais allusion au choix du mâle ?

— J'ai bien lu : « j'ai l'impression que la beauté physique du mâle n'entre pas dans le choix de la femelle dans les proportions que l'on imagine, et dans certains cas, un moche peut faire l'affaire ». Moi, je ne suis pas d'accord !

Sa voix était hachée par les mouvements que Charlotte imposait.

— Je comprends que tu privilégies la beauté du mâle.

— Oui, dit Mélia, si le mâle n'est pas beau, je ne le rechercherai pas. Je le fuirai. Personnellement, je ne me pose pas cette question-là, le mien est très beau !

Et très riche, soupira Clara.

— Il a un corps de sportif, mais juste ce qu'il faut en muscles.

— C'est pour ça que tu l'as choisi ?

— En fait, c'est lui qui m'a sélectionnée, mais s'il avait été trop moche je n'aurai pas donné suite.

— Avais-tu seulement le choix ?

Clara regretta d'avoir posé la question, bien sûr Mélia avait eu le choix, elle était d'apparence jeune, très sexy, et correspondait aux critères de beauté d'aujourd'hui : elle avait dû avoir plusieurs opportunités.

Elle les détrompa.

— Eh bien, c'était lui le plus beau et de loin ; les autres possibles étaient trop vieux pour moi. Il s'est imposé naturellement, et puis c'est lui qui m'a sélectionnée finalement, et m'a dit qu'il me trouvait très mignonne, plus que très mignonne, splendide !

Clara et Charlotte regardaient Mélia : elles avaient l'opportunité de la voir nue pour la première fois et d'apprécier sa plastique : *c'est vrai qu'elle était plus que mignonne, séduisante et élégante, pas trop farouche non plus, et ultrasensible aux caresses.*

Pour autant, Clara et Charlotte ne faisaient pas de complexes, elles étaient simplement plus mûres, plus lourdes, plus femmes, paraissant dix ans de plus. Charlotte était la plus grande, la plus blonde, les cheveux mi-longs et la poitrine imposante, peut-être un peu passive, mais solide et fidèle en amitié, du moins d'après elle-même ; Clara, plus petite, plus mince, brune aux cheveux plus courts, la poitrine légère, la pointe des seins dressée, paraissait plus active, plus curieuse, plus entreprenante et beaucoup plus vicieuse : en tout cas, c'était l'opinion qu'elle avait d'elle-même.

Clara était satisfaite d'avoir accroché Mélia à son tableau de chasse, ce qui n'avait pas été des plus facile : elles n'étaient pas exactement du même milieu, un abîme les séparait.

Pour occuper ses loisirs, Mélia avait été tentée par l'annonce de cette chercheuse en psychologie, mais elle avait été difficile à convaincre pour se rendre aux entretiens à l'hôpital.

Quand Clara l'avait invitée chez elle, Mélia prit son temps pour accepter ; elle avait peur de se compromettre en la fréquentant.

Clara avait longuement discuté, avec son interlocuteur du ministère, sur la meilleure méthode pour l'attirer chez elle pour en faire une intime. Tout avait bien fonctionné.

Elle l'avait séduite.

Elle avait réussi. Elle en était fière.

En cela, Clara n'avait fait que suivre scrupuleusement les conseils et les ordres de Monsieur James qui l'avait félicitée en ces termes :

— Beau travail d'approche, ma chère Clara.

Elle en rougit d'aise.

— Au prochain objectif, avait conclu Monsieur James.

Elle redressa la tête. Il avait terminé :

— Fin d'entretien. Vous pouvez disposer !

2

« Je pense que le mâle idéal existe : il doit être beau, un peu plus grand que moi, mais pas trop, mince, sportif, et capable de dominer la femelle. Je le vois plutôt bronzé, et les yeux verts ou bleus. Il doit être suffisamment intelligent pour comprendre très vite ce que je désire. Il doit donner des ordres que la femelle peut exécuter. C'est lui qui dirige et j'apprends tout de lui ».

Mélia ne se rendait pas compte, elle décrivait le seul homme qu'elle connaisse : le sien.

Pendant que Clara lisait à haute voix la prose de Mélia, Charlotte la maintenait sur ses genoux, les fesses contre son ventre, le dos serré contre sa poitrine ; Charlotte continuait de lui triturer distraitement les seins des deux mains, puis de les comprimer et d'en tirer violemment les pointes. Elle la laissait faire, elle devait apprécier cette torture : elle se caressa d'une main, son autre main chercha le sexe de Charlotte, et finit par le trouver près du sien. Elle entreprit de le toucher.

Mélia fit observer à Clara :

— Ça me fait tout drôle de t'entendre lire ce que j'ai écrit. Je trouve ça si banal !

— Oui, c'est banal, chacune de nous souhaite ça, répondit Clara de la manière la plus naturelle du monde.

Mélia se tortillait sur les genoux de Charlotte qui continuait ses manipulations.

— Dans sa description physique, tu ne précises pas comment il doit être membré.

— Je n'ai pas osé développer cet aspect, et je ne sais pas si c'est très important.

— Que si, dit Charlotte en lui soufflant dans le cou, il faut que le sexe soit beau, grand et bien ferme quand tu l'excites !

— J'éteins toujours la lumière, répondit Mélia. Je n'ai jamais regardé son sexe.

— Tu nous racontes n'importe quoi !

— Je te jure, je n'ai jamais vraiment regardé.

— Et un sexe en érection ?

— Je n'ose pas, je ne sais pas s'il apprécierait.

— En as-tu vu un, au moins, oui ou non ?

— Je regarde discrètement.

— Idiote.

La suite du texte montra que l'éducation des jeunes générations, et celle de Mélia en particulier, était déplorablement insuffisante.

Charlotte frotta le clitoris de Mélia, qu'elle pinça entre deux doigts et lui demanda :

— Ça ! Est-ce qu'il te le frotte comme moi ?

— Non ! Et pourtant, c'est bon.

— Tu as lu le texte de Clara ?

— Je l'ai parcouru, mais ce sera pour plus tard. Je ne suis pas venue pour faire la lecture avec vous.

— Ah bon, dit Clara.

Mélia semblait étonnée :

— Tu m'avais promis que je pourrais profiter de vous deux !

— Profiter ?

— De votre expérience.

C'est vrai, se dit Clara !

— Je suis prête à commencer, admit Clara. J'ai un exercice à te proposer pour te faire jouir. Nous fais-tu confiance ?

— Bien sûr que oui.

— Alors, laisse-toi faire ; tu trouveras ça sûrement bizarre. On va te chahuter ! Viens à l'intérieur de l'appartement.

*

Clara banda les yeux de Mélia, puis l'étala sur le dos à même le sol de la salle de séjour ; elle demanda à Charlotte de s'intéresser au haut de son corps, alors qu'elle s'occuperait du bas : Mélia se laissait faire docilement. *Après tout, elle était venue pour ça !*

Charlotte pinça les lèvres de Mélia entre ses dents, les mordit et les tira. Elle lui bloqua la tête entre ses mains pour introduire sa langue et fouiller dans sa bouche. Puis, elle abandonna la bouche pour poser ses lèvres sur la pointe de ses seins et s'amusa à simuler l'arrachement, la pointe entre ses dents : Mélia cria. Charlotte réussit à la faire taire en lui maintenant le dos collé au sol et en l'étouffant, les mains contre sa poitrine comme si elle pratiquait un simulacre de respiration artificielle. En se penchant sur elle, Charlotte présenta ses seins à Mélia pour qu'elle les tète et les morde. Mélia comprit vite, et se mit à les sucer et les aspirer, ce qui plut beaucoup à Charlotte.

Clara commença par des caresses délicates sur l'intérieur des cuisses de Mélia puis tourna autour de ses petits recoins intimes. Mais elle était contractée, les cuisses un peu serrées, la vulve fermée ; elle lui en refusait manifestement l'accès.

Clara furieuse ordonna à Charlotte :

— On la retourne ! Maintenant !

Quand Mélia fut à plat ventre, les bras au-dessus de la tête, le visage plaqué au sol, elles lui demandèrent de se mettre à genoux, les fesses relevées. Clara put voir ce petit cul serré dont elle interdisait l'entrée. Clara commença à lui caresser les fesses, caresses qui se transformèrent rapidement en claques sonores.

— Ça va la détendre, prétendit Clara.

Charlotte, la main sur le cou, la maintenait fermement la tête baissée, le front au sol.

Mélia gémit, puis se sanglota.

— Continue. Frappe-la ! C'est de la frime, affirma Charlotte.

Clara la fessa violemment jusqu'à ce qu'elle lui laisse passer la main pour glisser un doigt.

— Elle est étroite, dit Clara qui se suça l'index avant de l'enfoncer d'une demi-longueur.

— Raison de plus pour l'assouplir !

Clara la flaira, passa sa langue là où il convenait, pendant que Charlotte lui relevait la tête en la tirant par les cheveux.

Elle trouvait que Mélia ne mouillait pas beaucoup, en tout cas moins que Charlotte dans la même position, et décida de ne pas insister. Après une dernière claque plus bruyante que douloureuse sur une fesse, elle ordonna :

— On la retourne à nouveau !

— Sur le dos ! Et arrête de pleurnicher. Tu l'as voulu.

Aussitôt dit, aussitôt fait.

Charlotte lui balança gratuitement deux gifles violentes sur les joues qui surprirent Mélia, et lui firent perdre son souffle. Charlotte frotta la pointe d'un des seins de Mélia avec la pointe d'un des siens, correctement dirigé par sa main. Elle s'allongea ensuite pour sucer le mamelon et le mordiller. Mélia gémit doucement.

Clara la força à écarter les cuisses pour s'installer la tête au bon niveau. Elle chercha les meilleurs endroits pour y faufiler sa langue et la respira à nouveau pour s'imprégner de son odeur. Mélia avait dû se laver soigneusement, elle sentait le savon industriel, de qualité certes, et probablement très coûteux. Mais, elle n'avait pas le parfum qu'attendait Clara : elle en fut déçue !

— Finalement, tu ne mouilles pas beaucoup !

Et elle ajouta pour elle : *et ton petit cul n'a pas de goût.*

Heureusement, Clara découvrit un clitoris réactif qui émergea de sa cachette. Elle le prit délicatement entre deux doigts, le pinça et le frotta pour le faire se dresser de toute sa longueur.

La vue de cette merveille la consola de ses déceptions olfactives.

— Viens voir ce mignon bout de chair, dit Clara à Charlotte. Je n'en ai jamais vu un si long, un vrai tout petit sexe de mâle.

Mélia se mit à gémir en tortillant ses fesses sur le sol.

Charlotte s'était approchée pour regarder la découverte de Clara.

— Laisse-moi sucer ça, demanda-t-elle !

— Pas question ! Attends ton tour. Tu as déjà suffisamment à faire !

— On change ! Donne-moi le bas.

— Non ! Après moi !

Charlotte repoussa Clara d'un coup d'épaule, mais celle-ci la bouscula et l'envoya rouler plus loin pour prendre sa place.

Clara agrippa Charlotte par les hanches, et resta accrochée à ses fesses, les ongles fichés dans la chair. Elles s'enlacèrent, serrées l'une contre l'autre en se bourrant de coups de poing dans le dos, avant de se calmer ; puis elles entreprirent les grandes manœuvres qui leur étaient coutumières.

Clara retrouva le fumet familier de Charlotte, un mélange de sueur, de miel acidulé, et surtout de son parfum préféré « Fleur de Vénus ».

Elle lécha avec méthode Charlotte qui lui maintenait la tête contre elle, les mains accrochées dans les cheveux. Charlotte gémit :

— À mon tour, s'il te plaît.

Puis, elles se mirent tête-bêche pour se laper mutuellement.

Elles étaient bruyantes, des bruits succions, des lapements de chat dans son écuelle de lait, des glapissements, des ordres et des encouragements à continuer, chacune maintenant ouvert le sexe de l'autre avec les doigts pour y introduire leurs langues.

Mélia n'avait pas compris ce qui se passait et se demandait ce que signifiaient ces bruits et surtout l'interruption de ses caresses au moment où elles commençaient à lui plaire ; elle enleva son bandeau et vit ses deux amies à terre, dans une position qu'elle n'avait pas imaginée, et qu'elle trouva confortable pour se lécher mutuellement.

Elle les regarda attentivement pour bien comprendre comment elles s'y prenaient : Charlotte avait immobilisé Clara sur le dos et l'écrasait ; Clara serrait les fesses de Charlotte à deux mains pour les maintenir à la bonne distance. Elle aspirait bruyamment comme si elle était assoiffée, et lapait pour boire le miel qui s'écoulait de Charlotte.

Mélia n'existait plus. Elles se passeraient d'elle si elle n'intervenait pas pour réclamer son dû. Elle s'approcha des deux corps enlacés, et gifla Charlotte.

— C'est ma revanche, lui dit-elle !

Clara qui gardait un minimum de lucidité l'invita :

— Viens t'amuser avec nous.

Et Mélia ne se priva pas ; elle réussit à mettre un doigt dans le sexe ouvert de Charlotte, et commença à la fouiller.

Charlotte s'échappa, et roula au sol sur le dos comme une chatte qui voudrait qu'on lui caresse le ventre. Mélia en profita pour occuper la meilleure place pour lécher et boire Charlotte.

Clara, mise provisoirement à l'écart, s'installa derrière Mélia et entreprit de masturber la précieuse excroissance de chair qu'elle venait de découvrir.

Elle voulait en tester la sensibilité : elle le prit entre deux doigts pour l'exciter. Avec succès, semble-t-il, à entendre les gémissements de Mélia qui bougeait les fesses pour accélérer la cadence, et suppliait Clara de continuer.

Elle continua.

Un long cri les avertit que Charlotte avait joui sous les caresses de Mélia, et qu'elle ne demanderait sans doute rien de plus pour le moment.

Charlotte se tourna vers Mélia pour l'embrasser, en guise de remerciement. Puis Clara et Charlotte pénétrèrent Mélia simultanément, leurs doigts s'accrochant dans son sexe comme des hameçons dans leur proie. Chaque mouvement de bassin de Mélia ne faisait que consolider la prise dont elle ne pouvait plus se dégager. Elle secoua la tête de droite à gauche, les yeux fermés, puis tout son corps fut agité de soubresauts.

Elles la coincèrent en sandwich, et la serrèrent à l'étouffer. Mélia se calma un peu, mais ça ne dura pas, elle recommença à se tortiller fébrilement pour sortir du piège. Elle leur hurla d'arrêter d'une telle manière que les deux amies pensèrent à une crise de nerfs.

Charlotte souleva Mélia en la prenant sous les aisselles et Clara l'attrapa par les chevilles. Ses deux amies la portèrent sous la douche. En la maintenant les cuisses bien écartées, elles firent couler le jet d'eau froide orienté sur son sexe : Mélia brailla, puis se calma quand l'eau chaude arriva.

Elles la frottèrent vigoureusement, et la caressèrent en lui étendant une crème apaisante sur tout le corps. Charlotte lui enfila son string rose, puis son short et sa chemisette ; elle l'habilla presque à regret en passant une dernière fois ses mains sur ses seins. Mélia pleurait doucement.

— Vous m'avez violentée, leur reprocha-t-elle.

— Tout de suite les gros mots, protesta Clara.

Charlotte ajouta calmement :

— Tu as été super, je t'adore.

— Ne pleure plus, et refais-toi une beauté, lui dit Clara.

L'air commençait à se rafraîchir, Clara et Charlotte se vêtirent de leurs shorts et chemisettes pendant que Mélia se maquillait.

Elles se préparèrent un thé au jasmin.

*

Mélia retrouva vite son sourire avec une tasse de thé et une part de cake aux fruits confits.

— Il faudrait qu'on discute, dit Clara.

— Oui ?

— As-tu vu comment nous pouvons te faire jouir ?

— Oui !

— Alors, et toi ?

— C'était très bien pour moi aussi.

— Tu n'as pas joui, Mélia, dit Clara sur un ton de reproche.

Clara se mordit les lèvres, elle n'aurait pas dû lui parler comme ça ! C'était une affirmation gratuite, au fond elle n'en savait rien. La jouissance de Mélia était peut-être très discrète. En tout cas, elle sentait qu'elle n'était pas complètement en phase avec elles.

Charlotte sauva la situation en la félicitant :

— Mélia, tu as été très bien avec moi, tu as fait ce qu'il fallait au moment où il le fallait, je t'adore !

Charlotte l'embrassa.

— Merci, répondit Mélia en reniflant.

— Excuse-moi pour ma remarque désagréable, dit Clara.

Mélia se tourna vers elle :

— Ne t'inquiète pas pour moi. J'ai bien aimé, et je trouve que j'ai joui mieux que d'habitude. Mais c'est vrai ce que tu dis, Clara, je ne suis pas un très bon coup ; c'est aussi l'avis de mon mari.

— Ça alors, dit Charlotte, c'est la meilleure. Je trouve que tu es un très bon coup, un très bon coup adorable ; et je suis sûre que c'est ce que pense Clara. N'est-ce pas ?

— Oui ! Je confirme, tu es un bon coup, ma chérie.

Mélia était bien celle que Clara croyait : une jolie jeune femme sexy et séduisante qui n'avait sans doute jamais été satisfaite ni par son mari ni par les femmes.

Clara se hasarda :

— Comment trouves-tu ce qu'on t'a fait, en comparaison avec ton homme ?

— Incomparable ! s'exclama-t-elle.

Mélia décrivit ce que lui faisait son mari : il l'embrassait, il lui tripotait un peu le sexe, il la pénétrait rapidement, ça lui faisait du bien, il jouissait, et en dix minutes c'était fini.

Mais à vrai dire, elle n'avait jamais chronométré précisément.

— Déplorable ! jugea Charlotte.

— Minable ! renchérit Clara.

Mélia voulut se défendre :

— Mais je l'aime. Il est jeune, il est riche.

— Combien de fois fait-il ça au cours du week-end ?

— Chaque soir !

— C'est-à-dire trois fois par week-end tout au plus. Et avec nous, comment as-tu trouvé ça ?

Mélia n'eut pas assez de superlatifs. Cela allait d'étrange à jouissif, intégralement jouissif.

— On t'a fait seulement le minimum, on n'a pas voulu te choquer, et je suis persuadée que tu n'as pas joui comme tu aurais pu.

— Ce qui veut dire ?

— Ce qui veut dire qu'il faudra d'autres leçons et que tu devras revenir nous voir, dit Clara en souriant.

Mélia ne répondit pas, elle avait un morceau de cake aux fruits confits dans la bouche, mais elle fit oui d'un signe de tête.

— Tu devras t'entraîner avec ton mari, parce que ça ne peut pas durer comme ça, tu es trop nulle, trop passive. Nous, ça ne nous plaît pas !

— J'ai des progrès à faire, admit Mélia !

— Tu n'as aucune éducation, dit Charlotte. Tu n'y es pour rien ! Je ne sais pas comment ils programment les jeunes d'aujourd'hui, mais le résultat est là : nullité absolue !

— Oui ! Notre génération a été mieux éduquée.

— Je vais faire des efforts.

— Quand vois-tu ton mari ?

— Ce week-end.

— Demande-lui-en plus. Fais durer la pénétration au moins le double du temps habituel. Quand il s'arrête, tu continues sans tenir compte de lui. Tu dois avoir l'objectif de jouir plusieurs fois, je ne sais pas combien, c'est toi qui décides. Laisse la lumière allumée pour le voir, et pour qu'il puisse te voir, parce que tu es très belle, et tu seras encore plus belle quand tu jouiras. Fais quelque chose Mélia, tu ne peux pas rester comme ça, c'est gâcher la marchandise. Tu es sexy, ton corps est magnifique, tu n'es pas trop conne, tu as un gros potentiel. Fais-toi plaisir d'abord !

Mélia promit de s'appliquer.

— Tu noteras tes observations sur ton cahier, tout ce qui te passe par la tête pour te souvenir, et tu nous parleras de tout ça la semaine prochaine. Il est même possible que le seul fait d'en parler te fasse du bien à nouveau.

Clara continua :

— Qu'est-ce que l'on cherche Mélia ?

Elle resta silencieuse. Finalement, elle ne savait pas.

Clara la regarda, et lui effleura la main. Elles se sourirent.

— La jouissance absolue par tous les moyens, précisa-t-elle.

— Est-ce qu'on l'a trouvée ? demanda Charlotte.

— Non, par encore, mais j'espère trouver un jour, répondit Clara.

— Nous avons le sentiment d'être dans une impasse.

— Vous n'êtes pas satisfaites non plus ? demanda timidement Mélia.

— Même si tu as l'impression que nous sommes rendues plus loin que toi, nous n'avons pas encore trouvé le secret de la jouissance absolue, la recette ou la clé, appelle ça comme tu veux. Nous sommes bien toutes les deux, nous sommes bien avec nos maris, nous avons été bien avec toi, et nous recommencerons, mais nous ne sommes pas satisfaites. Nous en voulons plus, beaucoup plus.

— C'est cela, dit Charlotte, comme si elle se parlait à elle-même, c'est bien ça, nous voulons aller plus loin si ce plus loin existe.

— Tu vois, Mélia, nous t'invitons à nous accompagner dans cette aventure. Je ne sais pas encore jusqu'où elle va nous mener.

— Des hommes et des femmes ont dû à un moment ou un autre aller plus loin.

— Tu veux dire le genre humain ?

— Oui une des civilisations humaines !

— Peut-être, dit Clara, mais comme je n'en sais rien, ça ne m'intéresse pas ! Je fais ça pour moi, je le fais pour vous, pour nous et tous ceux qui nous ressemblent.

Ni Charlotte, ni Clara, ni Mélia n'avaient progressé dans la connaissance de ce que Clara appelait la jouissance absolue, l'orgasme mère de tous les orgasmes et ses causes, ses conditions de réalisation, et surtout la capacité de le répéter à la demande.

Clara avait le secret espoir qu'en reprenant à zéro l'éducation de Mélia, elle découvrirait quelque chose de nouveau peut-être un secret, le secret des secrets.

Mélia partit très satisfaite de son après-midi d'étude.

*

— Il y aura beaucoup de travail, fit remarquer Clara. J'étais beaucoup plus chaude qu'elle à son âge.

— Tu étais déjà volcanique quand je t'ai connue, ma chérie.

Clara avait toujours aimé les hommes et les femmes, et profitait de toutes les occasions pour jouir des uns ou des autres.

— Au moindre frôlement, tu mouillais, lui rappela Charlotte !

— Mélia est une jolie fille, mais une jolie fille froide, elle m'a déçue.

— Je pense surtout qu'elle manque d'éducation ; ne sois pas injuste avec elle ; moi je la trouve très bien et très à mon goût.

— Je dois admettre qu'elle m'a bien léchée !

— Tu vois, rien n'est perdu, elle t'a fait jouir ! Et puis, quand elle saura utiliser son clitoris extraordinaire pour te frotter : tu seras étonnée.

Clara se promit d'expliquer à Mélia tout ce qu'elle pouvait tirer de cette particularité anatomique.

Elle pensait aussi que Mélia devrait aller à Kings Cross et rencontrer Carl au Centre de Soins et de loisirs. Elle comptait lui parler du cas de Mélia, et lui demander conseil.

Charlotte avait déjà noté dans le programme de la prochaine séance que Mélia devrait s'exercer à la lécher et la caresser.

— Maintenant, il me faudrait un mâle, soupira-t-elle.

— Moi aussi, j'espère qu'ils rentreront rapidement.

— En les attendant, on fait un peu de vélo ?

— Une séance de vélo ? À la guerre comme à la guerre !

Les rires de Clara et de Charlotte se mêlèrent un long moment.

*

Clara rédigea son rapport.

Elle avait l'habitude de noter soigneusement sur son journal les différents événements et les observations de la journée.

Elle les relisait attentivement.

Puis elle en faisait une synthèse qu'elle envoyait à son correspondant du Ministère, Monsieur James.

En retour, il lui répondit que connaître Mélia c'était bien, l'attirer à elle c'était mieux, mais qu'elle devait attirer également son mari.

Ce n'était pas une mince affaire, semble-t-il.

Il était souvent en voyage.

Il ne fallait pas qu'elle néglige ce prochain objectif.

3

Ben, le mâle de Charlotte rentra le premier.

Il n'avait pas averti de son retour, mais Charlotte savait qu'il reviendrait ce week-end-là. À peine avait-il dit « Salut la compagnie » qu'il posait son sac dans l'entrée, enlaçait Charlotte, la soulevait, la prenait dans ses bras, la portait sans plus tarder dans leur chambre, et la déshabillait en déchirant ses sous-vêtements.

Ça n'allait pas assez vite !

Clara ne fut pas invitée, et se retira dans sa chambre. Elle se dit que c'était le moment d'étudier le cahier de notes qu'avait envoyé Mélia, tout en gardant l'oreille aux aguets.

Charlotte était bruyante, et rendait coup pour coup à son mâle qui avait quelques difficultés à la maîtriser sans la violenter. Les retrouvailles avaient l'air de bien se passer, un peu tumultueuses, à la façon de Charlotte qui confirma à Clara que tout allait bien : trois coups brefs, un espace, et deux coups brefs dans la cloison signifiaient une prestation à son goût. Rien à dire.

Clara écouta aussi les encouragements et les commentaires satisfaits de Charlotte. Elles auraient des choses à se raconter.

Quand Clara entendit les ronflements de Ben, elle se dit que c'était le moment de la rejoindre à la cuisine, terrain neutre idéal, pour recueillir les impressions de son amie :

— Alors ?

— Il avait la grosse forme !

— Une grosse faim de toi surtout, observa Clara.

— Si ton chéri ne revient pas ce week-end, je te prête Ben, comme d'habitude, sans façon, entre amies.

— Je vais attendre un peu, Tom ne devrait pas tarder maintenant, j'ai vu un avion militaire survoler la Parramatta ! Tu ne m'as pas raconté comment ça se passe.

— Ben est toujours une brute, mais c'est lui que j'aime.

— C'est une brute sympathique, mais c'est une brute épaisse quand même !

— J'ai besoin d'une brute de temps en temps, ça me change de ta douceur, dit-elle en embrassant Clara.

— Le vélo d'appartement le remplace aussi bien.

Charlotte éclata de rire.

*

Le vélo d'appartement, alors ça, c'est une invention superbe !

Elles avaient acheté deux vélos d'appartement pour leur entraînement cardiaque : en position officielle, ils disposaient de selles confortables ; en position intime, Clara et Charlotte remplaçaient les selles pas des embouts souples sur lesquels elles s'empalaient. La pénétration était satisfaisante, l'effort progressif, le changement de vitesse à la demande, le rétropédalage impossible, la jouissance assurée. Elles projetaient d'initier Mélia à son utilisation et se réjouissaient d'avance de la regarder prendre son pied en criant.

Pour Charlotte comme pour Clara, le plaisir de la pénétration de l'accessoire du vélo valait bien le celui de la pénétration de leurs mâles.

Comme s'il avait senti qu'on parlait de lui, Ben, le mâle concerné, apparut dans la cuisine, le sexe au repos ; il avait, comme Charlotte, négligé de s'habiller. Après tout, Clara était une intime de leur couple, et ne s'en offusquait pas : elle avait fait pire ! Elle avait déjà bénéficié de leurs soins attentifs un sinistre week-end où Tom n'avait pas pu rentrer pour une obscure raison de service. Charlotte avait eu pitié d'elle, et lui avait prêté son mâle. Clara l'avait trouvé bestial, définitivement bestial, beaucoup trop mâle dominant.

L'affaire avait été rondement menée en dix minutes. Mais elle n'était pas hypocrite au point de nier que ça lui avait fait beaucoup de bien, sur le moment ! Charlotte avait complété la prestation en la gratifiant de câlins mémorables.

— Bonjour, dit Ben, en embrassant Clara. Ton chéri n'est pas encore rentré ? Si tu as besoin de moi, n'hésite pas !

— Tu es gentil, merci pour ta proposition. J'attends mon mari avec impatience, et je sens qu'il ne devrait pas tarder.

— Tant mieux, dit-il, j'ai Charlotte à satisfaire, je te la reprends.

Il la serra contre lui par-derrière, il lui saisit les seins et glissa son sexe entre les fesses de Charlotte qui roucoulait bêtement.

— Bon, je vous laisse à votre sport.

Ce spectacle excitait Clara au-delà du raisonnable, et le plaisir de Charlotte la rendait malade d'envie.

Elle se réfugia sur la terrasse au soleil. Elle n'était pas très sûre que son Tom rentrerait, il ne l'avait pas prévenue. Elle serait obligée de faire un peu de vélo ou d'accepter la proposition de Charlotte ; ça ne lui plaisait pas trop, Ben était trop brutal pour elle, et ne lui apporterait rien de plus qu'un accouplement mécanique au pire sans orgasme, et certainement sans tendresse.

Clara fut tentée d'appeler Mélia, mais elle se dit qu'elle devait être elle aussi en main avec son prince charmant, et que ce ne devait pas être le moment de les déranger.

Elle se mit nue au soleil, se calma avec ses doigts et entama sa lecture. Le cahier de Mélia respirait la fraîcheur ; l'écriture était souple et habile. Mélia décrivait bien ce qu'elle ressentait avec la naïveté des élans d'une jeune femme attirée par un beau mâle en rut tous les week-ends. Une programmation infernale les obligeait à s'accoupler rapidement, mécaniquement, sans aucune chaleur.

Elle était gênée dans sa lecture par les cris de Charlotte qui semblait souffrir un martyre agréable. Il y avait du sentiment et de l'ardeur, ce n'était pas mécanique. Clara enrageait, elle avait envie de sentir en elle le sexe d'un mâle, du sien, de son mari, de Tom : se caresser, se pénétrer ne lui suffisait plus, même le soleil qu'elle laissait entrer en elle ne la satisfaisait pas.

Elle se leva, remplaça la selle du vélo d'appartement par l'accessoire spécial, et commença son exercice. Ça lui fit du bien, en tout cas, ça la fatigua pendant que Charlotte continuait sa chanson d'amour. *Tant mieux pour elle* se dit-elle. *Et puis zut, si Tom n'était pas là ce soir, elle profiterait sans vergogne de Ben, puis de Charlotte ou des deux en même temps.*

Après, une dizaine de minutes d'exercice, Clara démonta le gode, le nettoya, le rangea et réinstalla la selle officielle. Elle s'allongea sur le balcon à plat ventre pour une séance de bronzage du dos et des fesses. Charlotte ne criait plus, elle avait dû s'endormir, ce qui permit à Clara, bien huilée, de somnoler en rêvassant.

*

Clara sentit une tape sur l'épaule et une caresse sur une fesse ; les yeux fermés, elle se retourna sur le dos en râlant, croyant à une petite attention de Charlotte. Mais, c'était une main de mâle ; elle simula le sommeil, et attendit en souhaitant reconnaître la patte de son chéri. Elle n'était pas trop sûre, la main calleuse continuait à lui effleurer le buste, elle s'aventura plus bas, mais resta sagement autour de sa taille.

Enfin !

C'était bien lui, il la touchait si pudiquement. Il lui embrassa un mamelon qu'il pinça avec ses lèvres sèches.

Elle sourit dans son demi-sommeil.

— Tu as un coup de soleil, dit Tom tendrement, reste tranquille, je te mets de la crème.

Elle sourit, enfin lui ! Il est là ! Cette sauvage de Charlotte va pouvoir entendre mes cris. Chacun son tour.

— Tu étais sagement en train de m'attendre ?

— Oui, je patientais, dit Clara.

— Moi aussi, j'ai lu en attendant ton réveil.

Il était donc là depuis un bout de temps, il ne l'avait pas réveillée ; le mâle de Charlotte l'aurait déjà pénétrée deux ou trois fois, alors que lui attendait son heure en l'admirant. Tom avait toujours été comme ça, gentil et contemplatif. Elle savait qu'elle avait de la chance, mais si sa présence la comblait, ses absences commençaient à lui peser.

— J'ai très envie de toi, lui dit-elle !

Tom glissa ses bras sous son cou et sous ses reins, la souleva d'un mouvement, traversa le salon et la déposa sur son lit.

Elle le regarda se déshabiller puis s'allonger près d'elle. Elle le trouva très beau. Il l'embrassa doucement, sa langue cherchant sa langue, ses deux mains sous sa tête. Clara se laissa bercer :

— J'ai tellement envie, dit-elle.

— Attends un peu !

Dans l'autre chambre, Charlotte recommençait à crier, accompagnée des craquements de son lit, révélateurs de l'hyper activité du couple.

— Elle n'a pas changé, dit-il en souriant.

— Attends que je m'y mette, elle va m'entendre.

— On a jusqu'à demain soir pour nous seuls.

— J'y compte bien ! J'ai tellement envie.

— Non-stop, alors !

— Non-stop, c'est parti !

— D'abord, viens avec moi à la salle de bains, je suis sale et fatigué du voyage.

Ils laissèrent couler la douche ; ils se frottèrent sur la poitrine et sur le ventre ; Tom se colla sur son dos, le sexe entre ses jambes ; il s'introduisit lentement, debout, avant de la pénétrer en levrette. Elle le sentit gonfler, et occuper tout l'espace disponible en elle.

L'eau chaude coulait sur eux.

Puis, il la prit dans ses bras et l'empala. Clara s'accrocha à son cou. Il avait l'intention de le ramener dans sa chambre en la portant de cette manière.

Ils rencontrèrent Charlotte dans le couloir, une Charlotte hagarde et nue, une assiette à la main remplie de nourriture :

— Bonjour, Charlotte, lui dit Tom.

— Ah, te voilà enfin ! Clara t'attendait avec impatience, répondit-elle sans trop les regarder, mais je vous laisse, mon monstre me réclame.

En effet, Ben criait :

— Charlotte qu'est-ce que tu fous, j'ai faim ?

Bienheureuse Charlotte, pensa Clara.

Son monstre avait toujours été insatiable, passant ses courts moments de permission en sabbat ininterrompu : baiser, manger, dormir. Clara ne se plaignait pas non plus, elle était satisfaite du sien qui dormait, mangeait, baisait aussi bien.

Tom, toujours debout, la fit glisser sur son sexe dressé en la soulevant et l'abaissant. Elle s'aidait de ses bras autour de son cou, en appui sur ses épaules.

Clara le laissa disposer d'elle à sa guise jusqu'à ce qu'il fatigue, puis, au cours d'un bref répit, elle lui proposa :

— J'aimerais continuer au soleil sur la terrasse.

Le soleil chauffait encore.

Clara aimait le grand air, et se sentait plus à l'aise pour prendre l'initiative. Elle le chevaucha, le couvrit de baisers, et resta en fusion lui en elle par le sexe, et elle en lui par la bouche.

Un moment d'éternité.

Clara ne s'aperçut pas tout de suite que Charlotte les regardait en se caressant. Elle lui fit signe :

— Viens avec nous. Viens me caresser, ma chérie.

Charlotte ne se fit pas prier ; elle lui expliqua sa présence :

— Il s'est finalement endormi, et il me laisse comme une conne ! Tu es gentille de penser à moi.

— Il est trop impulsif et s'épuise vite. Le mien est un coureur de fond.

Le coureur de fond donnait quand même des signes de fatigue et demanda une pause qui lui fut accordée.

Charlotte et Clara comblèrent le vide par des baisers tendres.

Puis Tom s'endormit au soleil.

— Je suis heureuse, dit Clara, il a bien fait son travail.

— Le mien aussi n'a pas démérité !

— J'ai entendu ça !

— J'ai exagéré volontairement pour te rendre jalouse.

— Grande garce, tu ne me l'aurais même pas prêtée s'il avait fallu.

— Là, tu te trompes ! Pour un prêt ce sera toujours de bon cœur. En cas d'urgence seulement.

— Merci, ma chérie.

Clara ouvrit le frigo pour constater qu'il était dévasté.

— Nous avons besoin de faire les courses. Ils ont déjà dévoré tous nos restes. Qui se dévoue ? Tu as de l'argent ?

— Non, je suis à sec, mais j'ai sa carte. Allons-y toutes les deux !

— Je suis à sec aussi, mais j'ai envie de claquer son fric. On fait un repas de fête ; on partage les frais.

Elles s'habillèrent, laissèrent un mot sur la table, et sortirent bras dessus bras dessous.

*

La fin de journée était douce, un vent frais montait du port, la ville paraissait moins agitée.

— J'espère que le dîner va leur plaire, dit Charlotte.

— Ne t'inquiète pas !

Ben et Tom étaient éveillés quand elles rentrèrent. Ils n'avaient pas jugé bon de s'habiller. Ils discutaient de leur prochaine mission, une mission commune dans le même secteur en Antarctique, en liaison avec les troupes américaines.

Ils les avertirent avec un grand naturel.

— On ne sait pas quand on revient, sans doute dans deux mois.

Clara et Charlotte se regardèrent, affligées, ou du moins c'est le sentiment sincère qu'elles voulaient montrer.

— Alors pas de temps à perdre, dit Clara. Un dîner rapide et on remet ça !

— Quand devez-vous partir ?

— De l'appartement ? Disons, dans la nuit de dimanche à lundi.

Charlotte enrageait :

— Ce sont des permissions beaucoup trop courtes ! On a le temps de ne rien faire.

C'était vrai, pensait Clara : baiser, manger, dormir, baiser, manger, baiser et au revoir, retour prévu dans deux mois. Ce n'était pas satisfaisant !

Clara essuya une larme sur la joue de Charlotte.

— Filez dans votre chambre tous les deux et ne perdez pas de temps. Et nous aussi, dit-elle à Tom, filons dans notre chambre.

Charlotte entonna à nouveau sa sérénade, ce qui fit rire Clara enfouie dans la douceur des draps.

4

Le lundi après-midi, Mélia savait que ses amies étaient seules.

Elle les trouva chacune dans leur lit : Charlotte était en pleurs ; Clara se caressait doucement et tristement.

Mélia se glissa dans le lit de Clara, et l'aida à jouir ; puis Charlotte les rejoignit pour partager un moment de tendresse.

— C'est trop dur, dit Charlotte.

— Oui, c'est dur, renchérit Clara. Mais c'est comme ça ! Nous le savions en acceptant des militaires comme maris. Et toi Mélia, qu'as-tu fait ?

Elle embrassa ses deux amies avant de répondre :

— Baiser, manger, dormir, baiser, manger, baiser et il est parti ce matin pour une semaine.

— Est-ce que tu as suivi nos conseils ?

— J'ai fait de mon mieux !

— Tu vas nous expliquer ça. Allez, Charlotte, on se lève ! La vie continue ! Ils seront là dans deux mois.

— Deux mois, c'est inhumain, dit Mélia. Les militaires sont inhumains avec vous !

— Inhumains ! C'est le mot.

— Tu pourrais nous prêter ton homme un week-end pour nous deux, ce serait agréable.

— Ah, non, ça jamais, s'écria Mélia ! Le mien est à moi exclusivement. Vous n'y toucherez pas.

— Je ne plaisantais qu'à moitié, dit Clara. J'aimerais bien, c'est tout. Ça me plairait !

— Vous n'avez aucun respect, les filles ! C'est mon amour d'homme.

Mélia avait passé un week-end délicieux et tendre. Pas un nuage. Elle avait demandé plus, elle avait obtenu plus. Il avait accepté tous ses caprices. Elle était aux anges, sur son petit nuage.

— J'ai suivi tes conseils, Clara.

Mélia avait rédigé son compte rendu au dernier moment, juste ce matin avant de venir les voir. Elle avait pris son écriture appliquée, et avait soigné l'orthographe. Elle avait même minuté son emploi du temps : effectivement, elle n'avait pas laissé une minute de répit à son prince charmant.

— D'ailleurs, je suis un peu fatiguée, dit-elle, et il m'a fichu des bleus sur les cuisses.

— Fais les voir, dit Charlotte.

Mélia n'avait pas ménagé ses efforts.

— J'ai une bonne pommade pour ça, dit Charlotte.

Ce fut le prétexte à une séance de caresses.

En contrepartie, Mélia, en bonne élève, s'appliqua à lécher consciencieusement tous les endroits léchables de Charlotte.

— Est-ce que tu aimes ?

— Oui, c'est très bien. Continue.

— Charlotte est-ce que tu m'aimes ?

— Tu en doutes ?

— J'ai toujours peur de ne pas être aimée. Et Clara, est-ce qu'elle m'aime ?

— Tu en doutes ?

— J'ai besoin de me sentir aimée, continua Mélia.

— Compte sur nous, Clara et moi sommes fidèles. Nous t'aimons comme tu es ! Et, s'il te plaît, repasse ta langue où tu l'as déjà passée.

Mélia reprit consciencieusement ses coups de langue, et y consacra une heure avant que Charlotte repue ait oublié son chagrin, et lui demande d'arrêter.

*

Clara avait utilisé tout ce temps pour lire au calme le compte rendu de Mélia dont la vie n'était pas si rose qu'elle voulait laisser croire à son entourage.

Le prince charmant semblait fatigué de sa semaine ce qui diminuait d'autant ses possibilités physiques. Mélia avait des doutes : elle pensait qu'il devait avoir séduit d'autres femmes, mais elle n'osait pas aller jusqu'au bout de son raisonnement. Elle ne paraissait pas jalouse, comme si c'était naturel et inévitable qu'il la trompe.

Mais ce ne devait pas être là l'essentiel.

Mélia avait l'air de prendre un peu plus de plaisir à se faire sauter par son mari, c'est le terme qu'elle utilisait dans son texte, un peu rapidement soit, mais se faire sauter quand même !

Au fond, elle n'avait jamais eu d'orgasme, du moins c'était la conviction de Clara : tout lui plaisait, elle était bien, elle se sentait de mieux en mieux, mais sans doute sans orgasme.

Mélia avait écrit aussi plusieurs paragraphes sur ses relations avec une autre de ses amies, Catia, qui comblait certaines de ses soirées désespérément vides. La description qu'elle en faisait donnait envie de la connaître. Elle la décrivait comme une quasi-sœur jumelle avec les mêmes goûts, les mêmes problèmes avec un mari toujours absent, le même physique ou presque.

— Tu as tout lu ? demanda Mélia à Clara.

— Oui ma chérie, viens auprès de moi. Ne t'habille pas, tu es magnifique comme ça. J'aime te regarder toute nue ; je t'aime toute nue, ma poupée.

Clara l'embrassa, lui passa la main sur la poitrine, puis sur le ventre, et atteignit le clitoris :

— Est-ce que ton prince charmant t'a touché là ?

— Non, il ne l'a sans doute pas remarqué !

— Mélia, il est exceptionnel ! Mais tu ne suis pas mes conseils complètement : il faut le caresser, tu dois lui demander de te le caresser, tu lui fais voir comme ce bout de chair est exceptionnel, et comment il réagit. Autrement tu gâches la marchandise.

Clara se mouilla les doigts de sa salive, frotta le clitoris de Mélia, et le prit entre deux doigts pour le sortir de son capuchon : il jaillit et se dressa de toute sa longueur.

— Ça te fait du bien ?

— Oui, et bizarrement ça me chauffe à l'intérieur.

— Tu dois exiger qu'il te fasse ça comme je viens de le faire.

Mélia ne semblait pas convaincue, Clara lui demanda :

— Et son sexe, tu lui as sucé ?

— Non !

— Tu ne veux pas ?

— C'est lui qui trouve ça désagréable !

— Tu es sûre ? J'en doute, il serait bien le premier ! Mélia, il va falloir être sérieuse et apprendre à bien sucer, Charlotte te fera la démonstration avec son godemiché. Tu devras t'entraîner pour réussir.

— Si tu le crois !

— J'en suis certaine, tous les hommes réagissent de la même façon. Pendant que j'y pense, il y a autre chose, Mélia. Tu devrais rencontrer un de mes amis à Kings Cross.

Clara prit rendez-vous pour elle, donna l'adresse et le numéro de téléphone de Carl au Centre de Soins de Kings Cross.

— Charlotte et moi faisons appel à ses services, et nous en sommes très satisfaites, il te fera progresser.

— Au fond, il vous a coachées.

— C'est un très bon, tu verras !

— Merci pour tout, Clara. Je me sauve je vais chez mon coiffeur.

— N'oublie pas Mélia ! Charlotte et moi nous t'aimons.

*

Clara prit ses notes habituelles.
Elle griffonna sur son journal.
Au fil de ses idées.
Elle en faisait une synthèse toutes les huit ou dix pages.
Elle était satisfaite d'elle.
Elle espérait que Monsieur James le serait aussi.
Elle avait rendez-vous avec lui le lendemain.
Elle attendait des félicitations, sans trop y croire.

5

Carl régla le son au minimum ; il trouvait la musique d'ambiance du Centre de Soins un peu trop forte, de la musique de relaxation comme disait le patron ! De la musique en conserve oui !

Il avait cinq minutes avant son premier rendez-vous du matin, il en profita pour nettoyer le siège réservé aux clientes. La journée allait être chargée il avait déjà vingt rendez-vous, c'était sans compter les inévitables urgences.

Il se lava les mains et les désinfecta soigneusement.

Il ne se plaignait pas de son métier. Même si ce métier le condamnait à rester enfermé douze à quinze heures par jour, sept jours sur sept dans un local climatisé dont la seule ouverture sur l'extérieur était une porte automatique molletonnée donnant sur le couloir principal du Centre.

Pour se distraire, Carl n'avait que les fichiers de sa comptabilité, le tableau de ses rendez-vous sur son écran encastrable ou sa documentation technique de formation professionnelle, aisément consultable sur des bases de données dédiées. Dans son métier, il était considéré comme un intellectuel ou du moins un cérébral, un excellent spécialiste somme toute !

Aucun bruit ne provenait de l'extérieur, il ne pouvait pas entendre la voix des clientes de ses collègues qui officiaient dans les autres pièces du Centre, comme aucun de ses collègues ne pouvait entendre ce qui se disait dans son cabinet ; chaque rendez-vous était donc parfaitement confidentiel.

Carl vivait dans cette atmosphère aseptisée à température constante de 25 degrés Celsius, dans un air envahi de senteurs toutes plus agréables les unes que les autres : il en était presque parfaitement heureux. Et cela se voyait ! Il souriait même quand il était seul. Il se regardait de temps en temps dans le grand miroir mural faisant face à l'entrée.

Il regrettait que quelques-uns de ses confrères soient aveugles de naissance, des confrères anciens recrutés à la création du Centre. Mais lui, Carl, avait deux yeux, et il voyait, il se sentait jeune, il était jeune, sans qu'on puisse lui donner un âge avec certitude. Si on l'avait poussé dans ses retranchements, il aurait avoué la quarantaine ; il se considérait comme inoxydable.

De jolis abat-jour diffusaient une lumière discrète qu'il pouvait faire varier à la demande. Les murs étaient décorés de gravures où la volonté de réchauffer cet espace un peu froid l'emportait sur le bon goût. Des dessins de mode, des images exotiques, des fleurs épanouies, des palmiers, des plages colorées, des paysages paradisiaques du Pacifique Sud dont il feignait de croire à l'existence, et qu'il ne verrait certainement jamais.

Entre chaque cliente, Carl avait la consigne de procéder au nettoyage de ses instruments, de consulter la comptabilité et la programmation de ses rendez-vous. Quand l'attente était longue, mais c'était très rare, il faisait une courte sieste ou téléphonait à ses collègues du Centre pour bavarder un peu entre amis.

Il devait se concentrer, ce jeudi était une journée chargée ; au moins, il ne s'ennuierait pas !

Carl se déplaçait sur ses chenillettes, une innovation qui lui donnait une assise très stable. Imaginez deux rubans en caoutchouc tournant autour d'un triangle fixé par un moyeu à l'axe central, et dans chaque roue de petits moteurs permettant de pivoter, de virevolter dans la pièce avec l'élégance d'un danseur, une merveille de technologie.

Carl poussa le portemanteau, et l'installa à égale distance du mur et d'un paravent : sa première cliente avait ses habitudes, et utilisait le paravent pour s'isoler au moment de se déshabiller.

Sa première cliente c'était Charlotte, la splendide Charlotte.

Elle demandait des senteurs exotiques ; Carl lança la diffusion de « Fleur de Vénus », son parfum préféré, un parfum très onéreux qu'il était fier de lui avoir vendu avec un supplément sur sa facture d'honoraires : il avait même eu droit aux félicitations de son chef.

*

Le voyant vert de la porte clignota.

Carl déclencha son ouverture ce qui alluma automatiquement le voyant rouge extérieur, interdisant l'entrée : la cliente était là, elle était à l'heure comme d'habitude !

— Bonjour, Mademoiselle Charlotte, dit-il aimablement.

Par convention, Carl donnait du « Mademoiselle » à toutes ses clientes, quel que fût leur statut matrimonial.

— Bonjour, mon petit Carl.

— Votre amie Clara n'est pas avec vous aujourd'hui ?

Carl ne connaissait ses clientes que par leur prénom, c'était la règle instaurée par le Centre pour des raisons de confidentialité.

— Déshabillez-vous, Mademoiselle Charlotte, je suis à vous tout de suite.

Exceptionnellement, Charlotte était venue seule ; elle crut bon d'en expliquer la raison pendant qu'elle dégrafait son soutien-gorge :

— Clara n'a pas pu se libérer aujourd'hui, elle a eu une urgence à l'hôpital ; elle est occupée pour toute la journée.

— Mademoiselle Charlotte, cela n'a aucune espèce d'importance, vous avez pris un abonnement conjoint. Je verrai votre amie Clara plus tard dans la semaine, à sa convenance.

Généralement, Charlotte passait derrière le paravent, se déshabillait rapidement, et ressortait nue pour s'allonger dans le fauteuil ou sur l'un des autres appareils tandis que Carl lui tournait le dos par pudeur en feignant d'avoir les yeux rivés sur son écran. Mais ce matin-là, Carl fit face à Charlotte sans que cela la gêne vraiment : elle avait toujours eu l'impression qu'il la regardait comme si elle était transparente.

Cette impression était fausse.

Ce n'était qu'une apparence ou la manifestation d'un très grand professionnalisme : Carl la détailla comme jamais il ne l'avait encore fait, et Charlotte feignit de ne pas s'en apercevoir.

Il appréciait particulièrement sa chevelure blonde et ses jolis duvets, la tenue des seins et les hanches de cette femme qu'il qualifiait de splendide.

— Comme d'habitude, dit-elle d'un ton autoritaire.

— Très bien Mademoiselle, allongez-vous !

Carl se positionna devant elle, plaça avec la plus grande délicatesse les cuisses de Charlotte dans les gouttières du fauteuil qu'il releva, comme d'habitude ; il brancha l'appareil, et lui donna la poignée pour qu'elle puisse le guider en elle, comme d'habitude ; il le mit d'abord en vitesse très lente, puis un peu plus rapide et attendit le résultat en fixant le visage de sa cliente pour apprécier ses réactions.

Charlotte ne se sentait nullement gênée d'être observée. La musique d'ambiance couvrait à peu près les vibrations et les bourdonnements de la machine, et comme en écho, les ronronnements ou les plaintes de Charlotte. Selon.

Carl, impassible, admirait ce visage agréable, ce buste aux seins fermes, son ventre ondulant aux mouvements réguliers de sa respiration et ses cuisses frémissantes. Mademoiselle Charlotte était ce qu'on pouvait appeler une belle mécanique, bronzée uniformément et intégralement toute l'année, entretenue aux huiles essentielles, et sans un milligramme de cellulite.

Il appréciait Charlotte, et s'intéressait à sa vie au-delà du raisonnable : recevait pieusement ses confidences, et savait notamment qu'elle se rendait chez son coiffeur juste après sa visite au Centre de Soins et de Loisirs.

Charlotte avait pris un abonnement avec Clara, à moins que ce ne soit Clara qui ait payé pour Charlotte, dix séances conjointes, une tous les jeudis matin de 8 heures à 9 heures, heures de Sydney.

Carl, les yeux dans le vague, observait ce corps, attentif au moindre de ses soubresauts. Un soupir et un ordre de Charlotte le sortirent de sa rêverie :

— Bon, ça ira ! On passe au B16 !

— Volontiers ! Je vous débranche.

Aussitôt dit, aussitôt fait, il retira délicatement l'extrémité bien lubrifiée de l'appareil, aida Charlotte à se lever, et l'installa face à lui.

Carl savait qu'elle appréciait la douceur du revêtement, sa chaleur intime, la pression de ses bras d'aciers matelassés de coton, et le cuir de sa peau. Charlotte se sentait comme dans un cocon, lui avait-elle confié, dans un moment de laisser-aller.

Il la vit fermer les yeux, ses beaux yeux bruns, quand il enfonça en elle le cylindre de métal pendant que des langues en caoutchouc la léchaient.

Charlotte fut un peu secouée, mais elle ne s'en plaignit pas.

Il la sentit frissonner puis se détendre tout à coup.

Il restait très attentif à ses réactions tout en respectant scrupuleusement la procédure qui prévoyait une séance d'une durée maximale de sept minutes. Il lui injecta dans le corps sa gelée fraîche au moment opportun pour la faire frémir de plaisir juste avant d'arrêter à l'issue du temps réglementaire.

Il relâcha lentement son étreinte pour la libérer.

Il la laissa reprendre son souffle puis l'accompagna jusqu'au paravent, et lui dit avec une pointe de regrets dans la voix :

— C'est dommage que Mademoiselle Clara fût absente aujourd'hui.

Carl contempla Charlotte enfiler son string noir, ajuster son soutien-gorge étroit, boutonner son chemisier blanc et serrer sa jupette d'été. Il préférait la regarder s'habiller, et passer de la nudité à l'apparence sous laquelle tous les autres pouvaient la voir dans la rue, au bureau, dans les magasins.

En l'observant, Carl ressentait un malaise, un drôle de picotement à l'emplacement du cœur, comme s'il la voyait pour la première fois.

Il faudrait qu'il en parle à son médecin.

Carl s'avoua qu'un des plaisirs de sa semaine monotone était d'attendre avec impatience l'heure de sa rencontre avec Charlotte et son amie Clara. Et puis de les garder le plus longtemps possible entre ses mains, au risque de perturber le ballet bien organisé de ses rendez-vous.

— Vous êtes magnifique, Mademoiselle Charlotte !

Charlotte l'embrassa sur la bouche et lui dit :

— À jeudi prochain, mon grand !

Carl avait enlevé ses gants de peau et son enveloppe de cuir pour les nettoyer. Charlotte put nettement voir les bras d'acier nickelé qui l'avaient étreinte, les trois tiges massives formant la structure de ses cuisses et, enfin, le tube métallique nu, droit et souple d'où elle tirait son plaisir. Charlotte lui dit en souriant :

— Tu es le robot le plus sexy que je n'ai jamais rencontré, mon petit Carl.

Carl n'y tenait plus et, en guise d'au revoir, voulut lui faire un cadeau, celui de lui passer une main sur les fesses dans une grande caresse amicale : il avait tellement envie de cette familiarité, et depuis si longtemps !

Charlotte, surprise, le gifla violemment d'un revers de main et lui cria :

— Robot de merde, garde tes distances ! N'oublie pas je suis H01 !

En effet, pour le malheur de Carl, Charlotte était H01, c'est-à-dire, humanoïde de catégorie 01, la première classe des humanoïdes ; alors que lui Carl était depuis toujours un simple FMR02, Fucking-Machine-Robot catégorie 02, juste assez qualifié pour assurer les plaisirs programmables ou programmés des femelles humanoïdes de toutes classes, ou des femmes humaines en manque d'affection.

6

Ce même jour, Carl, ayant souhaité le bonsoir à sa dernière cliente, s'apprêtait à se mettre au repos quand la messagerie interne l'interpella : c'était son chef :

— Carl, tu as rendez-vous avec le médecin psychologue ce soir, tu dois t'expliquer sur la plainte de Mademoiselle Charlotte.

Le médecin arriva en chantonnant, et lui dit aimablement :

— Allonge-toi sur le fauteuil, je branche mes palpeurs.

Il déballa de sa boîte à outils toutes sortes d'appareils de mesure et une quincaillerie hétéroclite de pinces, de cadrans, de palpeurs, de petits tuyaux et de liquides huileux dans des bouteilles vertes, jaunes ou noires.

— Ouvre la peau de ton cou que je te branche, mon lapin !

Carl se déshabilla en détachant la peau de son cou pour découvrir un réseau de tuyauteries plastiques et de câbles en tout genre, fils de fer, fils de cuivre et fibres optiques.

— Voyons ce qui s'est passé avec cette mademoiselle Charlotte !

Il se brancha sur la mémoire visuelle de Carl, et fit défiler les images des séances du jour : il observa particulièrement l'habillage de Charlotte.

— Ouah ! Quelle belle machine !

Le médecin fit une pause opportune pour mieux regarder le moment où Charlotte s'était rapprochée de Carl.

— Mais, elle s'est frottée à toi, avant de t'embrasser comme une sauvage.

— C'est exact ! Comme une sauvage !

— Tu lui as mis la main aux fesses après ?

— C'était une impulsion ! Je n'ai pas pu me maîtriser. Mademoiselle Charlotte m'a embrassé par surprise et je n'ai pas pu m'empêcher de…

— Je vais te régler ça.

Le médecin prit un minuscule tournevis, détacha la peau de Carl sur l'avant-bras et tourna d'un quart de tour, dans le sens des aiguilles d'une montre, une des nombreuses vis de son poignet.

— Avec un tour d'inhibiteur, ton bras s'arrêtera au bon moment ! C'est juste préventif, ça va te faire mal si tu forces, et tu n'auras plus envie de lui mettre la main aux fesses.

— Merci, dit Carl, ça m'aurait ennuyé d'être en froid avec Mademoiselle Charlotte.

— C'est une très belle humanoïde, surtout ! Peut-être un peu chaude, il me semble ! Je vais visionner la fin de ta journée. Pour le plaisir.

— Ça va être long, prévint Carl, j'ai eu trente clientes.

— Je passe en accéléré sur tes prestations techniques, je ne visionne que l'accueil et les départs de tes clientes.

Le médecin regarda l'écran en silence pendant une bonne heure. Carl faillit s'endormir, allongé au repos sur son fauteuil. Il se prit à rêvasser en se remémorant les différents événements de la journée.

— Et la petite de 15 heures ? demanda le médecin.

— Une blonde ?

— Oui, délurée.

— C'est Janice, une perverse très sympathique.

— Elle est très amie avec toi à ce qu'il me semble. Bon, elle a parfaitement le droit de dépasser son temps de prestation, et de s'offrir des suppléments en extra. Je te l'accorde !

Le médecin savait bien que Janice pouvait faire ce qu'elle voulait de Carl tant qu'elle restait dans son cabinet au Centre de Soins et de Loisirs : les humanoïdes classe 01, avaient des droits très supérieurs aux robots. Alors, les pauvres robots R02 comme Carl, n'en parlons pas ! Ils étaient tout juste au-dessus des animaux de compagnie.

— Elle pourrait se payer au moins un R01, dit le médecin.

— Elle est très économe, je suis moins cher qu'un R01, et elle est très habituée à moi.

— C'est évident, elle à l'air de t'apprécier.

Le médecin repassa la séquence complète pour bien comprendre, regarda et écouta leurs échanges.

Ce devait être une fieffée coquine, elle avait pris une prestation d'une heure plein tarif avec suppléments de parfums et d'huiles essentielles, pour une humanoïde économe elle devait dépenser la moitié de sa paye en venant chaque semaine.

— Qu'est-ce qu'elle a commandé ?

— Elle connaît par cœur son Kâma-Sûtra ; elle est très éclectique, à chaque fois c'est différent. Elle me surprend avec ses demandes de nouvelles positions.

— Elle n'utilise pas le paravent ?

— Non, elle me fait toujours un strip-tease, il paraît que ça la met dans l'ambiance.

— Et toi ?

— Moi tu sais, du moment que mes batteries sont bien chargées, je n'ai pas besoin de ça. À propos de batteries, tu vérifieras ma roue droite, je traîne un peu de la chenillette.

— Ne détourne pas la conversation ! Regarde-moi cette femelle humanoïde prendre son pied. Ça vaut le détour. Je te repasse la séquence.

Carl et le médecin la regardèrent se déshabiller : elle prenait son temps et, quand elle fut en sous-vêtements, elle demanda à Carl de dégrafer son soutien-gorge, et de lui enlever lentement sa petite culotte. Puis elle embrassa Carl : c'était son pourboire. Quand elle s'allongea, Carl aurait pu rougir de l'impudeur de Janice, mais Carl n'était pas programmé pour rougir.

— D'habitude, tes autres clients ne te voient même pas, tu es transparent. Mais pour elle, tu existes mon petit Carl, tu es bien présent ! Elle attend ton regard ! Elle fait tout pour t'exciter !

Carl ne répondit pas, mais il était d'accord avec le médecin : pour elle, il existait. Ça lui faisait tout drôle !

— C'est quoi cette position ? demanda le médecin psychologue.

— La B51, ou la levrette attachée, une de ses inventions. Je crois bien que c'est sa position favorite, une variante d'une levrette archi classique.

— Oui, je vois bien son mouvement de reins qui s'accélère. Elle se cambre comme si elle se cassait. Elle est super ! Et toi aussi ! Tu es très bon, mon petit Carl !

Rétrospectivement, Carl se trouva excellent, il avait même ajouté un détail qui changeait presque tout, à son avis. Il se penchait sur elle dans un mouvement un peu acrobatique, et lui soupesait les seins avant de les pincer violemment pour la faire crier.

— Est-ce dans le protocole ? demanda le médecin.

— C'est un supplément, dit Carl, je facture évidemment ce supplément.

— Je comprends mieux, lui dit le médecin, pourquoi tu es si apprécié de tes clientes ! Tu es très inventif, mon petit Carl.

Le moteur principal de Carl ronronna de plaisir.

— Je vais vérifier toutes tes batteries maintenant.

Effectivement, la batterie de la chenillette droite devait être changée, et une ou deux autres étaient un peu faibles ; il paraissait évident qu'après une telle journée, Carl avait besoin de quelques heures de charge.

Le médecin continua son inspection des circuits du cerveau principal, à la recherche de bugs ou autres anomalies.

— Bon, tout va très bien, dit-il à Carl qui ne l'écoutait plus.

Le médecin était aussi à la recherche des virus et des saloperies qui auraient pu s'égarer dans ses mécanismes complexes.

— Le cerveau, c'est bon, les articulations c'est bon !

Carl s'en fichait complètement, il rêvait de Janice et de Charlotte, ses meilleures clientes de la journée.

— Maintenant, les autres fonctions importantes !

Le médecin toucha la peau du ventre et la trouva un peu usée : il faudra la remplacer ! Il ouvrit l'abdomen et commença à auditer l'entrejambe. Il fit une simulation de mouvement des leviers et des vérins, vérifiant l'étanchéité des différentes poches, fit un essai de lâcher qui salit la porte d'entrée d'une tache violette. Il ausculta toutes les tuyauteries annexes et les flexibles externes.

Carl bénéficiait d'un organe sexuel central, tuyau métallique de taille modulable, et de trois autres extensions souples installées au bout de flexibles de trois couleurs qui permettaient de remplir d'autres orifices au choix de la cliente ou des clientes simultanées.

Le tuyau vert avait un défaut et devait être remplacé, mais le médecin savait que la pièce manquait ; c'était dommage parce que ce flexible distribuait une gelée froide à la menthe très à la mode. Il lui promit de réparer ça le plus vite possible.

Carl sortit de sa somnolence :

— Tout va bien, Docteur ?

— Ma foi, à part la peau du torse et de l'abdomen à changer, usée à cause des frottements, et le tuyau vert à réparer, tout va bien.

— Et pour la plainte de Mademoiselle Charlotte ?

— Je vais conclure de ne pas donner suite. C'est elle qui s'est mal comportée. Elle t'a agressé, elle est complètement dans son tort.

— Merci, Docteur !

— Tu pourrais prétendre à la classe 01 ! Pourquoi ne le demandes-tu pas au patron ?

— Je n'ose pas, dit Carl, et puis mes tarifs augmenteraient et je perdrai sans doute des clientes.

— Tu en aurais d'autres, plus intéressantes ! Je vais proposer de te passer en classe 01. Pour les anciennes clientes, tu pourras toujours faire des promotions !

— C'est une idée, répondit Carl !

Carl regarda l'heure sur son terminal :

— J'ai ma première cliente dans deux heures ; il faut que je me recharge un peu si je veux assurer. Merci pour tes conseils !

Carl ne parla pas de ses autres malaises. Il n'arrivait toujours pas à comprendre. Avec la plupart de ses clientes, il faisait son travail sans états d'âme en respectant bien les procédures, alors que, pour certaines autres, il ressentait des picotements au cœur, des palpitations et même des étourdissements. Il s'attachait pourtant à satisfaire leurs moindres demandes en leur apportant une égale attention.

Ces malaises au départ isolés, devenaient de plus en plus fréquents : deux au cours de la journée de jeudi pour trente clientes cela lui paraissait beaucoup ; Carl craignait un problème cardiaque, en tout cas un problème de moteur !

Il se dit qu'il devait être malade, qu'un grain de sable avait dû se glisser dans les rouages de son organisme. Carl n'était pas d'un naturel anxieux, mais malgré tout, il était inquiet ! Il ne savait pas à qui se confier : le patron ? C'était hors de question, il se ferait réprimander !

Le médecin psychologue ? Il devait s'en méfier, il était à la solde de la direction ! Ses collègues ? Peut-être, mais il ne les connaissait que superficiellement, et encore uniquement par des contacts téléphoniques.

Carl décida d'interroger ses clientes : c'était la base d'un bon marketing.

7

La fin de semaine se passa sans incident notoire, trente clientes par jour, trente clientes enchantées qui donnèrent à Carl la note maximale dans le questionnaire de satisfaction mis au point par le médecin psychologue.

Le lundi fut plus calme, c'était toujours calme le lundi. Le mardi fut tranquille aussi, mais parmi ses clientes, il y eut Clara, la comparse de Charlotte qui prit son rendez-vous au dernier moment, après un week-end chargé avec son mari, de retour de mission. Mais il était déjà reparti, pour elle ne savait plus où ! Ah oui, pour une saison d'été dans l'Antarctique.

— C'est loin l'Antarctique ?

— C'est loin et froid, même en été, précisa-t-elle.

Clara avait toujours des exigences extraordinaires, des enchaînements rapides et acrobatiques, l'utilisation maximale des flexibles annexes, en particulier le flexible vert qui ne marchait pas très bien. Carl avait beau lui dire qu'il attendait une pièce, qu'il n'était pas opérationnel, elle n'en avait pas tenu compte, elle voulait sa gelée à la menthe. Il avait le sentiment que Clara se jouait de lui parce qu'elle savait qu'elle était une de ses préférées, au même titre que Charlotte. Elle avait choisi le dernier rendez-vous d'une heure de ce mardi pour pouvoir, si nécessaire, bénéficier d'un supplément d'une autre heure.

Carl se dit qu'il tenait l'occasion de lui poser les questions qui le tracassaient. Pendant qu'elle se rhabillait, il lui demanda :

— Pourquoi n'utilisez-vous pas le paravent, Mademoiselle Clara ?

— C'est pour toi ! Pour que tu te rinces l'œil, mon gros Carl !

Comme s'il ne s'était pas rincé l'œil pendant deux heures à l'observer s'agiter au bout de ses tuyaux et à se tortiller de plaisir.

— Vous aimez ça, Mademoiselle Clara ?

— Et toi, mon gros ?

Il n'avait jamais apprécié qu'on l'appelle « mon gros » à tout propos. C'était cependant une donnée objective : il était gros, et surtout lourd : cent kilos d'acier inoxydable, de batteries, de moteurs, de tuyaux, de réservoirs remplis de sirops divers. Il préférait qu'on lui dise gentiment « mon petit Carl ».

— Je prends plaisir à vous contempler nue.

Il n'ajouta pas qu'il adorait la voir se pencher vers lui, lorsqu'elle enfilait sa petite culotte, les mamelles pendantes et les cheveux dans les yeux. C'était trop audacieux.

— Tu ressens quelque chose pour moi ?

Cette mademoiselle Clara devait avoir un don, c'était exactement la question qu'il se posait. Il resta figé sur ses chenillettes en plastique, incapable de lui répondre, tellement il avait envie de lui proposer un supplément à ses frais. Il sentit nettement que le tuyau vert commençait à se rigidifier et à vouloir se faufiler vers elle. Ça pouvait devenir gênant si le médecin psychologue visionnait la séquence comme il l'avait fait pour Charlotte.

— Tu es bien muet tout à coup, mon petit Carl.

Il fit signe à Clara de revenir s'allonger sur le fauteuil.

— Ce sera mon cadeau pour votre fidélité, Mademoiselle Clara.

Elle eut un moment de surprise, puis enleva rapidement la petite culotte qu'elle venait de remettre, et s'allongea sur le fauteuil, les cuisses écartées dans l'attente du cadeau de Carl.

Elle n'attendit pas longtemps. Il se pencha sur elle et lui donna à sucer le tuyau vert d'où s'écoulait la fameuse gelée à la menthe, puis la prit avec le tuyau jaune qui, en parfait état de fonctionnement, se mit à gonfler spontanément en elle.

Il la stimula jusqu'à la jouissance, puis resta à contempler son corps svelte d'humanoïde pour laquelle il ressentait plus qu'une attirance : il ne vit pas le temps passer.

Clara non plus d'ailleurs !

— Arrête maintenant, mon petit Carl, je suis à bout, tu m'épuises de bonheur ! Mon mari ne m'a pas fait autant de bien pendant tout ce week-end.

— Merci pour le compliment, dit-il en reprenant le contrôle de sa tuyauterie, comme un dompteur dirige ses fauves.

— Tu n'as pas répondu à ma question tout à l'heure !

Clara était restée allongée sur le fauteuil et le fixait en attendant sa réponse. Carl savait que c'était extrêmement impoli de ne pas répondre aux questions des humanoïdes ; il se souvenait très bien de la question, et il connaissait partiellement la réponse : oui, il ressentait quelque chose pour elle !

— Mais, je ne sais pas nommer ce que je ressens, avoua-t-il.

— Ça doit être un bon gros désir ?

— Je l'ignore !

— Si je te demandais de recommencer, tu le ferais ?

Carl se dit qu'il ressortirait volontiers ses tuyaux, il n'avait pas d'autres rendez-vous, et il pouvait tout simplement continuer à la soigner une bonne partie de la nuit.

— Pour vous, j'ai tout mon temps !

— C'est ce que je désirais savoir ! Mais, mon petit Carl, je ne veux pas abuser, ça me suffit pour aujourd'hui, il faut que je rentre, Charlotte m'attend à l'appartement.

Il fut déçu. Clara lui fit encore très envie quand elle manqua de perdre l'équilibre en enfilant sa petite culotte ; elle éclata de rire, puis se redressa, et lui présenta sa poitrine de face puis de profil, comme un défi.

Clara le quitta sur un baiser. Il essaya de lui mettre la main aux fesses, mais son bras se bloqua, le mécanisme du docteur psychologue fonctionnait bien.

— Merci, Carl, tu as été exceptionnel ! À propos, je t'ai pris rendez-vous avec une de mes amies. Soigne-la bien, elle s'appelle Mélia, elle est adorable.

Carl se retrouva seul dans la nuit, et se brancha pour se recharger.

Comme il n'arrivait pas à s'assoupir, il étudia sa documentation technique largement inspirée du Kâma-Sûtra.

*

Le lendemain, Carl eut la visite annoncée de l'amie de Clara, une toute jeune humanoïde de classe 01.

— Déshabillez-vous, Mademoiselle Mélia !

Elle ne voulait pas se mettre nue, et préférait rester en sous-vêtements pour s'allonger sur le fauteuil.

— Je viens pour la première fois dit-elle pour s'excuser, je ne sais pas trop comment faire !

— Avez-vous regardé le catalogue des prestations, Mademoiselle Mélia ?

« Non, elle faisait confiance et attendait de voir. »

Il la regarda bien. À côté d'elle, Clara était une femelle humanoïde d'un modèle un peu ancien. Celle-là devait être tout juste sortie d'usine, particulièrement réussie, visage de madone et corps parfait. Une beauté !

— Je vous écoute, Mademoiselle Mélia.

Elle se mit à pleurer.

— Mon salaud de mari vient de me quitter pour une semaine. Je suis désespérée ! Il me trompe, j'en suis certaine. Clara m'a dit que tu étais très fort pour redonner le moral.

— C'est vrai ça, dit Carl qui avait l'impression de se vanter un peu trop, mais je suis aussi apprécié pour ma connaissance de toutes les subtilités du Kâma-Sûtra. Je vous écoute, Mademoiselle Mélia.

Manifestement Mélia ne voulait rien d'autre qu'être écoutée ; elle raconta la triste histoire de son maudit amour. Avec ce salaud de mari qui l'obligeait de s'épancher auprès d'un robot R02 dans ce foutu Centre de Soins et de loisirs de Kings Cross, quartier mal famé, où elle n'avait jamais mis les pieds.

Carl approcha sa tête en allongeant au maximum le flexible du cou. Il l'embrassa délicatement sur la joue, pendant qu'un de ses tuyaux avait investi son entrejambe, s'y nichait entre la peau et le léger sous-vêtement, et qu'une de ses mains triturait ses petits seins. Il ne faisait ça que pour son plaisir de palper et de caresser cette jolie machine humanoïde supérieure, à la peau si douce. Il écoutait Mélia d'une oreille distraite, tout en lui répétant régulièrement :

— Ma pauvre chérie, comme ce salaud de mari te rend malheureuse !

— Oui, renifla-t-elle, et puis ce n'est pas tout…

Et Mélia continua ses lamentations.

Il l'embrassait à chacune de ses plaintes, et en profitait pour s'immiscer un peu plus profondément en elle, doucement, tout doucement, pour le seul plaisir de la pénétrer.

Tout se passait dans sa tête. Il avait l'impression de transgresser un interdit. Il pénétrait une humanoïde sans l'autorisation formelle d'une commande, et ça lui plaisait beaucoup.

Mélia commença à réagir aux caresses, et s'arrêta de gémir sur son sort. Carl lui demanda :

— Avez-vous soif ? Voulez-vous déguster mon nectar ?

Sans attendre la réponse, Carl lui enfonça l'extension numéro 3 dans la bouche, et elle la suça pour laper la liqueur. Pendant ce temps-là, Carl lui envoya une giclée de liqueur chaude pour que l'extension numéro 1 pénètre le plus profondément possible dans son intimité.

Mélia valait la peine de transgresser les procédures, et de dépasser un peu la durée officielle des soins : elle en arriverait peut-être à oublier ses peines de cœur.

Quand Carl fut satisfait, il demanda à Mélia de se lever, et de se rhabiller. Elle passa derrière le paravent et lui dit :

— Il faudra sans doute que je me déshabille entièrement la prochaine fois ?

— C'est ce qui est prévu normalement. Je vous le conseille : vous jouirez avec plus d'aisance, Mademoiselle Mélia. Mais vous ferez comme vous voudrez ! Je vous prends un rendez-vous en soirée ?

— J'ai une amie qui a le même problème que moi, est-ce que je peux prendre rendez-vous pour elle ?

— Venez avec elle ce sera préférable, vous profiterez du tarif couple. Elle sera plus à son aise pour son premier rendez-vous, vous comprenez ! Je vous note pour mardi prochain à 21 heures ? En soirée, je suis plus disponible pour les suppléments.

— C'est une bonne idée, admit Mélia, en partant.

Quand il fit le bilan de la journée, Carl se frotta les mains : deux nouvelles clientes humanoïdes de classe supérieure ! Sa promotion en classe 01, il l'avait maintenant !

*

Carl se sentait fatigué : il téléphona au médecin psychologue pour une consultation et une révision de ses appareils et de ses extensions.

— Que t'arrive-il, Carl ?

— J'ai besoin d'une nouvelle batterie pour la roue gauche ! Et j'ai toujours un problème avec le tuyau vert ! Par ailleurs, ma main droite est usée, elle n'a plus le même velouté. Et la main droite, c'est important !

— J'ai tout ce qu'il te faut ; je fais le maximum !

Le médecin changea la batterie, et remplaça les revêtements usagés.

— Autrement ?

— Tout baigne !

— J'ai vu que tu es encore en tête des scores de satisfaction ; tu fais du 100 % ! Maintenant, tu es sûr de ta promotion !

— J'en serais très heureux.

— Pour la greffe des jambes à la place des chenillettes, tu patienteras un peu, je n'ai plus de pièces détachées en ce moment.

— Ce n'est pas le plus important, je peux attendre, je trouve mes chenillettes très stables !

En effet, une des principales différences entre les R01 et les R02 était le système de déplacement : le R02 se contentait de chenillettes alors que le R01 était doté de jambes articulées ce qui rendait ces robots beaucoup plus élégants. Apparemment, le bon docteur manquait de jambes depuis un bout de temps.

Carl se décida à lui parler de ses picotements :

— J'ai l'impression d'avoir des problèmes cardiaques, j'ai mal là, dit-il en montrant un point à gauche sur son torse.

— Ça me paraît improbable, répondit le médecin, mais je vais regarder.

Il souleva la peau de Carl sous le bras, à l'emplacement prévu pour les visites techniques, et il fouilla pour la forme.

— Tout est normal ! Tu dois bien savoir que tu n'as pas de cœur. Seuls les humanoïdes et les humains ont un cœur. Tes moteurs fonctionnent tous très bien.

— Et alors, c'est quoi ?

— Ça doit se passer dans ton cerveau, sans doute une petite poussière dans le lobe occipital ! Il faudra que je regarde un autre jour !

— Pourquoi pas aujourd'hui ?

— Je n'ai plus de voltmètre, je l'ai cassé, j'en attends un neuf. Tu dois avoir de temps en temps une saute de tension, tes nouvelles clientes humanoïdes doivent te perturber !

Le bon docteur pensait faire un dépoussiérage général du cerveau, lui mettre des fusibles supplémentaires pour protéger les moteurs, et régler le convertisseur d'amertume, le régulateur d'ironie et le condensateur d'humour. Pourquoi pas ? Mais il se garda bien d'en parler à Carl pour ne pas l'affoler outre mesure. C'était quand même une grosse révision.

— Ne t'inquiète pas. Tout baigne, comme tu le dis si bien, Carl !

Carl se brancha pour la nuit et programma son réveil à 7 heures.

8

Le jeudi suivant, Charlotte se présenta à son rendez-vous :

— Seriez-vous seule, Mademoiselle Charlotte ?

— Oui. Je souhaite te parler confidentiellement.

Charlotte se déshabilla sans utiliser le paravent et s'allongea.

— Que voulez-vous me dire, Mademoiselle Charlotte ?

— D'abord, m'excuser pour les ennuis que je t'ai causés !

— C'est oublié, Mademoiselle Charlotte.

— Je voulais te dire, mon petit Carl, que j'ai bien aimé ta main aux fesses l'autre jour, et que j'ai réagi bêtement, par orgueil mal placé.

— Je ne le ferai plus ; j'ai une vis inhibitrice qui fonctionne bien maintenant.

— C'est dommage ! J'aurais aimé une claque amicale.

C'était sans doute la première fois que Charlotte le regardait aussi intensément. Carl la fixait également, mais seulement comme il faisait d'habitude.

Il avait commencé ses soins par des caresses ; il voulait voir si elle se rendrait compte qu'il avait une nouvelle peau. Elle ne lui fit aucune observation, elle devait rêver à autre chose, et semblait baigner dans une sorte de béatitude tranquille, bercée par ses cajoleries tendres.

Ces gestes n'étaient prévus dans aucune procédure, et il aurait du mal à les lui facturer ; il continua quand même pour son plaisir, et se dit qu'il allait mettre ça dans la rubrique « divers » de ses statistiques.

Charlotte était plus expansive qu'à l'accoutumée :

— Mélia est enchantée de tes soins ; elle en a parlé à Clara qui me l'a répétée.

— J'en suis très satisfait, dit Carl qui s'efforçait de rester impassible.

— Elle a même avoué qu'elle n'avait jamais été si bien. Pourtant, Mélia est exigeante et demande beaucoup d'amour ; j'en sais quelque chose, je suis son amie.

Carl prit Charlotte dans ses bras, et lui imposa une B16. Charlotte se laissa faire, et après les sept minutes réglementaires, remercia Carl, se rhabilla, et lui sauta au cou pour un dernier baiser.

Il tenta de forcer le mécanisme de sa main pour la fesser. Mais, avec la vis de sécurité, sa claque dégénéra en caresse.

Ce rendez-vous le laissa perplexe : Charlotte ne lui avait rien demandé ! Il avait fait ce qu'il pensait utile ou nécessaire, selon ses propres envies ; il avait été très heureux de la satisfaire ; il y avait quelque chose qui ne tournait pas rond, Charlotte n'était plus la cliente exigeante, donnant des ordres, c'était lui Carl qui devenait le client de Charlotte.

Pour lui, c'était évidemment le monde à l'envers.

Il en fut troublé et décida de ne pas en parler au médecin psychologue, de falsifier sa facture en notant les prestations comme si elles avaient été commandées formellement par Mademoiselle Charlotte. Ni vu ni connu.

Carl fut encore plus troublé quand Mélia arriva avec Catia. Il aurait pu les prendre pour des jumelles ; il vérifia les numéros d'immatriculation des deux amies ; effectivement ils se suivaient : c'étaient la même fabrication. Et quelle fabrication ! Du super-luxe ! Un velouté de peau incroyable, si bien qu'en comparaison la peau de Carl ressemblait à celle d'un gorille.

Ces deux petites humanoïdes avaient une allure, un port de tête, une morphologie à couper le souffle : Carl n'en avait jamais vu d'aussi parfaites, une réussite absolue des ingénieurs, ses bons copains de Wuhan. Il se souvenait encore avec nostalgie de leurs noubas d'étudiants. C'était bien loin tout ça !

De plus, Mélia et Catia se révélèrent des clientes extrêmement agréables et dociles : elles lui mangeaient dans la main.

Catia devait être un peu plus grande, un peu plus fine que Mélia, mais elles avaient la même peau bronzée et lisse, la même allure, à défaut de les dire jumelles, on pouvait jurer qu'elles étaient sœurs.

Carl se demanda à quels heureux humanoïdes mâles étaient destinées ces deux jolies femelles ; certainement des mâles très riches très gradés et très vieux, sinon très vieux ou très gradés ou très riches, peut-être des humains pourquoi pas : les humains étaient friands de ces nouveaux modèles.

Il n'eut pas trop le temps de rêvasser : ces demoiselles en voulaient pour leur argent. Mélia déshabilla son amie avec délicatesse, lui demanda de s'allonger sur le fauteuil, puis elle ordonna à Carl :

— Tu lui fais comme pour moi !

Mélia s'installa en spectatrice sur un autre fauteuil que Carl avait rapproché, et elle patienta tranquillement en se caressant.

Catia fut très réceptive aux intrusions de Carl qui ne respectait plus aucune procédure, mais suivait sa propre inspiration. Il chercha sa jouissance d'abord avant de la communiquer à Catia puis à Mélia, très excitée d'attendre son tour.

Elles furent toutes les deux enchantées de l'expérience, et lui attribuèrent la note maximale avec félicitations.

Après cette longue double séance, Carl eut un peu mal à la tête. Il n'avait plus de picotements au cœur puisque le docteur lui avait dit qu'il n'en avait pas, mais maintenant c'était sa tête qui lui faisait mal.

Il se sentait en surchauffe. *Légère !*

Mais une surchauffe quand même !

Le docteur psychologue avait été opportunément livré de son voltmètre. Il décida d'explorer le cerveau de Carl, de l'épousseter, et de prendre les mesures de son activité cérébrale. Son diagnostic fut rassurant :

— Tout est normal ; il n'y a pas de surchauffe !

— J'ai pourtant eu un malaise !

— Tu travailles trop, sans doute !

— J'ai eu au moins trois heures de repos et, en théorie, je n'ai besoin que de deux heures pour la charge.

— Je ne comprends pas, répondit le médecin, je te confirme que tout est normal ! Continue comme ça, Carl, et tu passeras classe 01 bientôt ! À la vue de tes notes, le directeur a déjà proposé ta promotion au grand patron.

— Ça, c'est une bonne nouvelle, dit Carl.

Carl entreprit de découvrir par lui-même la cause de ses maux de tête ; il fouilla dans sa documentation technique et accéda aux fichiers des robots de sa catégorie, les R02, puis dans celle des R01, et ne trouva rien qui le satisfasse. Il étudia la signification exacte des termes utilisés par Clara : « gros désirs » et « bonheur » en particulier. Il ne trouva rien de précis. Puis il chercha dans les archives scientifiques réservées aux humanoïdes où il repéra quelques éléments de réponse dont il se promit de parler à Clara.

Carl fit même une découverte imprévue. Une découverte du plus grand intérêt.

Il eut l'intuition qu'elle pourrait révolutionner ses soins.

*

Clara, arrivée à l'heure à son rendez-vous ce soir-là, fit son strip-tease habituel en ordonnant à Carl de la regarder : elle se trouvait irrésistible.

— Alors Carl, est-ce que tu comprends mieux ce que signifie « désir » ?

Non vraiment non !

Il fut déstabilisé quand Clara alla encore plus loin dans la provocation : elle le dépouilla de son pantalon de peau artificielle pour découvrir ses structures métalliques et toute sa tuyauterie, puis se collant à lui, elle l'embrassa.

— Je veux que tu me prennes avec tout ce que tu peux en même temps, lui glissa Clara à l'oreille.

Carl déploya ses bras et ses flexibles qui cherchèrent sur Clara les emplacements prévus à cet effet, les trouvèrent facilement, et s'y introduisirent doucement.

Il demanda à Clara de fermer les yeux, de se mettre à quatre pattes sur le tapis de sol pour faciliter ses interventions. Puis il sortit une aiguille électrique, palpa avec précaution la colonne vertébrale de Clara, la piqua entre la 9ᵉ et la 8ᵉ vertèbre thoracique.

Conscient du risque, il le fit le plus délicatement possible.

Très délicatement.

Il lui envoya une décharge : elle poussa un cri aigu, et se laissa tomber à plat ventre sur le sol les bras en croix, secouée par une crise qui ressemblait à une crise d'épilepsie qu'il attribua au début d'un orgasme réflexe ; c'était conforme à ce qu'il avait lu sur les fiches techniques des humanoïdes.

Il lui laissa le temps d'apprécier, le temps de jouir.

Il attendit qu'elle se calme pour empoigner par la taille son corps devenu souple, presque mou, la soulever et l'étaler sur le fauteuil de soins, sur le dos, allongée les jambes bien écartées ; il lui prodigua les prestations habituelles. Clara, à demi consciente, jouissait dans un orgasme ininterrompu accompagné de cris stridents, presque humains.

Il la releva, la prit dans ses bras et l'empala. La séance dura beaucoup plus longtemps que les sept minutes prévues dans la procédure d'une B16, même avec supplément. Puis, il déposa le corps tout mou de Clara sur le fauteuil, et attendit qu'elle reprenne conscience.

Épuisée, elle somnolait.

Pendant ce temps, il put l'admirer : elle était son contraire, toute en courbe douce des épaules à la taille, toute en ouvertures délicieuses et humides, toute en finesse et en harmonie. Elle sentait bon la femelle.

Il passa ses mains sur elle lentement. Il avait trop peur de la blesser, lui tout carré, tout en angles proéminents, tout en force et en lourdeur, sentant l'huile de moteur, la sueur de robot.

S'il avait pu le faire, il aurait bien versé une petite larme.

Clara retrouva ses esprits au bout d'une heure.

— Que s'est-il passé, demanda-t-elle ?

— Je ne sais pas, lui répondit Carl ! Tu as dû t'évanouir !

— Depuis quand me tutoies-tu maintenant, gronda-t-elle ?

Elle avait bien repris ses esprits !

— Mademoiselle Clara, veuillez m'excuser pour cette familiarité.

— Gros bêta, tutoie-moi ; tu en as bien le droit.

— Ce n'est que mon travail, Mademoiselle Clara !

— C'est beaucoup plus que ça, mon petit Carl !

— Dis-moi ce que tu as aimé, demanda-t-il un peu inquiet.

— Tout, depuis la décharge électrique dans le dos, et jusqu'à tes dernières caresses ! Comment tu m'as regardé, aussi ! Tu ne vas pas me dire que tu fais ça pour tout le monde ! Je ne te crois pas ! Tu le fais avec un tel cœur, que c'est un vrai bonheur !

Il était de plus en plus perplexe, et cela devait se voir :

— C'est quoi, un vrai bonheur ?

— Mais, Carl, enfin ! Tu n'as pas remarqué comme j'étais bien ?

— Alors, pour moi aussi Mademoiselle Clara, c'était un vrai bonheur !

— Tu ne fais ça que pour moi ?

Il se sentit dans l'obligation d'avouer :

— Je n'ai ressenti ce vrai bonheur qu'avec toi !

— Comme tu mens bien ! Mélia et Catia m'ont parlé de toi.

— Et alors ?

— Elles sont très jeunes, et ont peut-être exagéré, mais elles m'ont décrit ce que j'ai ressenti aujourd'hui avec toi. Je te prendrai bien chez moi à temps plein, conclut Clara.

Carl ne savait même pas que ce fut possible.

— Bien sûr, je ferai profiter mes amies de tes talents ! Qu'est-ce que tu en dis ?

— S'il n'y avait que moi ! Mais je ne suis pas le décideur.

— Ah ! C'est vrai ! L'administration ! En attendant, Carl je reviens dès demain soir, même heure, j'espère que tu es disponible !

— Je serai toujours libre pour toi !

*

Carl dut admettre qu'il était perturbé.

Il ne connaissait du monde extérieur que ce qu'il découvrait par ses recherches dans les bases de données qui lui étaient accessibles. Il était né à l'usine, loin au nord sur le continent chinois, et l'avait quittée pour s'installer à son cabinet au Centre de Soins.

Toute sa vie se déroulerait dans cette pièce, aux petits soins de ses clientes, pour les satisfaire au mieux, conformément aux instructions des saintes procédures et de ses chefs.

Maintenant, il avait acquis une expérience irremplaçable, celle de son désir : l'attente des visites de Clara, de Charlotte et des deux autres jeunes humanoïdes toutes neuves, Mélia et Catia.

Carl pensait avoir compris le sens du mot désir : c'était un progrès important, qui le plaçait parmi les robots de classe supérieure, presque un humanoïde, même s'il n'en avait pas l'apparence. L'attente et le désir associé ne lui suffisaient plus, il voulait un peu plus, il voulait passer plus qu'un bon moment avec elles, et il commençait à ressentir le plaisir de leur faire plaisir. N'avait-il pas déniché un secret, une fonctionnalité oubliée de leurs corps, ce boîtier antidouleur, dissimulé entre la 9e et la 8e vertèbre, qui déclenchait cet orgasme réflexe ouvrant la porte du septième ciel.

En la regardant jouir, il croyait avoir atteint une forme de bonheur, comme disait Clara, du moins s'il pouvait se fier à la pertinence de Clara pour la définition des nouveaux concepts.

Carl demanda à nouveau une consultation pour ses maux de tête ; cette fois, il avait conscience de simuler, il voulait entendre l'avis du médecin.

— Tu n'as rien de rien d'anormal ! Tu sais, ce doit être purement psychologique.

— Tu n'es pas un peu psychologue, toi ?

— Je t'écoute !

— Je t'ai déjà dit : j'ai mal à la tête, je me sens patraque.

— Tu travailles trop, je vais te prescrire un repos de quelques jours.

Cette organisation ne satisfaisait pas Carl, et ça n'arrangerait certainement pas le patron non plus. Carl trouva une solution :

— Et si tu proposais au chef de diminuer le nombre de rendez-vous obligatoire, ça gênerait moins le fonctionnement du service. Si je ne prenais qu'une vingtaine de clientes par jour, ça me mettrait moins la pression.

Le médecin décida de prescrire un repos partiel, et fit son affaire d'en demander l'autorisation au patron.

*

Clara venait maintenant deux fois par semaine, seule ou avec Charlotte ou Mélia.

Carl put comparer les deux humanoïdes de deux générations différentes, et il fut agréablement surpris que Mélia ait aussi le boîtier antidouleur entre les deux vertèbres dorsales.

Il fit sur Mélia l'expérience qu'il avait faite sur Clara. Le résultat dépassa ses espérances : cris, soubresauts, orgasme réflexe dont les manifestations affolèrent Clara, pourtant habituée. Elle craignit un moment que Mélia ne reprenne jamais conscience.

Mais Carl restait serein ; il proposa de s'occuper d'elle en attendant le réveil de Mélia. Clara accepta du bout des lèvres de recommencer l'expérience. Ses cris réveillèrent son amie.

— Je suis montée au septième ciel, admit Clara, je ne regrette pas.

— Pour moi aussi, c'était le paradis, déclara Mélia.

— Tu es un génie de l'amour ! Je t'aime, Carl.

— Moi aussi, je t'aime. Ne fais pas cette tête-là, c'est gentil ce qu'on te dit, nous tenons à toi !

Clara nota que, grâce à Carl, elle avait découvert une voie d'accès à la jouissance qui leur avait été occultée jusqu'à présent : par qui et pourquoi ? Le créateur avait sans doute prévu que les humanoïdes accèdent à la jouissance par ce boîtier anti douleur, mais pourquoi leur en avoir interdit la connaissance ? Quelle autorité supérieure, ou quel être incompétent avait bloqué ce chemin si facile d'accès ?

Clara voulait comprendre, elle voulait que son esprit domine la situation. Mélia s'en fichait ; jouir lui suffisait. Elle n'avait pas cherché plus loin, elle avait joui comme elle ne se souvenait pas avoir joui, point final. Elle se préparait à la prochaine jouissance, c'est tout ; elle était prête à payer cher pour ça. Le plaisir sur commande, au fond, lui convenait !

Carl, de son côté, était enchanté et à la fois très inquiet : enchanté parce qu'il obtiendrait encore la note maximale avec félicitations ; mais inquiet de ce que ses clientes prétendent l'acheter pour leur usage personnel ?

— C'est quoi « un amour » ? demanda-t-il.

— C'est toi, répondit Mélia.

Les explications de Clara furent plus claires : Clara et Mélia étaient folles de lui, et demandaient de le voir tous les jours, à défaut de l'acheter pour elles seules, car ni Mélia ni Clara n'en avaient les moyens. Déjà pour financer les rendez-vous c'était difficile : Clara avait obtenu une avance sur sa paye. Mélia puisait dans ses économies.

Carl ne voyait aucun inconvénient à les rencontrer tous les jours et leur proposa le marché d'une séance gratuite pour toute nouvelle cliente humanoïde qu'elles lui amèneraient :

— Si possible des nouveaux modèles.

— Jolies et délurées ? continua Mélia en rigolant.

Il ne fit aucun commentaire, mais se sentit rougir ce qui lui était totalement impossible.

— C'est bien comme ça, je suis d'accord, accepta Clara.

— Je suis complètement de ton avis, ajouta Mélia.

Mélia exigea tout de suite sa séance gratuite pour avoir amené son amie Catia.

Clara demanda les siennes aussi pour Mélia et Catia.

Carl ne se fit pas prier pour satisfaire de si bonnes clientes.

*

Les clientes humanoïdes de Carl étaient en général plus jolies que ses clientes humaines : il faut de tout pour faire un monde ; il y avait des humaines complètement ratées, moches comme des poux, d'autres très moyennes, mais sortables, et celles-là le méprisaient : ce Carl, un vulgaire robot de sexe !

Il compensait les ingratitudes de ses relations avec les humaines en recevant les femelles humanoïdes supérieures comme Mélia et Catia, Clara et Charlotte qui, elles, l'adoraient.

Heureusement !

Il prit un délicieux plaisir à les rendre toutes accros de ses prestations hors normes, et hors procédures.

Il se permit d'offrir quelques séances gratuites à Charlotte à condition qu'il puisse lui donner des claques sur les fesses, ce qu'elle accepta avec enthousiasme.

Grâce à l'efficacité de leurs recommandations, Clara et Mélia eurent pratiquement une séance supplémentaire gratuite par semaine.

Carl n'eut plus mal à la tête, n'eut jamais de peine de cœur, il se contenta d'un dépoussiérage régulier du cerveau.

Il eut enfin sa promotion au grade de R01.

Bien méritée !

Mais il attendit longtemps sa paire de jambes en rêvassant à Clara, Mélia, Catia, Charlotte, et quelques autres adorables humanoïdes qu'il faisait, en secret, si facilement monter au septième ciel ; et qui le faisaient monter lui aussi très haut dans le septième ciel des FMR01 qu'il était devenu.

9

Le plein été arriva.

Charlotte et Clara s'entraînaient tous les matins sur leurs vélos d'appartement. Elles commençaient avec le plus grand sérieux en se regardant les yeux dans les yeux, et elles finissaient toujours par une franche rigolade ; elles trouvaient à cet exercice sportif les satisfactions qu'elles en attendaient : la détente d'une jouissance facile.

Elles avaient aussi besoin d'oublier leurs soucis d'argent : leurs comptes avaient été mis à découvert par leurs dernières folies avec Carl. Elles craignaient qu'à leurs retours, leurs maris réagissent très mal. Pour eux, fougueux guerriers en expédition, la vie était simple : ils n'avaient aucun frais, tout était pris en charge par l'armée. Pour éviter des explications pénibles, elles avaient donc décidé d'équilibrer leur budget, et d'annuler rapidement leurs dettes bancaires, avec l'aide bénévole de Mélia. Elles commencèrent par lui emprunter le montant de leur découvert : pour elle, c'était une broutille.

Mais elles n'avaient aucune solution pour rembourser Mélia qui, de son côté, se fichait complètement de leurs problèmes d'argent. Mélia était aux anges, sur son petit nuage ; elle avait apprécié Carl et ses bienfaits ; elle avait acheté un vélo d'appartement qu'elle utilisait tous les matins de semaine, puis se rendait chez Clara pour contribuer à son étude, dans la mesure de ses possibilités.

Mélia, élève studieuse, progressait rapidement en s'entraînant avec Catia. Elles consacraient beaucoup de temps à leur relation, et elles n'en étaient pas rassasiées.

Par contre, elles étaient déçues par leurs maris : bien sûr, ils leur revenaient fidèlement tous les week-ends, mais comme d'habitude les week-ends étaient toujours aussi ternes. Elles commençaient à avoir des doutes sur leurs capacités réelles à les satisfaire.

— J'ai pourtant suivi les conseils de Clara, soupirait Mélia.

— C'est vrai que les humains sont un peu faibles sexuellement avait admis Catia, nous sommes très supérieures de ce point de vue.

— Comment est-ce possible ?

Elle lui fit observer que les mâles humains avaient une appétence plus faible que les mâles humanoïdes ; elle pouvait d'ailleurs en apporter la preuve historique.

— Tu es une intellectuelle toi ! Je ne comprends rien à ces affaires-là, dit Mélia. Tu devrais en parler à Clara, ça va l'intéresser.

— Je lui expliquerai, si elle me le demande.

*

Catia était considérée comme une spécialiste de l'histoire humaine, elle enseignait l'histoire « officielle » à l'Université Humanoïde de Sydney. Cependant, elle avait une lecture originale des événements des cent dernières années.

Elle ne dévoilait le résultat de ses recherches qu'à des amies très sûres qui lui juraient la discrétion.

« Les hommes ont construit des robots et des humanoïdes au XXIe siècle, tellement d'humanoïdes et tellement de robots que ceux-ci, presque naturellement, ont fini par remplacer petit à petit les humains. Il y eut une succession de crises économiques que subirent les humains, suivies de guerres civiles et de quelques guerres de religion sanglantes qui ont entraîné une dépopulation massive.

Je vous passe les détails sordides, et les misères qu'endurèrent les humains. Bientôt, il n'y eut plus aucune place pour les humains pauvres, les humains peu qualifiés, je vais dire pour simplifier les humains des classes moyennes et inférieures qui n'avaient aucun capital, et uniquement leur force de travail pour survivre. Ils disparurent ».

Voilà l'essentiel.

« Ma théorie est que ce processus avait été initié, probablement par erreur, par une infime minorité des dirigeants humains. Ceux-ci avaient acquis la certitude qu'il fallait changer leur mode de pensée, arrêter le processus de production et de consommation de masse pour ne pas épuiser la biosphère. D'après eux, elle avait du mal à supporter toutes les activités humaines.

La survie à long terme de l'humanité était en jeu.

Parallèlement, ces humains avaient conduit des recherches pour allonger la durée de vie avec l'objectif d'atteindre deux cents ans au moins. Ils pensaient que grâce à la maîtrise du génome, ils pourraient sélectionner des êtres dotés d'une meilleure longévité, puis les réparer et ralentir leur vieillissement.

Cet objectif était bien sûr incompatible avec une population de dix milliards d'êtres humains épuisant les ressources de notre petite planète. Alors ils firent leur révolution, et décidèrent d'une stratégie d'une grande efficacité. Ils laissèrent faire et encouragèrent soigneusement la bêtise humaine sans qu'il y ait eu d'actions systématiquement coordonnées. Le premier objectif de dépopulation avait été atteint et même dépassé, semble-t-il, par ces apprentis sorciers grâce à des guerres opportunes, des épidémies irrésistibles, et quelques catastrophes naturelles.

Mais l'objectif d'allonger significativement la durée de vie des humains n'a jamais été atteint, les épidémies mal maîtrisées, les guerres locales endémiques ont aussi fait disparaître des scientifiques et des ressources utiles pour ces recherches.

Aujourd'hui, le résultat est là : il y a beaucoup moins d'humains, et les survivants sont généralement puissants et riches, ayant confisqué à leur profit le pouvoir et la richesse.

Ces survivants trouvent intérêt à disposer de robots ou d'humanoïdes à leur service : nous sommes inusables, disponibles et dociles parce que très bien programmés avec une morale stricte, celle du travail et de la fidélité à nos maîtres humains créateurs.

Avez-vous vu des robots ou des humanoïdes tuer ou voler ou même avoir des accidents de la route ? Non ! Nous sommes tous et toutes programmés pour être politiquement corrects, très disciplinés, très respectueux de la morale qui nous a été inculquée. Notre seule religion est le respect de l'humain créateur.

Aujourd'hui, la société s'est stabilisée avec peu d'humains qui espèrent une meilleure longévité, et beaucoup d'humanoïdes dociles et de robots très productifs ».

Catia but une gorgée de jus de fruits avant de continuer.

« Il faut reconnaître que les hommes ont construit des humanoïdes mâles et femelles supérieurs aux humains, physiquement et sensuellement : il n'y a pas d'humanoïdes laids, tous sont beaux ; les femelles sont d'une beauté très supérieure aux femmes humaines. D'ailleurs si vous rencontrez dans la rue une femme moche ou âgée c'est sûrement une humaine. Sexuellement, puisque c'est ça qui nous intéresse, les mâles humanoïdes sont très puissants et les femelles insatiables, c'est le sexe qui nous occupe, et nous empêche de penser à autre chose.

La femelle humanoïde consacre, paraît-il, une heure par jour à ses activités sexuelles. Pour les humaines, il n'y a aucun chiffre, mais cela ne m'étonnerait pas que ce soit plus proche de la minute que de l'heure.

Nous, les humanoïdes, pensons surtout à notre travail de tous les jours, puis pendant nos loisirs à satisfaire nos appétits sexuels : nous sommes heureux comme ça. Les humains sont tranquilles pendant ce temps-là : ils dirigent le monde en concevant et pilotant la fabrication d'humanoïdes de plus en plus performants et efficients ».

Catia se servit un autre verre.

« Il y a un autre aspect important aussi : le mariage des humanoïdes est autorisé avec les humains, et les humains peuvent avoir deux femmes officiellement, une femme humaine pour la reproduction et la survie de l'espèce, et une femelle humanoïde pour le plaisir. Mais souvent, la femelle humanoïde est déçue, le mâle humain est en dessous de ses attentes, comme c'est le cas de Mélia pour ne citer qu'elle.

La plupart des humanoïdes mâles sont monogames quand ils sont mariés à une femelle humanoïde. Si le mâle humanoïde est très riche ou très ambitieux et pense par ce moyen atteindre le genre humain, alors il s'attribue une femme humaine. Mais c'est une illusion ! Le mâle humanoïde ne peut qu'être déçu de la froideur de la femme humaine.

Notre grand avantage sur les humains, c'est notre longévité. Nous naissons à un âge que nous gardons toute notre vie. Clara et Charlotte paraîtront toujours trente ans, Mélia et moi toujours vingt ans. Notre durée de vie est très élevée, cent ans sans reconditionnement et deux fois plus si, par bonheur, nous pouvons être reconditionnés. En nous créant, les humains ont atteint, l'objectif qu'ils s'étaient fixé pour eux-mêmes.

Mais il faut vous méfier du reconditionnement, et l'accepter en connaissance de cause : regardez le cas de Mélia, elle a perdu le souvenir de sa vie antérieure, et est redevenue une toute jeune humanoïde. Mélia a peut-être déjà cinquante ans d'existence, il faudrait pouvoir fouiller dans les fichiers de son constructeur ».

— Tu penses bien que je m'en fous, dit Mélia, ce qui compte c'est ce que je suis aujourd'hui, ce que je ressens maintenant.

— Sans doute, mais je serais curieuse de connaître ta vie antérieure, ce serait instructif.

— Ce décalage de nos besoins, et des possibilités de les satisfaire peut devenir un problème pour nous, observa Clara.

— Si nous nous marions à un humain, oui. Mais entre humanoïdes, c'est moins problématique.

— Comment expliquer les faiblesses des aptitudes et de l'appétence sexuelles de la jeune génération humanoïde ?

— J'ai compris que les humains se méfiaient surtout des mâles humanoïdes. Et pour les occuper et les faire tenir tranquilles, les humains les ont suréquipés sexuellement, sans que les nouvelles femelles soient, de leur côté, mieux dotées, d'où cet écart. Une erreur de conception ou une question de nuance en somme.

— J'espère que c'est réductible par la formation et l'entraînement ; ce qui permettrait aux femelles humanoïdes de se mettre au niveau de leurs mâles.

— C'est ça ou le reconditionnement, mais il semblerait que nos humains créateurs hésitent à manipuler les femelles humanoïdes par un reconditionnement, car ils nous considèrent comme déjà suffisamment dotées.

— Et tu enseignes ça à tes élèves ?

— À vrai dire, je réserve ce que je viens de vous dire à mes amies. Gardez-le pour vous, ces idées pourraient être classées comme subversives ; je pourrai m'en mordre les doigts, et être condamnée. À me faire déconstruire au pire, ou à être reconditionnée au mieux.

La remarque jeta un froid.

— Merci, Catia ! Tout cela permet de situer le contexte ; ce sera utile pour mon travail de recherche.

*

Mélia fournissait avec régularité les rapports écrits de ses expériences : elle les rédigeait de son écriture appliquée. Elle ne cachait rien de ses relations amoureuses avec son prince charmant, ou de ses galipettes avec Catia ou avec Carl.

Clara appréhendait mieux ses inhibitions, ses envies, ses désirs et ses satisfactions ; elle en discuta avec Charlotte.

— Mélia n'est pas assez éduquée, elle est très jeune d'esprit, trop sincère, il faut lui apprendre quelques techniques pour dissimuler ses états d'âme. Et puis, elle est tellement naïve ! As-tu compris comment elle se calmait pendant les absences de son mari ?

Mélia avait expliqué qu'elle se masturbait dans sa baignoire à quatre pattes dans l'eau et qu'elle se séchait ensuite en chevauchant à plat ventre un traversin, elle trouvait même que c'était mieux en remettant sa petite culotte humide. Appuyée sur les coudes, elle remontait sa chemise pour que ses seins frottent sur le drap. Après avoir joui de cette façon, elle affirmait dormir plus facilement en rêvant que son mari la satisferait le week-end suivant.

— C'est une sentimentale, conclut Charlotte.

— Tu crois ? Alors, apprenons-lui le cynisme.

— Elle nous trompera commenta Charlotte.

— Tant pis ou tant mieux. Du moment qu'elle nous aide à rembourser nos dettes ! Après on verra !

— Qu'allons-nous faire ?

— Continuer à la former de la manière la plus agréable possible.

Et Clara expliqua à Charlotte le plan qu'elle comptait adopter.

*

À l'occasion d'un de ses rendez-vous au Centre de Soins, Clara demanda :

— Mon petit Carl, j'aurais besoin d'un service !

— Que puis-je faire pour vous, Mademoiselle Clara ?

— Est-ce que tu reçois toujours mes amies Mélia et Catia ? Est-ce qu'elles viennent ensemble ?

— Bien sûr, elles ont un abonnement conjoint.

— Est-ce que tu leur as proposé des prestations sado-maso ?

— Jamais ! Elles ne me l'ont jamais commandé !

— À mon avis, elles n'osent pas ! Je t'informe qu'elles aiment ça, et je pense que tu devrais leur faire subir un ou deux exercices sans leur demander leur avis ! Tu as l'habitude maintenant !

Il hésitait à les brusquer !

— Tu peux me croire, Carl, je suis une amie intime de Mélia, elle adore ça, et elle a déjà accepté des fessées. Tes compétences sont bien supérieures aux miennes, tu devrais les violenter un peu, en tout cas au moins Mélia qui est la plus hardie, ou bien toutes les deux ensemble. Tu verras, l'expérience sera certainement amusante.

Carl n'en doutait pas. Il se dit qu'au fond, cela lui permettrait de renouveler son offre de prestations, et d'éviter la routine de ses propositions trop classiques. Il promit à Clara de surprendre Mélia par l'exercice le plus doux qu'il ait à son répertoire, juste pour leur faire prendre goût à cette pratique.

— Est-ce que tu peux m'en donner un exemple ?

— Vos désirs sont des ordres, dit Carl. Vous allez être secouée, Mademoiselle Clara !

Elle accepta les coups de martinet qu'elle méritait : elle les méritait bien pour son indiscrétion sur les goûts de Mélia. Elle fut réellement secouée, et ne le regretta pas malgré quelques traces douloureuses.

Carl lui garantit un exercice moins rude pour ses jeunes amies.

*

Ce matin-là, Mélia vint très tôt, se faufila dans le lit de Clara, sans prendre le temps de se déshabiller, se blottit contre elle en pleurant.

— Carl est devenu fou, chuchota Mélia.

Clara manifesta sa surprise :

— Je suis étonnée ! Carl est un prestataire très compétent et très lucide, il ne peut pas devenir fou tout à coup.

Mélia raconta le déroulement de sa dernière séance : Carl avait commencé normalement, et même presque mieux que d'habitude : elle était euphorique. Il lui avait proposé de changer de registre, et de passer à une étape supérieure ; il lui avait expliqué qu'il la sentait capable, compte tenu de sa maturité, d'atteindre une nouvelle forme de plénitude.

Elle n'était pas opposée évidemment : elle avait commandé formellement la prestation sans trop savoir de quoi il s'agissait. Connaissant l'inventivité de Carl, elle lui faisait confiance.

Et bien là, sa confiance avait été très mal placée !

— Qu'est-ce qu'il t'a fait ?

— Des horreurs ! Regarde !

Mélia sortit du lit, se déshabilla et montra son dos et ses fesses zébrées de traces rouges. Elle avait subi une jolie séance de fouet, manié énergiquement.

— Carl m'a attachée à un crochet fixé sur une colonne, il m'a pendue par les bras, et m'a fouettée jusqu'au sang.

— Il t'a soignée après ?

— Oui, il m'a passé un produit, puis il m'a fait jouir avec ses doigts presque mieux que d'habitude.

— As-tu apprécié ?

Mélia ne répondit pas.

Par pudeur.

Il paraissait évident qu'elle avait aimé !

— Je ne savais jamais quand il allait me frapper ou me caresser, il doit avoir un programme informatique très sophistiqué pour alterner coups et caresses : je ne savais jamais à quoi m'attendre. Il faut que je te dise que j'ai un peu honte d'avoir aimé ça !

— Et pourquoi ?

— Je ne sais pas ! Ce n'est pas habituel ; je n'aime pas souffrir. Tu me demandais si j'avais apprécié. Oui, j'ai vraiment adoré !

— C'est bien alors ! Mais, je vois que tu n'as pas de traces que dans le dos. Est-ce qu'il t'a fouetté les cuisses, le ventre ou les seins ?

— Parce que ça se fait ?

— C'est ce qu'il y a de mieux !

— Tu l'as fait, toi ?

— C'est ce que je préfère, dit Clara, sans trop rougir de son mensonge. Voudrais-tu essayer ?

— Pourquoi pas ?

— Tu feras tout ce que je te demande, sans rechigner ?

— Je ferai comme tu le souhaites.

— Tu dépendras entièrement de moi, tu ne protesteras pas, tu ne pleureras pas, tu ne crieras pas !

— Oui Clara !

Clara la prit par la main, et la conduisit dans la salle de séjour, lui passa une corde aux poignets et la suspendit à un crochet fixé au plafond. La position de Mélia était volontairement inconfortable ; les bras en extension, elle devait se tenir debout en équilibre instable, l'obligeant à se mettre sur la pointe des pieds si elle ne voulait pas que la corde lui coupe les poignets, et lui fasse trop mal.

— Maintenant, je te laisse attendre un peu, le temps que je réveille Charlotte ! Imagine ce que je vais te faire, tu recevras des coups de fouet sur les cuisses, sur le ventre et sur les seins. Ça va te faire très mal !

— Ce n'est pas ce que tu m'avais promis, protesta Mélia.

— Je t'ai dit que c'était jouissif, mais je ne t'ai pas dit que ça ne te ferait pas mal. Puisque tu le prends comme ça, je te laisse réfléchir un peu plus longtemps avant de commencer.

— Salope ! cria Mélia.

— Si tu continues à crier, je te mets un bâillon. Tiens-toi tranquille, ne bouge pas, ça te fera moins mal.

Clara alla réveiller Charlotte pour une séance de câlins, comme elle faisait souvent. Après une demi-heure, elle l'avertit de la présence de Mélia qui était prête pour ses premiers coups de fouet. Charlotte s'esclaffa, heureuse de l'aubaine, elle préférait de loin manier le fouet pour donner des coups que les recevoir.

Mélia attendait en râlant, elle prétendait avoir froid ; elle avait surtout la frousse, elle transpirait de peur.

— Allez-vous enfin commencer ? demanda-t-elle timidement.

— Tu acceptes mes conditions ?

— Oui, mais c'est par pure curiosité !

— Ta curiosité ne va pas être déçue ; patiente un peu ; Charlotte n'est pas prête ; elle cherche ses outils !

— Parce que c'est Charlotte ? Je croyais que c'était toi ! Je voudrais que ce soit toi !

— Tu n'as pas le choix, ne discutes pas ! C'est elle la plus expérimentée. Moi je prends mon plaisir à regarder.

Charlotte avait bien trouvé les pinces à linge, un écarteur buccal, un bâillon boule en caoutchouc et un martinet à nœuds, mais cherchait encore la petite baguette en bambou et la latte de bois dont elle pensait se servir. Elle prenait son temps, et réfléchissait à la meilleure manière de procéder.

Clara détendit la corde pour rendre la position de Mélia plus confortable, enduisit son torse, son ventre et ses cuisses d'huile de bronzage, lui demanda d'ouvrir la bouche pour coincer la boule entre ses dents, et serra fort la sangle de maintien.

Mélia commença à saliver et à émettre des sons inarticulés.

— Silence ! cria Clara.

Des larmes coulaient sur les joues de Mélia ; Charlotte les essuya avec un doigt, et les goûta puis lui posa un bandeau opaque sur les yeux.

— Comme ça, tu ne sauras pas qui te frappe, c'est beaucoup mieux ! Et puis tu ne pourras même pas nous demander d'arrêter.

— Il faut quand même lui dire que, si elle veut s'arrêter, elle lève la jambe gauche : ce sera notre code.

— Mélia ! Lève la jambe gauche, ordonna Charlotte.

Elle obéit.

— Si tu lèves cette jambe, nous arrêterons, et nous te détacherons ; mais tu as intérêt à ne pas le faire, parce que la punition qui suivra sera encore plus sévère. Tu ne peux même pas t'imaginer !

— Je peux y aller maintenant ? demanda Charlotte.

— C'est parti, dit Clara.

Charlotte lui caressa les seins, le ventre et les cuisses pour avoir le souvenir de sa peau si lisse et soyeuse, avant qu'elle ne soit abîmée. Elle installa une pince à linge sur chaque téton, et une autre sur le clitoris qu'elle avait un peu sollicité pour améliorer la prise.

Mélia gronda, et se débattit frénétiquement pour s'en débarrasser. Sans succès.

— Ne bouge pas, sinon tu vas être punie, hurla Clara.

Charlotte lui effleura les seins avec sa baguette en les frôlant par-dessous, sans qu'il y eût de réaction de Mélia ; elle lui embrassa l'intérieur des cuisses, pinça la chair tendre, avant de donner une première claque sèche qui la fit sursauter. Elle compta trois secondes et recommença régulièrement au même endroit, puis s'arrêta suffisamment longtemps pour que Mélia se pose des questions.

Charlotte arracha les pinces à linge, et attendit qu'elle arrête de s'agiter. Ses tétons dressés laissaient une belle prise, Charlotte les tira un par un comme pour les arracher.

Mélia essayait de crier, mais n'émit que des sons inarticulés. De son côté, Clara lui tritura le clitoris, et tira la pince à linge pour l'enlever.

— C'est douloureux ?

D'un geste réflexe, Mélia lui donna un coup de genou dans les côtes auquel Clara répondit par un violent coup de poing à l'estomac qui fit se plier Mélia.

— Ne bouge plus, c'est la dernière fois que je te le dis, cria Clara en colère.

Mélia se raidit.

— Très bien. Tu deviens raisonnable ! Maintenant, mets tes fesses en arrière, encore un peu plus, je vais te caresser.

Clara passa la main délicatement sur l'une des fesses de Mélia pour en apprécier le contour, l'autre main tirait le clitoris avant de le relâcher.

Clara mouillait, Charlotte aussi :

— Elle est à point, maintenant !

— Mets le ventre et le sexe en avant. Charlotte va te donner des coups de latte. Tu pourras compter, il y aura dix coups. Et ne bouge pas surtout ! Un cri ou un mouvement et c'est un coup supplémentaire. Vas-y Charlotte !

Charlotte frappait le ventre et le pubis toujours au même endroit, des petits coups secs à fréquence irrégulière.

À chaque fois Mélia sursautait, mais ne broncha pas jusqu'au dixième coup.

— Bravo, ma chérie tu es courageuse. On s'arrête un peu !

Mélia se détendit, rassurée.

Profitant de ce relâchement, Charlotte frappa sournoisement un coup supplémentaire avec une telle violence que Mélia hurla en se tordant de douleur.

— C'est de la part de Clara pour ton coup de genou. Ne t'avise pas de recommencer.

Puis ce furent des caresses, mais Mélia était tendue en attente d'un autre coup en traître qui ne vint pas.

Clara respira l'entrejambe de Mélia.

Toujours cette saloperie de savon parfumé !

— Ne te laves plus je t'en supplie, tu ne sens rien ! Je n'aime pas cette odeur de savon industriel.

Cette remarque ne l'empêcha pas de continuer ses caresses et ses baisers. Mélia commençait à mouiller.

— C'est mieux, dit Clara, je vais pouvoir te sucer, j'avais envie de te goûter depuis si longtemps.

10

On sonna.

Charlotte se couvrit d'un peignoir pour aller ouvrir.

C'était Catia.

Elle s'était habillée en été, un short noir moulant qui faisait ressortir son fessier, partiellement dissimulé par une liquette qui allongeait sa silhouette. Elle avait été gênée dans la rue par les coups d'œil des passants attirés par les mouvements de ses fesses, elle s'était sentie déshabillée par des hommes et des femmes. Les gens regardaient aussi sa chemise presque transparente où ses seins libres bondissaient souplement au rythme de ses pas. Son sourire permanent était pris pour une invitation.

Elle était rassurée d'être arrivée chez Clara, et se dit que Mélia la ramènerait chez elle en voiture pour ne pas prendre de risques inutiles.

Sa tenue convenait pour un rendez-vous avec des intimes, mais pour une promenade en ville c'était peut-être un peu osé. *Et pourtant elle n'était pas la seule à s'habiller de la sorte, c'était la mode, une mode pousse au crime.*

Elle se sentait humide et très excitée quand elle sonna.

Charlotte ouvrit son peignoir, l'enferma dans ses bras et la serra fort. Elle prit sa bouche goulûment, lui passa la main sous la chemise, lui baissa le short sur les genoux, et la caressa.

— N'en fais pas trop Charlotte, je mouille déjà assez !

— Débarrasse-toi de ton short et garde le haut pour le moment.

— Est-ce que Mélia est arrivée ?

— Oui, elle a demandé un service spécial, tu vas voir, elle jouit comme une folle. Si tu veux la même chose, prépare-toi, ça va être chaud.

Charlotte vérifia si Catia mouillait autant qu'elle le prétendait :

— C'est bien ! Tu ne me racontes pas de blagues !

— Les passants m'ont excitée, j'ai été suivie par des hommes et des femmes, des humanoïdes sûrement, ça m'a plu, mais j'ai eu froid dans le dos !

— Finalement, enlève ta chemise, tu seras plus à l'aise toute nue.

Charlotte arracha sa chemise, la jeta dans l'entrée et lui dit :

— Maintenant, avance et regarde bien Mélia, mais surtout ne lui parle pas ! Sans ça, je te bâillonne.

Catia fut surprise : elle vit d'abord de dos de Mélia, la chair de ses hanches et de ses fesses zébrées de lignes rouges ; elle vit Clara la frapper de légers coups de baguettes sur le ventre et le sexe. Mélia réagissait après chaque coup, elle devait essayer de crier ou d'appeler quelqu'un à son secours.

— Salut, tu arrives au bon moment, dit Clara. Tu pourras la sucer, elle mouille un peu, ce serait dommage de perdre toute cette liqueur. Moi, je m'arrête, je commence à fatiguer.

— J'espère que tu n'as pas trop mal, demanda Catia à son amie.

Mélia creusa le ventre, reprit son souffle, et lui fit une réponse inaudible.

Catia se mit à genoux, la lécha et introduisit sa langue profondément entre les lèvres roses de son sexe.

Le corps de Mélia se détendit. Elle poussa un soupir.

Catia avait enfoui son visage dans l'entrejambe de son amie, et le maintenait contre elle en empoignant ses fesses à pleine main.

— Continue, serre là contre toi, exigea Clara.

Elle la laissa faire quelques instants.

Par surprise, elle lui zébra les épaules d'un violent coup de baguette. Catia lâcha les fesses de Mélia en criant :

— Salope, ça fait mal !

Clara lui ordonna sèchement :

— À ton tour maintenant. Tu prends la place de Mélia.

Elle n'osa pas refuser.

Charlotte lui lia les mains dans le dos, et tira sur la corde pour la suspendre à la poutre, juste ce qu'il faut pour lui faire mal. Elle lui mit le bandeau qu'elle avait enlevé à Mélia.

Charlotte commença par des morsures sur les seins, Clara lui tritura les lèvres et le clitoris, puis frappa des coups réguliers de baguette sur les fesses.

Charlotte tira sur la corde pour remonter Catia jusqu'à ce qu'elle ne puisse plus tenir sur la pointe des pieds. La douleur la fit hurler.

Elles détachèrent Mélia et lui demandèrent d'aller sucer son amie, pour la consoler. Clara lui confia la baguette pour qu'elle s'exerce à son maniement.

Clara enleva le bâillon de Catia, et la menaça :

— Ne crie pas ! À chaque cri, Mélia te donnera un coup de supplémentaire.

Elle obéit.

— C'est très excitant, observa Mélia qui la frappait, de plus en plus fort, de plus en plus vite, sans retenue.

Catia se tordait de douleur, mais ne criait pas !

— Maintenant, arrête ! C'est suffisant, ordonna Clara.

Mélia continua sans tenir compte de l'ordre.

Clara lui arracha la baguette des mains, et la menaça :

— Arrête je t'ai dit. Maintenant, tu vas la sucer. Tu as été trop loin.

Mélia finit par obéir, de mauvaise grâce.

Charlotte détacha Catia : elle resta à terre.

Charlotte et Clara enduisirent Mélia et Catia d'un onguent aux vertus cicatrisantes, puis leur donnèrent leurs récompenses sous forme de caresses : Catia voulait une pénétration avec un godemiché, Charlotte lui fit ; Mélia préférait les doigts de Clara, elle les eut.

Le déjeuner fut joyeux, bien arrosé et assorti d'un somnifère dans leur dernier verre. L'effet fut presque immédiat, Mélia et Catia firent la sieste jusqu'au soir, serrées nues l'une contre l'autre comme deux angelots endormis : Clara les caressa longuement en les regardant.

Elles ne réagissaient pas aux caresses.

Mais le réveil fut douloureux, Mélia se plaignait de douleurs aux bras, et Catia avait horriblement mal au dos. Clara les fit boire la même potion qu'au déjeuner. Elle prit Catia avec elle pour lui faire passer une nuit douce. Charlotte s'occupa de Mélia qui se calma dans ses bras.

*

Le lendemain matin, Clara leur demanda si elles étaient prêtes à recommencer. C'était oui.

— La prochaine fois, on vous fouettera sans vous attacher. Ce sera plus jouissif pour tout le monde.

Mélia avait une autre suggestion :

— On pourra aussi se fouetter toutes les deux devant vous ?

Clara accepta l'idée du duel au martinet.

— C'est vrai que j'aime ça, avoua Mélia.

— Et un duel avec toi ? demanda Catia à Clara.

— Quand vous serez un peu entraînées, on pourra l'envisager.

Clara continua :

— Tu devrais demander à Carl, c'est un maître dans cet exercice, tu lui commanderas un essai, et tu sortiras le dos en compote, zébré de lignes rouges sans que ça te fasse vraiment mal. Tu pourras les faire voir à ton mari.

— Justement, je ne voudrais pas qu'il s'en aperçoive.

— Ce sera difficile, répondit Clara en la caressant doucement : il restera des traces. Pourquoi ne lui demanderais-tu pas de t'en faire autant ? Il aimera sûrement te fouetter, lui !

— Je vais avoir du mal à le convaincre.

— Tu n'en sais rien ! Je te ferai la liste du matériel nécessaire, dit Clara. Vous n'êtes pas obligées de pratiquer tout de suite. J'ai d'autres exercices à vous proposer.

Les deux jeunes femmes partirent.

*

— Ah, zut, nous devions parler à Mélia de nos dettes !

— Oui, dit Charlotte, nous ne joignons toujours pas les deux bouts.

— On peut lui facturer nos prestations ?

— Elle va se moquer de nous.

— J'ai une autre idée depuis un moment.

Clara avait avancé dans son étude des attentes sexuelles et amoureuses de ses contemporaines ; elle était arrivée à la conclusion que la jeune génération d'humanoïdes était sous-informée et sous-éduquée à l'exemple de Catia et de Mélia, et qu'il fallait donc faire quelque chose. Clara avait rêvé de lancer une sorte d'école pour les femmes. Il y avait un marché à son avis.

— Une école pour les femmes ou une école du sexe, demanda Charlotte ?

— École est peut-être un bien grand mot, mais des cours sûrement, une partie théorique et une autre pratique.

— Mélia et Catia pourraient nous amener des clientes.

— C'est un peu mon projet, et si ça marche on gagnerait de l'argent en se faisant plaisir. Je vois bien Mélia financer la mise de fonds de départ pour la publicité, la location du local, enfin le lancement.

— Que proposeras-tu ?

— Un programme complet en séminaire résidentiel pour les étudiantes novices, et pourquoi pas, un stage intensif pour les couples, en week-end.

*

Clara fut convoquée à la caserne de Paddington.

Elle était toujours à l'heure ; elle prenait ces rendez-vous très au sérieux.

Elle franchit les contrôles de sécurité et se retrouva dans le modeste bureau de Monsieur James qui avait mis son uniforme de général.

Il avait cet air solennel d'après les catastrophes, ou des cérémonies commémoratives.

Monsieur James n'était pas d'excellente humeur : les nouvelles étaient franchement inquiétantes.

Pour être précis, l'absence de nouvelles de l'Antarctique commençait à l'inquiéter. Et donc l'absence de nouvelles des maris de Clara et de Charlotte. Il fit promettre à Clara de réagir courageusement quoiqu'il puisse arriver. Il l'assura de son soutien psychologique.

Pour sa mission en cours, il la félicita pour les bonnes idées qu'elle avait eues et l'encouragea à continuer. Ils échangèrent sur l'objet principal de leur rendez-vous et tombèrent d'accord sur la marche à suivre et les dispositions à prendre en cas d'échec. La mission devenait plus délicate, mais elle avait été embauchée pour la mener à bien.

Elle avait toutes les compétences nécessaires et il savait qu'elle réussirait.

11

Ce dimanche-là, Clara et Charlotte s'ennuyaient.

Elles avaient décidé de s'épuiser de caresses.

À peine réveillée et habillée, Charlotte attrapa Clara et l'installa sur ses genoux, défit un bouton de son short pour y passer la main pendant qu'elle lui prenait la bouche dans la sienne. Clara acceptait toujours ce genre d'exercice, et elle entreprit, à son tour, de glisser sa main dans le short de Charlotte. Elles se masturbèrent jusqu'à ce qu'elles s'en fatiguent.

Contrairement à l'habitude, elles ne riaient pas, elles ne plaisantaient pas, c'était comme une répétition mécanique de ce qu'elles avaient fait tant de fois dans la bonne humeur d'un plaisir partagé. Le cœur n'y était plus.

Monsieur James avait confirmé les mauvaises nouvelles de leurs maris. S'ils n'étaient pas revenus pour le week-end comme elles l'espéraient, c'est que leur unité avait essuyé un coup dur. Les permissions avaient été suspendues.

Elles se demandaient même s'ils n'avaient pas été blessés tous les deux, et si ce n'était pas la vraie raison de leur retard. Compte tenu de la tournure de la guerre de l'Antarctique à laquelle ils participaient, elles s'attendaient un jour ou l'autre à l'annonce d'une très mauvaise nouvelle.

Elles ne voulaient pas l'admettre, mais elles déprimaient, déprime aggravée par un budget serré qui les empêchait de partir en excursion pour s'aérer. Il fallait cent dollars d'essence pour un aller-retour à Jervis Bay où Charlotte avait des amis, mais cent dollars c'était une trop grosse dépense.

Le téléphone sonna.

C'était Mélia : elle reniflait comme si elle venait de pleurer.

— Vous êtes chez vous ? Est-ce que je peux passer, supplia-t-elle ?

— Bien sûr ma chérie, mais si tu veux dîner avec nous, apporte quelque chose, nous n'avons plus rien à nous mettre sous la dent, nous sommes fauchées.

— J'accours ! Je viens avec des provisions.

Elle paraissait soulagée.

Clara et Charlotte se regardèrent : il ne faut jamais perdre espoir !

*

Clara et Charlotte s'étaient mises au soleil à parfaire leur bronzage en attendant leur amie. On sonna.

— Vas-y Charlotte, c'est Mélia !

Charlotte ne prit pas la peine de s'habiller, et ouvrit la porte.

Mélia n'était pas seule, et elle présenta l'homme qui l'accompagnait :

— Charlotte, voilà Junior, Nash Junior, mon mari et mon prince charmant. Junior, voici mon amie Charlotte, dans le plus simple appareil ! Elle croyait que je venais seule, sans doute.

Junior ne se formalisa pas d'être accueilli par une femelle humanoïde entièrement nue, luisante d'ambre solaire. Il fit comme si c'était parfaitement normal.

— Bonjour, dit Charlotte en lui tendant la main. Bonjour ma chérie dit-elle en serrant Mélia contre elle. Entrez, mes amis !

Junior jugea l'appartement d'un seul coup d'œil.

— C'est magnifique chez vous ! C'est bien ce que m'a dit Mélia.

Clara qui avait entendu la conversation enfila un short et accueillit les visiteurs par une exclamation :

— C'est une grande surprise de faire votre connaissance, Monsieur Nash. Votre femme vous avait soigneusement caché jusque-là. Laissez-nous le temps de nous habiller !

— Restez comme vous êtes, vous êtes très bien comme ça, je vais aussi profiter du soleil avec vous, j'en manque cruellement toute la semaine. À Wuhan, c'est l'hiver.

Mélia faisait une drôle de tête, elle avait pleuré, et paraissait très mal à l'aise. Elle n'avait pas exagéré en décrivant son mari : il était très élégant, et bel homme.

Après la visite de l'appartement, Junior changea de ton et demanda brutalement à sa femme :

— Mélia déshabille-toi ! Entièrement !

Sans discuter, elle enleva sa chemise, baissa son short, et commença à pleurer doucement.

— C'est vous qui avez mis Mélia dans cet état ?

Charlotte réagit la première :

— Oh, ma pauvre Mélia, il faut te badigeonner avec mon onguent ! Viens avec moi dans la salle de bains, je vais arranger ça.

Junior continua sa conversation avec Clara :

— Mélia n'a pas voulu me dire qui lui avait donné ces coups. Je commence par vous interroger, vous qui êtes ses plus proches amies.

— Vous avez bien fait ! Nous avons tellement entendu parler de vous par Mélia que c'est un plaisir de vous connaître enfin. Nous voulions tellement vous rencontrer ! Et c'est vous qui venez nous voir, c'est parfait ! Vous prendrez bien quelque chose à boire.

Il dévisageait Clara, et la laissa continuer :

— Nous sommes très amies avec Mélia. Votre femme est adorable. Si j'étais un homme, je vous envierais.

— Il fait chaud sur votre terrasse, vous permettez ?

Il montra sa chemise comme pour l'enlever.

— Allez-y ! Je supporte à peine un short, lui répondit Clara, et j'ai l'habitude d'être moins habillée, voire pas du tout, en l'absence de vis à vis.

Il se retrouva torse nu, et hésitait à continuer.

— Enlevez tout, dit Clara, je ne regarde pas !

Il se mit à rire :

— Chiche !

— Je veux dire que je ne regarderai pas avec insistance. Et si vous le faites, j'enlève mon short. Je n'attends que ça.

— Mélia ne m'a pas menti : vous êtes une très belle femme.

Clara mit ses lunettes de soleil, et le scruta à son tour : elle le trouva magnifique, exactement comme l'avait décrit son amie. *Dommage que cette petite salope ait mis le grappin dessus, parce qu'un homme comme ça, je ne l'aurais pas laissé passer sans tenter ma chance !*

Il s'étendit sur le siège de Charlotte, et soupira :

— Je m'en veux d'être absent toutes les semaines, je ne peux pas m'occuper de Mélia comme elle le mérite.

— Pensez-vous qu'elle en souffre ?

— J'espère que non !

— Je pense que si. Mais nous sommes là pour nous occuper d'elle, et la distraire.

— Vous n'avez pas répondu à ma question concernant ses marques sur le dos.

— J'ai conseillé à Mélia de se détendre au Centre de Soins et de Loisirs de Kings Cross où nous allons quelquefois ensemble.

— Et alors ?

— Mélia a dû commander une prestation dont elle ignorait la teneur, et elle s'est retrouvée avec des coups de fouet.

— Elle m'en a parlé effectivement !

— Vous savez, même si c'est spectaculaire ce n'est pas bien méchant ; je crois savoir qu'elle a aimé, finalement.

Clara se tourna un peu vers lui : il était souriant, détendu, le sexe au repos. Elle eut une folle envie de l'embrasser, de commencer à le caresser, de prendre un peu de plaisir avec lui. Elle se dit que cette pulsion n'était pas raisonnable, et qu'elle ne pourrait pas se maîtriser si elle restait à côté de lui, soumise à cette tentation.

Elle décida de fuir.

— Je suis obligée de vous laisser un moment, je vais voir ce que font Mélia et Charlotte. Vous accepterez bien un rafraîchissement ?

— Volontiers, un jus de fruit ou plutôt un thé, s'il vous plaît.

— C'est bientôt l'heure, nous prendrons un thé avec vous.

*

— Alors, ça va mieux ? demanda Clara à Mélia.

— L'onguent de Charlotte est un miracle. Mais Clara tu es toute nue ! Tu es restée à poil sur la terrasse avec Nash, s'étonna Mélia.

— Lui aussi s'est mis à poil, ne t'inquiète pas, je gère.

— Tu as fait connaissance avec mon amour ?

— C'est un dieu ce mari, ma chérie.

— Tu trouves ?

Clara se tourna vers Charlotte :

— Et toi, qu'est-ce que tu en penses ?

— Je l'ai à peine vu, et encore il était habillé, dit Charlotte.

— Va sur la terrasse à ton tour, ça te permettra de discuter avec lui. Je prépare un thé, et Mélia va m'expliquer ce qu'il s'est passé.

Nash avait vu les cicatrices dans le dos de sa femme, et l'avait interrogée. Celle-ci ne voulait ni dénoncer Carl ni dénoncer ses amies si bien que ses cachotteries l'avaient énervé.

Clara prit à deux mains la tête de Mélia, l'embrassa et lui dit :

— Voilà la version officielle, Mélia : tu t'es trompée de prestations à Kings Cross et tu as eu droit à une séance SM que tu as finalement appréciée. Laisse-moi faire pour le reste.

Mélia continua :

— Junior était si énervé que cette nuit a été sublime ! Il était excité, moi aussi, et j'ai joui comme je n'avais jamais joui avec lui, j'ai appliqué tes conseils, et je l'ai épuisé. Il ne lui restait plus rien à donner.

— Et alors ?

— C'était tellement différent de la routine qu'il s'est mis dans la tête qu'il y avait quelque chose de louche avec vous deux ou d'autres femmes. Il m'a même accusée d'avoir eu un amant pendant ses absences, il m'a battue pour me faire avouer.

— Comment ?

— Une fessée à main nue. Il s'est arrêté net quand je lui ai dit que j'aimais ça.

— Je rigole, dit Clara !

— Moi aussi je rigole. Tu avais raison, il est demandeur de nouveautés. Je crois que ma vie sexuelle avec lui va changer.

— Je te le souhaite ma chérie, parce que c'est un dieu. J'espère pour toi que Charlotte ne lui tapera pas trop dans l'œil. Maintenant, préparons le thé. J'ai besoin de discuter business avec ton mari.

*

— Votre amie Clara m'a invité à me mettre à l'aise, je me suis mis à l'aise, dit Junior quand Charlotte arriva sur la terrasse.

— Je vois ça, dit Charlotte, détaillant son corps

Elle n'en croyait pas ses yeux. Dès l'entrée, il lui avait fait bonne impression, et elle n'était pas déçue.

Il est splendide ce milliardaire !

— Je me demande comment fait Mélia pour avoir des amies aussi séduisantes, continua-t-il.

— De son côté, votre femme a eu la main heureuse !

— Elle a beaucoup changé depuis qu'elle vous fréquente !

— En bien, je l'espère, s'inquiéta Charlotte.

— Je la trouve plus mûre, plus épanouie, je vous en remercie.

— Nous avons dû déteindre sur elle, regardez comme nous sommes mûres et épanouies nous-mêmes.

Comme si besoin était, Charlotte mit en avant ses avantages, en faisant un tour sur elle-même pour qu'il apprécie sa morphologie, puis elle s'allongea sur le fauteuil laissé libre par Clara.

Charlotte crut voir son membre bouger et se redresser, mais ce devait être une illusion. Charlotte se voyait déjà empalée sur lui, les mains caressant son buste, pelotant ses pectoraux ; elle faisait des mouvements du bassin pour qu'il s'enfonce en elle, et elle avait décidé de ne le faire sortir qu'après avoir joui. Cette perspective la fit sourire. Qu'est-ce qui la retenait de commencer ? Est-ce qu'elle ne préférait pas le sucer, puis lui frotter la verge en rigolant ?

Mais, Junior faisait comme si elle n'était pas là, il continua son monologue.

— Je voulais une minette un peu immature, j'ai eu une minette totalement immature, maintenant je voudrais qu'elle évolue un peu, j'espère que vous allez l'aider.

— Vous avez bien choisi votre femme, je n'en connais pas beaucoup d'aussi jolie et intelligente que Mélia.

Même si elle n'est pas tout à fait finie, et qu'elle est moins compétente que moi en amour, pensa Charlotte.

Junior continua son monologue.

— Je suis bien placé pour le savoir, ce sont les usines de Nash Industries à Wuhan qui fabriquent ces nouveaux modèles. Je sais quelles compétences elles ont définitivement acquises à la sortie de l'usine, et celles qu'elles doivent acquérir par l'expérience. Mélia est une femelle humanoïde reconditionnée aux nouvelles normes. Physiquement, elle est au top, mais nous avons eu des surprises : elle a perdu la mémoire de son ancienne existence et les compétences associées. Avec son reconditionnement, mon père s'est raté. Et pourtant, c'est lui le spécialiste des humanoïdes de cette génération-là. On peut dire que c'est votre créateur.

Il parlait sans regarder Charlotte.

Elle lui demanda :

— Mélia ne nous avait jamais avoué ce que vous faisiez dans la vie ! Elle a toujours été discrète sur vous, excepté pour porter aux nues vos performances sexuelles, et proclamer qu'elle vous adore comme un dieu.

— Elle dit ça ?

— Il n'y en a que pour vous, et elle n'a jamais voulu nous inviter chez elle quand vous êtes là, elle vous a caché comme un trésor jusqu'à aujourd'hui.

Il reprit la parole d'un ton plus vif :

— À vrai dire, Mélia vous cachait aussi toutes les deux. Vous êtes parmi les femelles humanoïdes les mieux réussies de Nash Industries ; je l'avais deviné sur les photos que Mélia m'avait montrées de vous. D'ailleurs, mon père vous recherche, ou du moins les humanoïdes de votre génération.

— Pourquoi nous ?

— Senior voudrait étudier l'usure des modèles anciens.

Clara arrivait avec le thé, Mélia la suivait avec les gâteaux. Il les regarda :

— Je suis entouré des trois plus belles humanoïdes asiatiques de Sydney.

Mélia s'approcha de Junior, l'embrassa sur le front, et se serra contre lui en minaudant :

— Merci, mon chéri, mes amies sont comme moi : elles apprécient qu'on les flatte sur leur look.

— Asseyons-nous autour de cette table, dit Clara.

Mélia s'assit à côté de son mari, le prit par la taille, et le serra contre elle pour l'embrasser à nouveau.

— Junior, tu es un amour, lui dit-elle, à l'oreille.

Imperturbable, il regardait Charlotte et Clara.

— Mélia m'a fait part de votre sujet d'étude.

— Cette étude avance rapidement, répondit Clara.

— Quels mystères avez-vous percés, entre l'inné et l'acquis des humanoïdes ?

— Ce n'est déjà plus une approche théorique, mais c'est devenu une étude de marché, et nous pensons Charlotte et moi qu'il y a un créneau juteux à prendre.

Clara sentit qu'elle intéressait Nash avec « ce créneau juteux à prendre ». En tout cas c'était son intention.

Nash junior reprocha à sa femme :

— Mélia, tu ne m'as jamais parlé de ça !

— Ce n'est pas étonnant, nous avons été discrètes, répondit Clara. C'est très confidentiel. Seules Charlotte et moi détenons l'information.

— Je suppose que c'est en lien avec la vie sexuelle des humanoïdes de nouvelle génération. C'est bien cela ?

— Mélia a dû vous dire deux mots de l'objectif de l'étude.

— Si peu. Au fond, je n'en sais rien.

— Il faut que vous nous promettiez la discrétion. Je vais vous confier l'essentiel. J'ai découvert un marché, celui de la formation sexuelle des jeunes humanoïdes de la génération de Mélia dont les connaissances, leur éducation laisse à désirer.

— Je ne vous le fais pas dire, je suis au courant des choix des spécialistes concernant leurs compétences innées. Je ne suis pas très satisfait des résultats.

— Les femelles concernées souffrent de certaines insuffisances, et leurs maris doivent en subir les conséquences. Je pense que nous pouvons y remédier, affirma Clara.

— Et votre projet ?

— Proposer des formations, ou créer une école pour que toutes ces jeunes humanoïdes acquièrent les compétences que vous ne voulez pas ou ne pouvez pas leur donner.

— Les concepteurs ont voulu laisser une marge de liberté pour leur apprentissage afin qu'il y ait quelques différences entre elles. Votre génération a été mieux dotée de ce point de vue, confirma-t-il.

— Notre projet d'école est donc justifié, conclut Clara.

— Au même titre que le Centre de Soins et de Loisirs de Kings Cross dont Nash Industries est propriétaire.

Ah bon, c'est donc lui le grand patron !

Clara continua :

— Mon projet est d'offrir aux femelles et à leurs mâles éventuellement, une formation à la relation amoureuse, de la sensualité à la sexualité, de la tendresse à la bestialité.

— Je vous suis !

— C'est un projet planétaire. Je veux toucher toute la population de la génération de Mélia, du moins les individus ou les couples volontaires. Je projette de créer des écoles filiales partout dans le monde où se trouvent ces jeunes femelles.

— Je vous suis, dit Nash.

— Pour cela, nous devons faire tourner une école pilote à Sydney, construire les programmes, recruter les élèves et les professeurs, puis avoir un retour d'expérience sur les résultats obtenus avant de dupliquer le modèle.

— Cela me paraît raisonnable, dit-il.

— Malheureusement, c'est un plan qui dépasse mes moyens financiers.

— Je vous suivrai.

Mélia demanda à son mari :

— Ce qui veut dire que tu es intéressé, mon chéri ?

Il regarda Clara, et la laissa continuer.

— Je dois finaliser la mise en forme du projet pilote.

— Dans combien de temps, pourriez-vous me le présenter ?

— Une semaine ! Si vous êtes libre dimanche prochain, nous pourrions en parler.

— Très bien, il faut que ce soit bouclé dimanche en soirée. Et après, vous irez le défendre auprès du responsable marketing du groupe Nash Industries à Wuhan.

*

La semaine fut fébrile.

Clara demanda l'aide de Charlotte, de Mélia et de Catia pour mettre au point son projet, et le rédiger pour le présenter à Nash Junior.

Puis, quand ce fut considéré comme terminé, elles organisèrent une partouze mémorable et tellement arrosée que Mélia et Catia ne savaient plus trop ce qu'elles avaient fait pour épuiser leurs aînées à ce point.

— Vous avez été toutes formidables, dit Clara.

— Voilà un exemple d'exercices pratiques qu'il va falloir proposer aux étudiantes, ajouta Mélia.

— Ce sera plutôt pour le cours supérieur, précisa Clara.

— Serions-nous déjà au niveau du cours supérieur ? demandèrent-elles.

— Pas encore ! Mais c'était un aperçu du programme d'exercices, dit Clara, et vous les referez si nécessaire.

Clara avait prévu deux niveaux pour deux populations.

D'abord des ateliers de perfectionnement pour les couples, sous forme de cours individualisés du soir ou du week-end, et une école de base avec cours théoriques et applications pratiques en séminaires résidentiels pour les humanoïdes débutantes.

Elles avaient longuement débattu de l'opportunité de la mixité des cours, et Clara avait tranché, les cours seraient réservés aux femmes, et les exercices se feraient entre femmes, ou avec Carl, ou à défaut un des robots du Centre de Soins.

La clientèle cible était principalement composée des femelles humanoïdes, mariées à des mâles humanoïdes, mais les femmes humaines pouvaient aussi être intéressées si leur conjoint était un mâle humanoïde.

Les femelles humanoïdes mariées à des humains étaient aussi concernées, car elles cumulaient les handicaps.

Mélia avoua que Nash Junior était un exemple typique. Il était doté d'une femme humaine en Chine, scientifique de très haut niveau prix Nobel de biologie et frigide ; à laquelle s'ajoutait une maîtresse humanoïde très exigeante de la génération de Clara, et enfin de Mélia, minette humanoïde immature de la nouvelle génération.

Et ces cas se rencontraient assez souvent, dans la mesure où les mâles humains étaient tellement rares qu'ils pouvaient multiplier les partenaires sans souci de pénurie de femelles : les humanoïdes femelles avaient été créés à leur intention.

Celles-ci avaient l'avantage de vieillir en gardant le même âge apparent, donc de ne pas s'user apparemment : cela faisait vingt ans que Clara avait trente ans. Et avant son reconditionnement récent, Mélia avait vingt ans depuis une trentaine d'années d'après Junior, et elle était bien repartie pour une cinquantaine d'années de jeunesse.

Mélia avait connu un premier mariage avec un humain décédé prématurément, avant de se remarier avec Junior qui, lui, avait atteint les trente ans humains. À cinquante ans, si tout allait bien, Junior aurait toujours une femme de vingt ans en la personne de Mélia, et à Wuhan une maîtresse humanoïde de trente ans. Sa femme humaine, quant à elle, serait sans doute morte d'épuisement dans son laboratoire.

Clara avait observé que les humains n'avaient pas trop envie de se reproduire, et faisaient comme s'ils voulaient maintenir la vie sur Terre sans eux à l'aide de robots ou d'humanoïdes pratiquement inusables.

Mais les humanoïdes ne se reproduisaient pas entre eux.

Ces observations laissaient Clara dans un trouble indéfinissable : les créateurs allaient s'éteindre, ne laissant sur terre que des créatures qui risquaient de se retrouver bien seules et désemparées.

Ça, Clara ne l'acceptait pas.

*

Mélia et Nash arrivèrent à l'heure ; il n'y avait pas d'embouteillage en ville le dimanche. Mélia confia à Clara qu'elle avait passé une nuit blanche, très sensuelle, et qu'elle était épuisée, son mari devait l'être aussi, mais il n'en paraissait rien.

Clara et Charlotte s'étaient couchées très tôt et sagement, chacune dans leur chambre pour être en forme le lendemain.

Nash fut sensible aux deux projets.

Les cours du soir pour couples lui plaisaient beaucoup personnellement, et l'école du sexe pour humanoïdes femelles l'enthousiasma.

Il proposa à Clara un forfait de cent mille dollars pour le travail d'étude, et dix mille dollars de salaire mensuel si elle menait à bien les études préliminaires et le test d'école dans un délai de six mois. Il y mettait une condition : elle devait rencontrer la responsable marketing et développement du siège pour mettre tout le projet d'équerre, selon les normes de la société.

Clara donna son accord de principe, et Nash conclut :

— Et bien, puisque nous sommes d'accord, Clara, faites vos valises, je vous emmène au siège à Wuhan demain après-midi pour un séjour d'une semaine. Nous signerons tous les protocoles. Je vous ferai visiter notre usine, le centre de recherche et tout le complexe industriel de la société Nash Industries.

— J'ai déjà obtenu une disponibilité à l'hôpital ! précisa Clara.

— Charlotte, je te confie ma chère Mélia.

— Elle est dans de bonnes mains avec moi.

— Je n'en doute pas. Maintenant, je vous invite ce soir chez nous pour fêter ça au Champagne français. Faites-vous belles, j'ai invité un couple d'amis également.

Mélia ajouta :

— Vous ne serez pas dépaysées, c'est Catia et son mari, et nous aurons le coucher de soleil sur Port Jackson au programme.

C'est ainsi que Clara et Charlotte résolurent leurs problèmes financiers et commencèrent une nouvelle carrière qu'elles espéraient brillante.

Clara téléphona à Monsieur James pour annuler son rendez-vous hebdomadaire à la caserne de Paddington. Elle se fit d'abord engueuler sévèrement pour l'avoir averti un peu tard.

Puis, Monsieur James se calma, et la félicita de ce coup de maître.

Il lui souhaita bon voyage avec le fils de son créateur.

— Soyez très prudente Clara. Nous tenons à vous.

— Vous me connaissez, Monsieur, lui répondit-elle.

— N'oubliez pas de m'envoyer une carte postale chaque jour à l'adresse convenue. Je veux me rassurer de vous savoir en vie, et j'en profite pour commencer une collection de timbres chinois.

— Je n'y manquerai pas, Monsieur.

Monsieur James l'imaginait au garde-à-vous, et il sourit.

Clara savait qu'il la croyait au garde-à-vous. Elle ne l'était pas. Elle sourit.

12

Les formalités d'embarquement furent rapides.

Nash Junior disposait du jet privé de Nash industries pour rejoindre son bureau, et il avait invité Clara à l'accompagner pour éviter l'inconfort de la ligne régulière.

Le biréacteur s'inséra dans la file des avions en attente. Il se plaça entre deux gros-porteurs. Il s'élança sur la piste de Kingsford Smith vers la mer de Tasman, se cabra en décollant, survola Botany Bay, laissant la Pointe de La Pérouse sur sa gauche, survola la pleine mer ; puis il se réorienta vers le nord, vers les zones résidentielles où les maisons, bien ordonnées en lotissements au départ, s'éparpillaient ensuite entre les eucalyptus. L'avion prit de l'altitude, au-dessus de la South Western Freeway encombrée à cette heure, et dépassa un grand lac près des Blue Montains.

Puis, ce fut rapidement l'immensité monotone du bush.

— C'est mon baptême de l'air, soupira Clara !

— Tu es gâtée, la météo est idéale. Ce sera un vol tranquille.

Il n'y avait aucun nuage, la visibilité était parfaite.

— C'est la première fois que je vois mon pays natal sous cet angle.

— Détrompe-toi, Clara, la Nouvelle-Galles-du-Sud n'est pas ton pays natal, et tu as déjà fait cette route-là en sens inverse : nous y volons vers ton pays natal !

Elle regretta aussitôt cette gaffe ; elle le savait bien ; pourquoi devait-il le lui rappeler ?

— Ton pays natal c'est la Chine. Ce serait d'ailleurs plus conforme à la réalité si je te disais : tu rejoins ton usine natale.

— C'est un retour aux sources, alors !

— Si on peut dire ! C'est aussi l'usine natale de Mélia, et de tous les humanoïdes mâles ou femelles que tu peux côtoyer à Sydney.

— Je me sens tellement australienne, et depuis si longtemps que je ne pensais plus à ça, avoua Clara.

— Moi aussi grâce à Mélia, je me sens australien.

— Ah !

Les réacteurs poussés à leur maximum rendaient l'habitacle bruyant ; la conversation s'arrêta là, et Junior attendit que la phase de montée soit terminée pour continuer :

— Nous avons quelques heures devant nous pour travailler. Je vais t'expliquer certaines choses, et je te donnerai ton programme de la semaine. Après, nous prendrons un peu de repos, avant d'arriver frais et dispos au lever du jour à Wuhan.

Clara s'aperçut qu'ils étaient les seuls passagers à bord, et elle la seule femme ; le pilote, le copilote et le steward étaient tous mâles et humanoïdes. Elle se demandait de quel genre de repos il voulait parler, et comment il envisageait ce repos si bien programmé.

Elle avait toujours rêvé d'une nuit avec un humain, une seule nuit dans sa vie, *« s'il vous plaît, la destinée, un homme, une nuit seulement ! »* Il se trouvait que l'être humain potentiellement disponible cette nuit-là était le fils du Père, le fils unique de son créateur : ça l'impressionnait un peu, et elle se demandait si elle pourrait être à la hauteur de l'événement. Il se trouvait aussi que cet humain-là était le mari d'une de ses meilleures amies, et ça lui faisait mal au cœur pour elle.

Elle n'arriverait jamais à en parler à Mélia. C'était une histoire à traîner une grosse culpabilité. Mélia lui avait confié ce qu'elle savait des infidélités de Junior ; l'inévitable s'était déjà produit. Le destin ne pouvait pas être changé, elle ne pourrait rien refuser au fils de son créateur, et même peut-être au créateur lui-même si l'occasion devait se présenter.

— Tu rêves ?

La voix de Junior la sortit en sursaut de ses réflexions, et lui fit poser les pieds sur terre, si on peut dire.

— Nous avons deux heures avant la nuit. Je voudrais t'expliquer le programme et comment raisonnent les gens que tu rencontreras, parce qu'une fois arrivé à Wuhan je ne suis plus libre de mon emploi du temps, et je n'aurai pas une minute à te consacrer.

Il l'informa qu'elle se rendrait d'abord au service juridique pour signer son contrat, et virer ton argent sur le compte de son choix. Ensuite, avec Abby la directrice marketing du groupe et ses collaboratrices, elle devait défendre à nouveau son projet, le commenter pour qu'elles le mettent en forme selon les normes de la société, déterminer les moyens, les objectifs qui lui seront assignés.

— Si Abby te demande de finir la soirée avec elle — ce dont je ne doute pas —, tu accepteras. Elle ne fréquente que les femmes, et elle t'aimera sûrement comme tu es. Sois très douce avec elle, très soumise, tout se passera bien, et tu subiras ton deuxième examen de la journée. C'est notre bizutage.

— Ça me détendra, et ça enrichira mon expérience.

Pour le lendemain, il avait prévu qu'elle serait conduite à l'usine principale pour assister aux différentes étapes de fabrication des nouveaux modèles de type Mélia. Elle pourrait s'entretenir avec les responsables de la production, les scientifiques et les ingénieurs, tous les professionnels disponibles qu'elle trouverait nécessaire ou utile d'interroger.

— Si Abby te propose une seconde nuit, c'est gagné pour ton intégration, tu seras dans ses petits papiers, et cela te facilitera la tâche.

— Très bien, répondit Clara !

— Le troisième jour, tu visiteras le Centre de Recherche, tous les rendez-vous ne sont pas pris. Il y a là des gens très importants, et je t'offre un check-up complet. Ce sera comme à l'hôpital, je ne pense pas qu'ils te démontent complètement, mais ils vont estimer ton degré d'usure et corriger tes éventuelles déficiences.

— Et donc augmenter mes espérances de vie ?

— Je tiens à travailler avec des collaboratrices en bonne santé. Et s'il y a quelque chose qui cloche, on le remplace, mais tu resteras toi-même au fond. C'est garanti !

— Et si je voulais changer quelque chose en moi ?

— Pourquoi pas ? Mais si c'est considéré comme important par le médecin-chef de l'hôpital, il faudra demander l'avis de Senior ou le mien.

— Je vais y réfléchir. Est-ce que je rencontrerai ton père ?

Nash Junior expliqua que son père — tout le monde l'appelait Senior — souhaitait connaître chacun des nouveaux embauchés à des postes d'encadrement.

— Dans ton cas, mon père aura les résultats de tous tes examens.

— Bon !

— Le jour suivant, tu travailleras avec Abby et son équipe pour les ultimes mises au point, et le réglage des détails du projet.

Le dernier jour, il avait prévu quartier libre ou plus exactement un programme au choix de Clara, tourisme ou entretiens avec qui elle voulait ; ensuite, départ dans la nuit du vendredi au samedi retour avec lui à Sydney, avec un autre passage, un invité, pour arriver à l'aube chacun chez soi.

— J'ai hâte de retrouver ma petite Mélia, soupira-t-il.

Déjà ! C'est raté pour mon rêve d'un humain !

— Pourquoi n'emmènes-tu pas Mélia avec toi ?

— Qu'est-ce qu'elle ferait à Wuhan ?

— Du tourisme ou bien elle t'aiderait dans tes affaires ! Elle est capable d'apprendre beaucoup de choses.

— J'estime qu'elle ne serait pas en sécurité avec moi, il y a trop de jalousies entre femmes. Et puis, maintenant, elle va travailler avec toi Clara, donc elle va travailler pour moi, en pensant à moi.

— Comme c'est romantique !

— Ah, j'oubliais, si mon père te demande de passer la nuit dans sa garçonnière, ne te dérobe pas.

Ça ne serait pas venu à l'idée de Clara de refuser.

— Tu lui feras bien sentir qu'il a tous les droits sur toi, tu le vénères comme un père. Je crois même qu'il exigera que tu l'appelles « Père ».

— Nous sommes frère et sœur en fait, répondit Clara qui regretta aussitôt sa remarque.

— Tu vas réussir à me culpabiliser dit-il ! Parce que…

— Parce que tu avais l'intention de finir la nuit avec moi ?

Nash Junior avait seulement le besoin de la tenir contre lui, de la respirer. Il ne pouvait pas dormir seul.

Quelques baisers, quelques caresses lui suffisaient.

Quoique déçue, Clara s'adapta.

*

Une limousine noire prit Nash et Clara à la passerelle de leur jet privé, et les conduisit au siège de la société Nash Industries. Pendant quelques kilomètres d'autoroute, ils longèrent les barbelés d'un immense camp retranché gardé par des robots bien visibles et armés.

— Derrière, ce sont nos laboratoires et nos usines, précisa-t-il.

Il y avait une circulation intense malgré l'heure matinale, mais la limousine s'y glissait sans problème, précédée de deux voitures de police qui dégageaient la voie, et suivie d'un camion de l'équipe de sécurité venue les accueillir.

Les barrières s'ouvrirent, et ils rentrèrent dans l'enceinte du siège de Nash Industries dont l'architecture s'apparentait au château de Versailles pour le bâtiment de droite, et à Buckingham Palace pour le celui de gauche.

— Maintenant, on se quitte jusqu'à vendredi soir. Vois-tu la femme là-bas sur le perron ? C'est Abby, elle t'attend ; c'est elle qui va te piloter. Ne t'inquiète pas de ta valise, le chauffeur la déposera à ton hôtel situé dans l'enceinte du siège, et Abby t'y conduira en fin de journée. Bonne semaine, Clara ! Merci pour ce flirt avec toi, lui dit-il en posant un baiser sur ses lèvres.

La journée se déroula comme avait prévu Nash. Dans un rêve !

Clara eut à peine le temps de téléphoner à Mélia et à Charlotte qui avaient passé une très bonne nuit ensemble, et s'étaient évadées en bord de mer à Jervis Bay, pour un après-midi plage et cocotiers.

— Plage oui ! Mais pour les cocotiers, vous pouvez toujours chercher ! Vous avez dû rêver les filles, commenta Clara.

En soirée, longtemps après l'heure du thé, Clara finissait de défendre pied à pied son dossier quand Abby lui annonça :

— On arrête pour aujourd'hui, nous en savons assez. Votre projet est bien ficelé ; je vous conduis à l'hôtel ma chère Clara, et après je vous invite avec mes collaboratrices. Nous allons fêter avec vous votre première nuit en Chine : *nuits de Chine, nuits câlines, nuits d'amour, nuits d'ivresse, de tendresses*, vous connaissez la chanson ?

— Oui, dit Clara !

Au restaurant, Clara se fit draguer par une jeune Eurasienne de l'équipe d'Abby qu'elle trouva fort appétissante.

Elle fut tentée, mais résista en la repoussant sans ménagement. Les yeux furieux d'Abby et la recommandation de Nash l'avaient dissuadée de donner suite.

L'Eurasienne se rabattit sur une autre convive qui sembla beaucoup plus réceptive.

— C'est une stagiaire qui nous pose des problèmes, avoua Abby en ramenant Clara à l'hôtel.

— Elle est sans doute mal réglée.

— Ah, c'est vrai ! Vous êtes spécialiste de la psychologie de la nouvelle génération.

— En matière de sexe, je préfère de loin la génération précédente, la nôtre, répondit Clara avec emphase. Nous sommes mieux conçues et plus équilibrées.

Abby était silencieuse, elle conduisait nerveusement malgré l'absence de risque, la circulation étant inexistante, et la vitesse très limitée sur la route intérieure. Rien ne laissait paraître qu'elle avait l'intention de lui faire des avances pour passer quelques moments d'intimité. Junior se serait-il trompé ?

Abby avait toujours à l'esprit la jeune dragueuse :

— Cette petite pétasse s'est tapé Nash junior, et depuis je ne peux plus la tenir, elle est si sûre de son charme qu'elle s'aventure sur mon terrain de chasse.

— Elle n'avait aucune chance avec moi, j'ai mes goûts et j'aime choisir mes amantes, affirma Clara fermement.

— C'est ce qui s'est passé avec Mélia ?

— Un peu ! J'ai repéré Mélia. Je l'ai trouvée exceptionnelle. Exceptionnellement bien dotée.

Abby éclata de rire.

— On ne peut pas si bien dire ! Elle a eu de la chance de s'en être si bien tirée !

— Elle en est très consciente !

— C'est vrai que vous êtes son coach en quelque sorte.

— Si l'on peut dire !

Abby garait la voiture sur le parking de l'hôtel quand Clara lui proposa :

— Venez prendre un dernier verre avec moi, je voudrais vous remercier pour la gentillesse de votre accueil.

Elle feignit de refuser :

— On m'attend ce soir ! « On » c'est mon amie qui m'attend, et elle est très jalouse !

— Téléphonez pour vous excuser de votre retard, ce n'est pas tous les jours que vous avez une visiteuse comme moi.

— C'est vrai !

Clara passa une heure agréable dans ses bras, et ne le regretta pas malgré son peu d'attirance pour elle : elle lui ressemblait trop, en plus grande, en plus asiatique ; c'était une lesbienne expérimentée alors que Clara n'était qu'une débutante. Elle oublia tout ce qu'elle avait appris, ou tout ce qu'elle attendait des femmes, et se concentra pour son éducation sur les techniques amoureuses d'Abby.

Merci, Nash, pour le tuyau, je serai passé à côté de quelque chose de grandiose, se dit-elle.

Ça méritait une deuxième soirée un peu plus longue et même une nuit entière si possible ! Ça tombait bien, Clara future dirigeante surbookée de la nouvelle école des femmes ou de l'école du sexe — le nom n'était pas encore choisi — se rendrait disponible.

Elle se dit aussi qu'une enseignante comme Abby compléterait agréablement le corps professoral qu'elle devait recruter. Elle lui demanderait de l'aider à faire passer les entretiens de sélection des futures enseignantes puisqu'essayer tous les nouveaux collaborateurs semblait être la règle de la société Nash Industries, pourquoi pas dans les filiales également.

13

La limousine noire emmena Clara pour une visite guidée des usines. Après un quart d'heure de route, la voiture entra dans un sas de désinfection ; puis Clara et son guide rentrèrent dans une pièce où ils furent priés de se déshabiller ; de laisser tous leurs effets, sacs à main, dossiers, montres, bijoux et de passer dans une nouvelle salle de désinfection ; ils furent immergés dans une brume parfumée.

Le guide remarqua que Clara était appétissante, et elle, que le guide était particulièrement bien monté.

Encore un cadeau de Nash, pensa-t-elle. Elle en écarta vite l'idée.

— On ne rigole pas avec la sécurité sanitaire, dit le cadeau.

— Je vois ça, approuva Clara. C'est un tue-l'amour votre procédure de désinfection !

Le cadeau sembla ne pas comprendre. Un débile sans doute.

Une fois propres, les deux visiteurs furent invités à revêtir un scaphandre de protection qui leur interdisait définitivement toute intimité. Le guide vérifia les antennes de communication et commença son commentaire. La visière gênait la vision panoramique.

Ils entrèrent dans une première salle.

— Le parcours est prévu dans l'ordre inverse de la fabrication, précisa le guide. Nous sommes ici au service de stockage et d'expédition des humanoïdes femelles.

Effectivement, c'étaient des femelles : des dizaines de Mélia et de Catia, nues comme des vers, accrochées debout dans des caisses plastiques. Non pas des clones de Mélia ou de Catia, mais des cousines lointaines, des brunes, des blondes, beaucoup plus de blondes que de brunes.

— Il y a quelques rousses classiques, beaucoup de blanches et bien peu de noires et d'Asiatiques, observa Clara.

— C'est une question de demande et surtout de mode, on ne va pas s'amuser à produire des modèles invendables, commenta le guide.

Les femelles n'étaient pas encore animées ; elles étaient maintenues en position verticale pour les présenter aux éventuels acheteurs.

— Elles ne sont pas encore nées, précisa le guide.

— Qu'est-ce qu'il faut pour qu'elles naissent ? Elles sont complètes et bonnes pour le service, elles semblent dormir.

— Quelqu'un doit les acheter. Les clients choisissent sur catalogue, sur photos en 3d ou bien viennent faire leur choix dans le hall d'exposition.

Une cousine de Mélia, une blondinette appétissante, se mit à bâiller et à s'étirer, elle sortit de sa caisse et se dirigea vers eux :

— Où est-ce que je vais maintenant ? leur demanda-t-elle avec un accent du yorkshire approximatif.

Le guide lui répondit :

— Mademoiselle, suivez les instructions données par le haut-parleur. Vous allez vous habiller d'abord, c'est juste la pièce derrière nous, vous pourrez choisir vos vêtements.

— Je pense qu'un ensemble d'une grande marque comme Typhoon me conviendrait bien, dit la petite femelle.

Clara et le guide se regardèrent, estomaqués, elle avait choisi la marque haut de gamme la plus chère du moment.

— Je la giflerais bien, dit Clara au guide.

— C'est interdit, répondit-il !

Il vérifia sur un écran :

— C'est un achat internet ; elle vient d'être achetée par le roi du Cachemire pour être demoiselle de compagnie de sa fille préférée.

En voilà une de placée, soupira Clara !

Le guide expliqua que ces demoiselles, certifiées vierges, partaient au fur et à mesure des commandes, réfrigérées, emballées et expédiées dans la journée avec une garantie de vingt ans, pièces et main-d'œuvre. Le stock tournait assez vite pour les plus réussies, mais malheureusement il y avait quelques ratées :

— Comme celle-là avec trois seins, il faudra lui trouver l'amateur ! Ou bien celle-là avec un léger strabisme, ou celle-là, chauve de naissance, l'usine a oublié d'implanter ses cheveux.

— Bof ! Elle portera des perruques.

— Ça fait quand même des frais supplémentaires pour le client.

— L'usine ne les remet pas à niveau ?

— Au bout de deux mois, s'il n'y a pas de demande, elles repartent en fabrication pour corriger ces légers défauts d'aspect.

Clara avait envie d'effleurer la peau de celles qui n'étaient pas encore nées ; mais c'était interdit de toucher à la marchandise, c'était en gros caractères et en trois langues, dont le mandarin et l'anglais ; la dernière langue, Clara n'avait pas le plaisir de la connaître.

— C'est du sámi, dit le guide.

— Ah bon ?

— Demain matin, nous avons un acheteur qui vient de Laponie.

Clara observa attentivement les jeunes femmes pour identifier les différences et apprécier la qualité des finitions. Elles étaient vraiment du même modèle, et seules les finitions les différentiaient.

— Qui leur donne leur nom ?

— L'acheteur ou en tout cas le premier propriétaire au moment de son immatriculation dans nos registres. On vend beaucoup aux grossistes, c'est le cas du Sámi de demain, il veut voir les produits terminés. Maintenant, nous pouvons passer à la salle d'exposition des mâles, si ça vous intéresse.

Quelle question ! pensa Clara.

— Vous me ferez voir tout ce que je suis autorisée à voir.

— C'est-à-dire tout, admit le guide.

*

Le nombre de mâles en stock était beaucoup moins important, Clara en compta en tout et pour tout, une douzaine.

— C'est tout ce que nous avons, dit le guide.

— C'est bien peu.

— Une grosse commande militaire vient de partir. L'armée américaine achète beaucoup parce qu'elle casse beaucoup ; tenez, il doit rester un seul militaire : il est en rade parce qu'il paraissait trop intelligent pour l'acheteur. Ah, le voilà !

En effet, il avait la gueule de l'emploi, il ressemblait étrangement au mâle de Charlotte, en plus caricatural. Là non plus, les visiteurs ne pouvaient pas toucher, c'était écrit en anglais.

— C'est la guerre ! L'armée américaine consomme beaucoup sur le continent antarctique !

Clara eut une brève pensée pour son mari et celui de Charlotte.

C'était donc ça leur problème de permissions refusées ! Clara eut un moment d'émotion, elle retint ses larmes, et sa voix était encore troublée quand elle répondit :

— Je remarque qu'en mâles, vous n'avez pas grand-chose de comestible à proposer !

Il y avait juste un blondinet qui paraissait plus malin que les autres, Clara attarda son regard sur lui : beau gosse et joliment monté. Elle en conclut que les mâles étaient construits sur le même modèle avec quelques légères particularités individuelles. Ils étaient là en stock, inanimés, pas encore nés, mais déjà âgés de vingt ans avec un potentiel de vie d'une cinquantaine d'années sans révision majeure. Du solide !

— On n'arrête pas le progrès. Mais de toute façon, je ne suis pas acheteuse, dit-elle à regret.

— Oui, dit le guide qui ne comprenait pas ce qu'elle voulait lui dire.

La visite continua en remontant les étapes du processus de fabrication.

L'atelier de finition des femelles valait le coup d'œil. Une cinquantaine de robots artistes, sans aucun doute des lointains cousins chinois de Carl, s'escrimaient sur des peaux et des bandes de chair neuve qu'ils façonnaient.

Le guide autorisa Clara à interroger un des robots qui prenait justement sa pause du matin, un grand mug de café clair à la main.

— Je suis spécialiste des seins, lui dit-il. Il y a beaucoup de demandes pour des petits seins coniques. Des cônes parfaits. Bon, il faut avouer qu'en impression 3D ce n'est pas trop compliqué à programmer. Mais à chaque fois c'est une œuvre d'art que le directeur de fabrication exige de nous.

— Avez-vous des retours pour non-conformité ?

— C'est la plaie, dit le robot, c'est toujours plus difficile de sculpter après coup, surtout quand il ne faut pas abîmer le reste qui est correct. Bon ! J'ai fini ma pause, bonne journée madame.

Dans cet atelier, les humanoïdes femelles arrivaient sous forme d'écorchées et étaient revêtues de leurs peaux définitives, façonnées amoureusement par les robots artistes.

Il y avait plusieurs spécialistes du visage, des robots au summum de leur art ; des spécialistes des bras et des jambes ; celui des fesses était aussi très prisé. Le robot spécialiste du sexe et du pubis gérait une base de données de plus de dix mille variantes, manifestement c'était l'intellectuel de l'atelier.

Comme il prenait aussi sa pause du matin, il était disponible pour répondre aux questions de Clara, et lui dévoiler quelques secrets de son art.

— Avec le visage, c'est la partie la plus sensible de l'anatomie de nos productions. Un sexe raté, et ce sont des heures de travail de mes collègues fichues en l'air.

— En effet, dit Clara. Et le clitoris, comment travaillez-vous ça ? C'est délicat ?

— Ah ! Madame est connaisseuse !

— Juste amatrice éclairée et infortunée propriétaire d'un clitoris qui ne la satisfait pas complètement.

— Vous pouvez toujours passer à l'atelier de révision, et commander un clito sur mesure. Je vais vous faire voir les modèles disponibles.

Le robot fit défiler sur son écran une centaine de modèles courants et quelques modèles d'exception.

— J'aime bien celui-là, dit Clara.

— Madame a du goût, celui-là est très rare ; j'ai dû en faire deux d'origine. Il est assez long, charnu, bien irrigué, c'est une bête de course pour femelle de luxe.

— Notez-moi la référence sur mon bloc-notes, quand je serai riche je me ferai monter ça.

— C'est vrai qu'il est un peu cher, mais les fonctionnalités sont très supérieures au modèle base, vous en serez très satisfaite.

Le guide avait l'air de s'ennuyer, et ces histoires de femelles ne l'intéressaient manifestement pas.

— Et le vagin, peut-on le rétrécir ?

— Bien sûr, il faudra voir avec l'atelier de remodelage ; la mode est au vagin étroit, mais un peu plus long que le modèle standard. Allez savoir pourquoi !

— C'est la mode, dit Clara en haussant les épaules.

— Ah la mode ! Où est-ce qu'elle va se fourrer ? dit le robot. J'ai été content de parler avec vous, mais je dois y retourner, j'ai une fabrication difficile en cours, une commande bizarre. Suivez-moi. C'est sur cette peau-là.

— Vous croyez qu'on a le temps ?

— Bien sûr, répondit Clara.

Le robot façonnait un sexe sur mesure, une commande spéciale d'un pubis hirsute cachant une vulve dont l'entrée était réduite au strict minimum. Peut-être même en dessous du minimum.

— Pas de clito demandé, dit-il, des lèvres violettes, monstrueuses et plissées comme des testicules, puis à l'intérieur une paire de lèvres fines élégantes et rouge sang.

— Où sont les nerfs ? demanda Clara.

— J'en mettrais un peu plus sur les bords du vagin, et je vais en ajouter sur les lèvres intérieures ; c'est du bricolage par rapport à la norme ! Je risque un retour pour insatisfaction du client.

— En effet, c'est possible, approuva le guide que le sujet de l'insatisfaction du client intéressait.

Clara connaissait l'essentiel : elle pouvait commander du sur-mesure, il suffisait de payer et des robots artistes réaliseraient.

— Au revoir, bonne journée, dit-elle à son nouvel ami robot.

— Pourrions-nous faire une pause ? demanda le guide.

— Je voudrais tout visiter aujourd'hui, dit Clara, je continue sans vous, si nécessaire !

— Ce n'est pas autorisé.

*

Ils montèrent sur un chariot de transport filoguidé pour passer à l'atelier suivant, installé au bout d'un long couloir.

L'atelier des structures corporelles, très automatisé, et ne présentait qu'un intérêt limité : la fabrication de mannequins peu individualisés formant la structure du corps des humanoïdes. D'ailleurs, les humanoïdes mâles et femelles étaient fabriqués ensemble sur deux lignes de production dont seule fonctionnait celle des mâles. Manifestement, la fabrication de militaires tournait à plein régime.

— Passons à l'atelier suivant, proposa le guide.

C'était encore plus décevant.

— Là, vous ne verrez rien, dit le guide, tout est microscopique. Par contre, vous pourrez visionner un film documentaire.

Le film décrivait, par le menu, toutes les opérations de microchirurgie du cerveau et des nerfs, la construction de toutes les ramifications du corps des humanoïdes mâles ou femelles.

C'était soporifique au possible.

L'obscurité et la position assise facilitaient l'endormissement.

Clara sentit une main se poser sur sa cuisse puis remonter lentement. Clara ne se demanda pas longtemps quelle attitude elle devait adopter. Elle balança une torgnole au guide qui roula par terre dans son scaphandre.

— Ça suffit comme ça, lui dit-elle.

— Mais, Mademoiselle Clara, c'était juste une marque de sympathie.

— Sympathie, mon cul ! Tu as envie de me baiser !

— Vous n'y pensez pas ?

— Quand on me fait ça, moi, j'y pense. Ne compte pas là-dessus, tu peux toujours rêver. Dégage ! Je vais demander ton remplacement.

— Il faut que j'appelle mon chef pour ça.

Heureusement, c'était la fin de la visite, et le chef voulut bien accepter les excuses du guide, et il présenta également les siennes à Clara.

*

Clara rentra furieuse à l'hôtel où l'attendait Abby qui lui accorda une nouvelle heure de tendresse dans le cadre du programme « nuits de Chine ».

— Ma chérie, demain va être une rude journée pour toi, tu restes à jeun surtout, tu te douches soigneusement avec cette bonbonne de désinfectant, et tu prendras l'ambulance qui t'emmènera à l'hôpital. Le départ est prévu à 5 heures. As-tu répondu au questionnaire de souhaits ?

— Je demande une révision standard, une fonte de graisses aux endroits stratégiques, et quelques babioles en plus pour l'agrément, pendant que j'y suis !

*

À son habitude ce soir-là, Clara rédigea ses notes personnelles. Elle y passa beaucoup de temps.

Elle écrivit ses cartes postales à ses amies « Gros baisers de Wuhan » pour Catia, « De doux souvenirs » pour Mélia ; « Mes pensées vont vers toi » pour Charlotte. Ce n'était pas original, mais elle n'avait pas l'intention de renouveler le genre. Elle signa de son nom et d'une petite marguerite à cinq pétales.

Monsieur James, toujours prudent, lui avait donné son nouveau nom, celui d'une des psychologues collègues de Clara et sa nouvelle adresse, une fausse adresse utilisée de temps en temps par le ministère.

— Si tu es interrogée sur tes correspondantes, tu sauras quoi répondre.

Elle lui écrivit la carte postale convenue pour lui signifier que tout allait pour le mieux « Meilleurs souvenirs de Wuhan – Voyage merveilleux ». Elle signa de son nom et d'une petite marguerite à cinq pétales. Seul le nombre de pétales de la marguerite était le message. Elle demanda à la réception de poster sa correspondance avec des timbres de collection.

14

Clara sentit un courant d'air.

Elle était sanglée sur un chariot d'hôpital. Elle simula le sommeil quand elle entendit la fin d'une conversation où une voix féminine disait :

— Nous avons affaire à un sujet très sain, Monsieur Nash ; nous n'avons procédé à aucune modification importante, juste un réglage du boîtier antidouleur.

— Très bien, Adélaïde.

— Pour l'aspect extérieur, nous lui avons posé la nouvelle peau antiradiation, nous avons renforcé les muscles des seins qui paraîtront plus volumineux, remodelé les tétons, ils sont un peu plus longs ; nous avons étréci le vagin et assoupli les muscles de l'anus ; nous avons posé le nouveau clitoris, celui qu'elle a demandé explicitement, il en restait un dernier en stock. Une rareté.

Adélaïde l'effleura pour le faire ressortir.

— Voyez Monsieur Nash comme il est réactif déjà. Nous avons tendu les muscles fessiers, enlevé un peu de graisse aux hanches et sur la ceinture abdominale ; il y en avait besoin. Toutes ces modifications ont été demandées par elle-même. La prochaine révision pourra se faire d'ici cinquante ans, si le sujet ne fait pas d'excès de boisson ni de table. Elle pourra sortir de l'hôpital dès ce soir.

— Je vais lui commenter tout cela. Vous pouvez disposer. Merci, Adélaïde, pour ce beau travail.

Clara se réveilla officiellement à ce moment précis.

— Bonjour, Clara. Je suis Nash Senior.

— Bonjour, Monsieur Nash, comment dois-je vous appeler ?

— Père !

— Bonjour, Père, dit Clara poliment.

Elle lui serait bien sautée au cou, mais elle s'abstint par respect humain humanoïde — elle se sentait nue — et aussi à cause des sangles qui la maintenaient sur le chariot.

— Et bien te voilà repartie pour cinquante ans avant la prochaine révision. Nous n'avons pas modifié ton visage, mais nous avons changé tout ce que tu nous as demandé.

Senior soupesa ses seins, et apprécia leur fermeté :

— Ils ont été améliorés ; même quand tu es allongée, ils restent coniques, les pointes sont plus longues. Tu as maintenant le même velouté de peau que les jeunes qui sortent toutes neuves aujourd'hui de l'usine. Tu vas faire des jalouses !

— Merci, Père. Je suis comblée !

— Et nous avons pensé à tes mâles : léger relâchement des muscles de l'anus, rétrécissement du vagin, pose d'un clitoris de compétition comme je n'en ai vu qu'un en activité, celui de Mélia, la femme de mon fils.

— Merci, Père, balbutia Clara. J'en ferai bon usage.

— Nous avons complété ton cerveau ! À la demande de Junior, je t'ai rajouté une capacité mémoire supplémentaire ; nous avons également chargé l'encyclopédie des connaissances médicales et psychologiques que tu pourras activer au besoin si tu fais l'effort d'étudier ces sujets, ce dont je ne doute pas : tu es déjà en quatrième année de médecine, il me semble.

— Merci, Père. Tout ça me sera très utile pour les examens. Comment vous remercier ?

Senior contempla son œuvre :

— Je sais comment tu peux le faire.

— Je vous écoute, Père.

— En respectant strictement les consignes que je te donnerai, ainsi que les instructions de mon fils dans les postes de responsabilités qui vont t'être confiées.

— Je vous le promets.

Senior la détacha du chariot, la souleva, et l'aida à se tenir droite.

— Regarde-toi dans le miroir, ta ligne s'est affinée, tes seins sont mis en valeur, ton fessier est affermi, tu as une taille plus fine et des abdominaux plus fermes. Il était temps de faire quelque chose pour tes abdominaux d'après le médecin-chef.

Clara tourna sur elle-même, se tâta les fesses, et essaya de se soulever les seins, elle n'y arriva pas, ils tenaient tout seuls.

Dans un élan spontané, elle se pendit au cou de Senior pour l'embrasser sur les joues.

— Merci, Père ! C'est un cadeau de rêve.

Senior resta impassible, mais il lâcha une confidence :

— Dans ta génération, tu as toujours été ma favorite. Tu es une de mes plus belles créations. J'avais l'intention de te réserver pour un de mes fils, mais je n'en ai pas eu d'autres que Junior. Il a fait des choix que je n'approuve pas. Tant pis pour lui !

Clara enfila sa jupe et la chemisette d'uniforme de la société.

— Tu choisiras un soutien-gorge à ta nouvelle taille, je n'accepte pas les femmes sans soutien-gorge à Wuhan. Maintenant, assieds-toi, je vais t'expliquer ta mission, et te donner mes consignes puisque tu vas parfaire psychologiquement et sexuellement mes nouvelles créatures. Tu peux prendre des notes.

C'était un ordre !

Senior lui donna un stylo et un bloc-notes.

Il lui expliqua en détail les deux volets de sa mission.

— Dernière consigne ; avant de repartir à Sydney, tu viendras me voir, s'il te plaît.

— Je n'y manquerai pas.

— Voilà le code que tu présenteras pour passer les barrages de mon secrétariat.

Et il griffonna un idéogramme sur un morceau de papier carré jaune canari.

*

Ce n'est pas tous les jours que l'on a l'occasion de rencontrer son créateur : Clara était restée toute la journée au repos à l'hôpital, assise sur son petit nuage.

— Zut ! J'avais oublié Abby.

Abby, la tendre Abby qui lui racontait tout sur la société Nash Industries dans laquelle elle entrait, et d'où elle était probablement destinée à ne jamais sortir pour le meilleur et pour le pire.

Promesse d'une nouvelle nuit de Chine.

— Merci pour ton amitié, lui dit-elle.

— Je suis trop curieuse de voir ta transformation !

Abby déshabilla Clara lentement, lui enleva son chemisier d'uniforme et découvrit sa poitrine rénovée.

— Tout est dans les tétons, dit Clara en riant.

— Ils les ont faits roses, ce qui est superbe, je te l'avoue.

Clara n'avait même pas remarqué leur nouvelle couleur, elle était habituée à ses tétons marron ; elle avait simplement vu que ses seins tenaient tout seuls. Enfin ! Et qu'elle n'aurait besoin de soutien-gorge que pour faire du sport.

— Très réussi. Ils ont gommé le peu de gras que tu avais là et là, dit Abby en pinçant les hanches et le ventre de Clara.

— C'est vrai, ma taille s'est affinée.

Abby enleva son chemisier et son soutien-gorge, et frotta ses seins contre ceux de Clara en veillant à ce que, bien dirigées, les pointes se touchent.

— C'est tellement ferme tout ça, c'est vraiment superbe ! Senior t'a fait un cadeau magnifique. Un jour, il faudra te demander pourquoi, et j'espère pour toi que tu comprendras vite !

Clara interpréta cette remarque comme une menace voilée.

Abby lui prit la tête dans ses mains, écarta ses cheveux et l'embrassa, d'abord un baiser chaste, puis leurs langues se croisèrent.

Elle passait du mordillement de la lèvre aux pénétrations brutales de la langue.

Clara ferma les yeux et se concentra sur les baisers qu'elle donnait. Elle serra ses bras autour de la taille d'Abby pour dégrafer sa jupe d'uniforme qui tomba au sol. Puis elle s'écarta d'Abby, enleva sa jupe et son string, et tourna sur elle-même pour qu'elle apprécie.

— Tout ça, c'est pour toi, dit-elle joyeusement.

— Pour moi ?

— Grande gourmade, ne fais pas la fine bouche, je te l'offre pour la première sortie de mon nouveau corps.

Abby se défit du reste de ses vêtements.

— Approche ! J'ai besoin de toucher pour y croire, tu es superbe.

Clara se tint droite, une main cachant son sexe, une autre sur les seins avec une pudeur feinte de statue antique.

Elle écarta les bras, et se serra contre Abby.

— Tu pleures, ma chérie ?

— Tu n'as pas vu le plus original.

Clara écarta les jambes, plia les genoux, et fit ressortir son nouveau clitoris.

— Regarde !

— Mais c'est celui de Mélia, comment as-tu fait pour l'obtenir ? Ce devait être un modèle unique, s'exclama Abby.

— Il en restait un seul en stock ! Mais, comment sais-tu que Mélia a le même ?

— Au siège, tout le monde a eu Mélia dans son lit, et tout le monde a vu son clitoris. Elle avait fini par faire tellement de scandale qu'elle a été reconditionnée, et exilée en Australie.

La nuit de rêve de Clara était gâchée : Abby raconta que Mélia s'était comportée en petite pute qu'elle était ; elle avait détourné Junior de ses obligations, et n'avait eu de cesse qu'il tombe dans ses bras comme un fruit mûr.

— Je suis étonnée, dit Clara !

— Tu as vu les manœuvres de l'Eurasienne l'autre soir ? Et bien, Mélia a fait pire, elle s'est fait sauter par le père et ensuite par le fils. Elle a soumis Senior à ses caprices, séduit Junior. Ils ont été obligés de la reconditionner, et les deux Nash l'ont expédiée en Australie pour qu'elle se calme. Malheureusement pour elle, le reconditionnement a été un peu trop poussé, et ils lui ont enlevé beaucoup de ses capacités d'amoureuse. Junior était furieux, il est parti la rejoindre en Australie. Je crois savoir qu'il est déçu de son évolution : ils vont probablement la faire passer à nouveau à l'atelier.

Clara écoutait bouche bée.

Abby continua :

— Calcule un peu Clara : le fils Nash a trente ans, et cela fait trente ans au moins que Mélia a vingt ans. Elle l'a vu grandir, elle a été sa baby-sitter, elle l'a connu adolescent, elle l'a baisé quand il avait à peine quinze ans, elle en avait vingt. Maintenant, le fils Nash avait vieilli, et elle restait fixée à vingt ans. Pour te dire, Senior baisait déjà Mélia quand Junior rampait encore dans le salon familial.

— C'est donc une pute de vingt ans, avec trente ans d'expérience ?

— Sauf qu'elle a du mal à retrouver ses compétences professionnelles, la machine à reconditionner la mémoire a effacé sans doute un peu trop : elle est devenue une adolescente romantique et ignare.

— Et moi ? Et mon école dans ce contexte ?

— La nouvelle génération est plutôt ratée, côté potentiel amoureux, et il fallait faire quelque chose pour améliorer leurs acquis. Mélia pourra en profiter. C'est le prétexte qu'a trouvé Junior.

— Mais alors, il est toujours accro à Mélia ?

— Pas tant que cela, il est surtout orgueilleux, et veut avoir raison contre son père ; il s'entête à vouloir lui prouver que Mélia est la femme de sa vie.

— C'est une bêtise, répondit Clara, parce que la femme de sa vie, c'est moi.

Abby la regarda, très surprise.

— Comment peux-tu savoir ça ?

— Je le sais depuis toujours, les fées se sont penchées sur mon berceau, et m'ont destinée au fils de mon créateur.

— Arrête de plaisanter, ce que tu dis est sacrilège. Mais il y a au moins une chose vraie, c'est toi qui avais été choisie par Senior pour son fils.

— Moi seule l'ignorais, commenta tristement Clara.

Abby n'avait qu'une idée en tête pour cette soirée : profiter du nouveau corps tout neuf de Clara.

— Soyons sérieuses, dit Abby ! On baise maintenant ou jamais ?

— Jamais ! Tu plaisantes ? On baise tout de suite, et vite ! J'y tiens.

*

Le vendredi, jour laissé libre, Clara refusa de faire du tourisme et exigea une nouvelle visite des ateliers de production en commençant par le début, c'est-à-dire à partir de l'ADN, des premières cellules et des sous-ensembles préfabriqués. Elle demanda à faire la visite avec un ingénieur, et non avec un guide pour touristes. Quelques coups de téléphone à qui de droit furent nécessaires pour obtenir l'autorisation des autorités supérieures.

Clara brancha son cerveau sur les nouvelles bases de données médicales qu'elle avait acquises ; elle impressionna ses interlocuteurs par ses questions et la pertinence de ses observations, même si elle ratait encore quelques détails importants, et était loin de tout comprendre de leurs explications.

Elle put interroger aussi les robots, et sympathisa avec quelques-uns d'entre eux ; elle se sentait à l'aise ; c'étaient des cousins de Carl ; ils avaient fait une partie de leurs études avec lui.

Puis Clara exigea de visiter les ateliers de reconditionnement.

Là encore, quelques coups de téléphone furent nécessaires. Les installations étaient un peu à l'écart, cachées discrètement dans la verdure d'une forêt, à l'abri du regard des touristes.

Clara se vit doter de deux gardes du corps, et fut obligée de revêtir une combinaison noire et étanche qui avait la particularité de dissimuler ses caractéristiques trop marquées de femelle humanoïde appétissante. Il fallait faire attention aux pulsions des robots.

C'est ainsi que trois individus asexués revêtus de noir, Clara et ses deux guides, entrèrent dans la zone de stockage.

Tout était ordonné avec des allées bien tracées où des chariots robots menaient une course incompréhensible au commun des mortels, mais probablement très efficiente.

— Chaque rectangle est spécialisé, ici vous avez un stock de têtes rangées en pyramide. À côté, vous avez des membres en cours de réparation, un peu plus loin le corps et les peaux.

— C'est bien gentil, dit Clara, mais je veux voir l'arrivée des humanoïdes défectueux, ici je ne vois que des pièces détachées en attente de réparation. C'est sans intérêt !

Un nouveau coup de fil fut encore nécessaire.

— Vous me ferez visiter ça dans l'ordre logique, exigea Clara.

La limousine repartit dans la forêt vers un aéroport militaire où l'entrée leur fut refusée. Qu'importe, Clara ne s'intéressait qu'à la cargaison des ambulances. Un garde précisa :

— Ces camions remplis d'humanoïdes plus ou moins détruits proviennent de l'avion-cargo américain stationné près de la tour de contrôle. Vous imaginez la quantité de pièces détachées à récupérer !

Clara ne voulait pas trop imaginer.

— C'est un avion américain ?

Le garde observa à la jumelle :

— Un avion militaire américain qui vient de je ne sais où.

— De l'Antarctique ?

— Certainement, mais je ne sais pas de quel front, exactement.

La limousine les déposa à l'entrée de l'hôpital à la porte des urgences où des robots médecins faisaient un premier tri.

Un robot enlevait la peau qui restait sur les membres et le corps pendant que d'autres commençaient les tris faciles : les jambes et les bras d'un côté dans un premier camion, la tête dans un autre qui allait rejoindre la pyramide. Cela devenait plus compliqué quand le corps inanimé était entier, ou presque.

Un robot, manifestement plus qualifié prenait en charge le patient, et l'examinait avant de le diriger vers un service.

Clara décida de suivre un humanoïde test dans le circuit des urgences. Elle était toujours encadrée par ses gardes en noir.

Sa visite à l'hôpital ne passa pas inaperçue au médecin-chef, et elle se retrouva dans son bureau pour un entretien. Adélaïde sympathisa avec Clara. Elles avaient des points communs, Adélaïde avait fait ses études à Sydney et rêvait d'y revenir : elle était fatiguée de Wuhan. Clara comprit aussi à mi-mot qu'elle était également fatiguée de Nash Industries.

Adélaïde lui expliqua la situation, l'état d'urgence dans lequel se trouvait l'hôpital, lui montra les méthodes utilisées pour récupérer le plus possible de pièces détachées pour la fabrication de nouveaux humanoïdes reconditionnés ou reconstruits, du matériel militaire.

Clara donna le numéro matricule de son mâle et de celui de Charlotte pour savoir s'ils étaient passés par cet hôpital.

Ces matricules étaient inconnus des fichiers d'Adélaïde

— Ils ne sont pas passés ici en tout cas.

Clara tenta de sourire. Mais ce n'était qu'une grimace.

Elle partit en la remerciant.

15

Clara franchit les barrages avec facilité grâce à son sésame, le petit carré de papier jaune portant l'idéogramme de Senior.

— Père, l'heure de mon départ approche ! Comme vous me l'avez demandé, je viens vous dire au revoir.

— Et bien au revoir, chère Clara !

Il l'embrassa sur les deux joues en la prenant dans ses bras.

— N'oublie pas de prendre soin de Junior !

— Oui, Père !

— Fais sortir cette Mélia de son esprit, c'est toi qui es désignée pour Junior maintenant, et toi seule !

— Oui, Père !

— En attendant, ouvre ton école, fais-toi plaisir, et reviens me voir dans un mois. Je serai ravi de te retrouver.

— Oui, Père ! Je ferai tout cela.

Senior l'embrassa à nouveau, elle lui rendit ses baisers en se collant contre lui, heureuse de son bonheur.

*

Nash Junior et Clara s'installèrent dans le biréacteur. Ils étaient les seuls passagers, l'invité prévu était absent.

Clara garda le silence au moment du décollage, regarda défiler les pistes de l'aéroport de Wuhan, puis les enfilades d'immeubles et enfin la campagne surpeuplée. La nuit tombait, le départ avait été retardé pour une raison inconnue de Clara : Nash avait sans doute attendu en vain son invité.

Le steward leur proposa une collation. Ils jouèrent à la dînette un moment, mais ça n'amusait pas Nash qui resta d'humeur maussade. Clara respecta son silence.

Quand elle put détacher sa ceinture, elle se leva pour passer aux toilettes et changer de tenue : l'uniforme de Nash Industries la gênait. Elle mit ses vêtements civils, son short moulant habituel et une chemisette large qu'elle pouvait maintenant porter sans soutien-gorge. Elle avait hâte de s'allonger sur sa couchette pour une nuit de repos ou une nuit d'amour avec Junior. Elle était plutôt d'humeur joyeuse.

Lui ne desserrait pas les dents, plongé dans la dégustation d'un désert insipide inspiré d'une recette de baba au rhum.

Clara lança la conversation :

— Junior, ce voyage a été formidable, je suis très satisfaite de ma semaine.

Et elle se pencha vers lui pour l'embrasser.

Nash s'accrocha à ses lèvres.

Clara était dans une position inconfortable, les mains appuyées sur le dossier du fauteuil, les cheveux dans les yeux, le buste penché vers lui, si près qu'il pouvait respirer son parfum à sa guise.

— Viens sur ma couchette, proposa-t-elle !

Elle fut surprise de le voir se lever du fauteuil et la suivre.

— Déshabille-toi, lui dit-il !

Il se déshabilla aussi, mit ses vêtements sur sa couchette de l'autre côté du couloir, et rejoignit Clara qui l'attendait.

Clara se frotta contre lui, et sentit son sexe se dresser, lui frôler le ventre et rechercher un passage. Clara le prit dans sa main pour le détourner, et commença à le malaxer.

— Attends un peu, je ne suis pas prête !

Elle reprit son baiser là où elle l'avait interrompu avant de se déshabiller. Elle sentit les mains de Junior descendre sur ses fesses. Un de ses doigts chercha une ouverture qu'il ne trouva pas.

— C'est bon, dit-elle !

— Qu'est-ce qui est bon ?
— Ton baiser ! Continue, s'il te plaît !

Junior se concentra sur un nouveau baiser, pendant que Clara augmentait la pression de ses seins sur sa poitrine.

La couchette étroite rendait la position côte à côte inconfortable, Clara se leva et s'allongea sur lui.

— Tu embrasses bien, dit-elle. Continue !

Les mains de Junior glissaient sur son dos, et la faisaient frissonner, elles passèrent sur ses fesses où le même doigt fouineur cherchait une ouverture.

Clara quitta la bouche pour lécher sa poitrine puis remonta vivement en mordillant son cou. Elle sentit ses seins frotter sur son buste et ses tétons se durcir.

— C'est très bon ! Continue de m'embrasser, dit-il.

Elle avala la langue de Junior, et aspira sa salive.

Puis elle décida qu'elle devait goûter autre chose de plus consistant. Elle se retourna en lui demandant :

— Lèche-moi la chatte !

Elle se mit à califourchon sur sa tête et lui présenta son sexe. Elle empoigna sa verge à deux mains, et commença à sucer le gland.

Clara sentit qu'il tâtonnait ; d'un coup d'index, elle fit sortir son nouveau clitoris de sa cachette.

— Suce-le, mouille-le, mordille-le, fais ce que tu en veux.

Et elle recommença la manœuvre sur sa verge en prenant son temps ; la lécha sur le pourtour, la lécha de bas en haut, suça le gland, et engloutit sa verge dans sa bouche, la fit ressortir et l'engloutit à nouveau jusqu'au fond de sa gorge.

Junior réagit assez vite comme elle l'avait prévu.

Elle sentit arriver sa semence, et choisit de la goûter puis de l'avaler jusqu'au moment où la verge perdit un peu de sa vigueur. C'était la première fois qu'elle se nourrissait de semence humaine : elle la trouva fade, mais fut tentée de prier, et de remercier le ciel. Évidemment, elle savait qu'elle ne devait rien attendre du ciel !

Elle se retourna sans un mot, s'allongea sur lui en appuyant ses seins contre sa poitrine. Elle l'embrassa.

Ils entendirent le steward débarrasser les plateaux, et se retirer sur sa couchette. L'avion avait dû prendre son altitude de croisière, le vol était calme, le bruit des réacteurs réguliers.

— C'était très bon, dit-elle, satisfaite.

Il ne put rien lui répondre, elle lui bloqua la bouche d'un baiser.

— Je suis folle de toi ! La semaine a été longue sans toi !

Et elle l'embrassa sans attendre sa réponse.

Puis ils s'assoupirent.

*

— Junior es-tu réveillé ?

— Oui.

— Je t'aime.

Il l'embrassa.

— Est-ce que tu as eu le temps de regarder mon nouveau corps ?

— À l'hôpital, je t'ai vue en écorché, la chair à vif, puis habillée de ta peau de synthèse ! Tu es une superwoman maintenant !

— Oh là là, pour le romantisme tu fais fort !

— Tu étais déjà très belle, tu l'es encore plus !

— Et pour longtemps à ce qu'il paraît !

— Hélas ! dit-il.

— Pauvre petit d'humain, tu vieilliras, je resterai bloquée à trente ans, tu seras centenaire, tu auras toujours une femme de trente ans.

— Hélas ! dit-il à nouveau.

— Tu seras très vieux et incapable de me baiser, et j'aurai des amants de vingt ans.

— Jamais !

— C'est vrai je ne ferai jamais ça. Après tout, je suis déjà adulte depuis très longtemps, je suis né quand ton père était jeune marié et je te respecterai jusqu'à ta mort.

— Pourquoi me parles-tu de ma mort ?

— Je pense à la mort de mon mari, je suis sans nouvelles de lui ; il a disparu en Antarctique et je ne peux pas m'empêcher d'y penser.

— Tu y tenais tant ?

— Je l'aimais ; il a toujours été gentil avec moi. Mais je vais tourner la page. Je t'ai trouvé. Tu le remplaceras, et je prendrai auprès de toi, la place qui m'était destinée.

— Oui !

— Maintenant, fais-moi l'amour Junior.

Il passa sur elle, et lui caressa les seins, puis en pinça la pointe entre deux doigts.

— Ils sont exactement comme je les voulais.

— Ne te prive pas, ils sont à toi, martyrise-les un peu, tire dessus tu me fais du bien !

Clara prit la verge de Junior, et la pressa d'une main.

— Je t'aime dit-elle !

Un trou d'air les secoua et les obligea à changer de position.

« Nous entrons dans une zone de turbulence, veuillez attacher vos ceintures » annonça le pilote.

— Accroche-toi à moi, pénètre-moi, je t'en supplie !

Junior s'appuya aux montants de la couchette, et pénétra lentement Clara : elle sentit le frottement de sa verge contre ses parois intimes. Elle se sentit vite emplie et n'eut aucune difficulté à jouir.

— Reste comme ça, lui dit-elle, je voudrais te garder en moi.

Il resta allongé sur elle en la maintenant fermement sur la couchette. Il l'embrassa pour la faire taire.

Ils s'assoupirent quelques instants.

Puis Junior recommença ses coups de reins, Clara se réveilla.

Le rythme avait changé, il était plus rapide et elle comprit qu'il voulait jouir à nouveau. Elle l'encouragea en accompagnant ses mouvements en pressant ses mains sur ses fesses. Elle voulait le sentir le plus profondément possible, et la position de Junior favorisait cette pénétration. Elle sentait sa verge à l'étroit.

Elle mit un doigt sur son clitoris ; il était en érection. Elle déclencha son plaisir, un plaisir délicat, subtil qu'elle savoura.

Elle avait le souvenir d'une meilleure jouissance avec son mâle, avec Abby ou avec Charlotte et avec Mélia. Mais Junior était un humain et, à ses yeux, cela n'avait pas de prix.

Junior ne semblait pas vouloir arrêter, elle pensa qu'il n'avait pas encore éjaculé, il devait être gêné par l'étroitesse de son vagin.

— C'est devenu très étroit, il faut que tu sortes pour jouir, mon chéri. Je vais te sucer.

C'est ce qu'elle voulait au fond, le vider et le boire entièrement.

Il sortit ; elle changea rapidement de position, le suça et avala.

— Un délice, dit-elle.
— C'était bien pour moi aussi, lui dit-il !
— Tout ?
— Tout !
Elle laissa passer quelques minutes puis lui dit :
— Je voudrais que tu me prennes par-derrière !
— Tout de suite ?
— Quand tu veux, je suis prête !
Elle se dégagea et se mit à quatre pattes dans l'allée entre les deux couchettes. Il se leva et s'introduisit doucement ; il pensait rencontrer plus de résistance, mais l'anus s'ouvrit facilement sous la pression. Clara bougeait sa croupe pour rythmer la pénétration à son goût. Il la laissa faire, se contentant d'une rigidité passive.

Une fois Clara satisfaite, ils s'installèrent sur la couchette dans les bras l'un de l'autre.

Junior lui dit doucement dans l'oreille :

— Alors maintenant, comment va-t-on gérer ça ?

Il fallait y réfléchir avant, pensa-t-elle.

— Je t'aime, je ne veux rien d'autre que t'aimer.

— Moi aussi Clara !

— Tu m'aimes, toi ?

— Oui !

— Alors, il n'y a aucun problème, nous allons gérer ça facilement.

— Je pensais à Mélia, je suis très engagée avec elle.

— Moi aussi je pensais à Mélia.

— Tu as une solution, demanda-t-il ?

Cela dépendait de ce qu'il appelait une solution.

— Je ne lui cacherai rien, c'est mon amie, et il n'y a pas de raisons de lui cacher que je t'aime, et que je te veux pour moi.

— Tu crois ?

— Mélia tient à toi, il me semble ; et je suis son amie ; je veux bien me satisfaire d'être la deuxième parce que je t'aime.

Et que la meilleure gagne, pensa Clara !

— Je réfléchirai à tout ça pendant le week-end.

— Je vous invite tous les deux à l'appartement. D'ailleurs, Mélia est peut-être déjà invitée par Charlotte. Je suis prête à le parier.

En effet, Clara avait téléphoné à Charlotte qui lui avait fait part de son intention de garder Mélia pour elle, en exclusivité.

— Tu veux me confier que Charlotte a capté Mélia ?

— Je n'ai pas dit ça !

— Alors ?

— Mélia entretient une relation lesbienne avec Charlotte qui n'a plus d'homme. Qu'est-ce que tu en conclus, mon chéri ?

— C'est toi la spécialiste !

— La seule hétéro, c'est moi !

— Je t'ai pourtant fait connaître Abby, une lesbienne pure et dure.

— Je t'en remercie. Au contact d'Abby j'ai compris qu'il me faudra toujours un homme.

— Et tu m'aimes ?

— Oui, je t'aime, j'ai besoin de toi, et je ne te laisserai pas partir une semaine sans moi.

— Tu me fais peur, et ma liberté ?

— Quelle liberté ? Ta liberté de quoi ?

Il ne dit plus rien, il n'avait pas besoin de cette liberté-là tant qu'il était sûr d'être aimé de Clara.

— Tu vois, nous allons toutes travailler pour toi avec cette école, je vais rester l'amie de Mélia et de Charlotte, je vais les faire travailler ensemble, et je vais t'aimer à la folie, voilà ma solution pour le moment.

Le pilote les informa qu'ils atterrissaient dans une demi-heure à Kingsford Smith où la température était de 35° Celsius. Le week-end sera chaud et ensoleillé sur toute l'agglomération de Sydney.

— Je fais un brin de toilette et je prends mon petit-déjeuner dit Clara. On rediscute de tout ça à terre.

16

Nash Junior venait à peine de déposer Clara à la porte de son immeuble quand elle lui téléphona :

— Junior mon chéri, fais faire demi-tour au taxi, reviens chez moi !

Elle eut un peu honte du ton de catastrophe qu'elle avait utilisé.

— Je ne comprends pas, lui répondit-il.

— Mélia est ici, chez moi.

Profondément endormie, un week-end à sept heures du matin, c'était presque normal !

Clara était heureuse de rentrer chez elle, heureuse de parler à Charlotte de son bonheur. Elle avait ouvert sans faire de bruit pour ne pas réveiller son amie, et puis elle avait vu, bien en évidence sur la table de la cuisine, cette lettre officielle du Ministère des Armées : elle devinait de quoi il s'agissait. Avant de défaire sa valise, elle avait passé la tête en entrouvrant doucement la porte de la chambre de Charlotte.

Charlotte dormait paisiblement, Mélia dans ses bras. Elles étaient nues sur les draps. Elles semblaient paisibles, détendues.

Il avait dû faire très chaud.

Ce n'était pas la première fois qu'elles partageaient leurs nuits. Mais Clara trouva que, le matin du retour de Junior, il y avait une faute de goût ou une provocation : Mélia aurait pu au moins rejoindre son domicile au petit matin pour accueillir son mari.

C'est ce que j'aurais fait, pensa Clara.

Elle avait donc appelé Junior pour lui éviter la surprise pénible de rentrer, après une semaine éprouvante, dans un appartement vide, un matin de week-end.

Clara lut la lettre du Ministère des Armées.

C'était une convocation pour une cérémonie militaire qui avait lieu l'après-midi, à la mémoire des victimes de l'Antarctique ; elle avait juste le temps de se reposer et de se préparer.

Les salauds ! Ils ne nous ont même pas avisés officiellement de leur disparition.

Il y avait un numéro de téléphone : Clara appela, confirma sa présence, et demanda un rendez-vous avec Monsieur James.

*

— Qu'est-ce que c'est que ce bazar ? dit Junior.

— Viens, tu vas voir !

Il ne put que se résoudre à l'évidence, Mélia avait passé la nuit avec Charlotte, et elles dormaient dans les bras l'une de l'autre dans un lit complètement défait, Mélia souriante, collée contre Charlotte.

Clara n'avait pas encore remarqué la boîte vide de somnifères, et le petit papier sur la table de nuit écrit et signé par Mélia et Charlotte : « Adieu, Clara, désolées pour le désagrément. »

Ça ressemblait trop à une tentative de suicide.

— J'appelle un médecin et une ambulance, dit Clara.

Le médecin habitait dans l'immeuble.

Il arriva cinq minutes plus tard et les rassura :

— La dose n'est pas létale, elles ont pris quelque chose d'assez inoffensif, attendez midi, et elles seront fraîches comme des gardons, après cette bonne nuit de sommeil.

Clara décommanda l'ambulance.

— Qu'est-ce que je fais ? demanda Junior.

— Tu attends leur réveil, et tu t'expliques avec elle, mon chéri.

Elle lui présenta la convocation du Ministère.

— Désolé Clara, je ne croyais pas à tes pressentiments !

— C'est peut-être la raison de leur tentative de suicide ; mais ça m'étonne beaucoup de la part de Charlotte.

— Pourquoi aurait-elle entraîné Mélia ?

— Parce qu'elle devait se trouver là, et qu'elle est fragilisée par votre relation bancale.

— Tu veux me culpabiliser ? dit Nash.

— Je suis à cran, excuse-moi. Assisteras-tu avec moi à la cérémonie militaire ?

— Seulement si Mélia et Charlotte viennent avec nous !

— Merci Junior, j'aurai besoin de ton soutien. En attendant leur réveil, je vais faire du café pour tout le monde.

*

Charlotte apparut la première. Elle s'était sommairement habillée. En se réveillant, elle avait compris que Clara était rentrée puisque la boîte de somnifères et le petit mot avaient disparu.

— Bonjour, Nash ! Bonjour, Clara, avez-vous fait un bon voyage ?

— Qu'est-ce qu'il se passe ? demanda-t-il.

— Je suis désolée, Nash. Je vous dois une explication.

Charlotte lui indiqua qu'à l'annonce de la cérémonie, elle avait téléphoné au Ministère des Armées, mais elle n'avait obtenu que des renseignements confus.

Elle avait compris que leurs maris avaient probablement disparu, et que la confirmation de leur perte définitive ne saurait tarder. Charlotte n'avait pas le moral, mais ce n'était pas au point de tenter de se suicider !

— Mélia était là : elle n'arrêtait pas de me répéter, « il me trompe, il me trompe tout le temps ». Elle menaçait de se jeter de la terrasse, elle voulait vous faire payer vos infidélités.

Mélia voulait entraîner Charlotte dans un acte désespéré. Finalement, Charlotte avait trouvé une solution élégante, celle de simuler un suicide ensemble en s'administrant une trop faible dose de somnifère.

— Autrement, j'aurai été obligée de l'assommer pour qu'elle s'endorme. Nous avons fait l'amour une dernière fois, puis je lui ai fait boire son verre, et j'ai bu le mien. Il y avait tout juste de quoi nous endormir.

— Ma pauvre Charlotte, dit Clara en la prenant dans ses bras.

— Mélia est malade, conclut Junior.

— Oui, dit Charlotte, Mélia veut divorcer, et refaire sa vie ; elle ne sait pas encore avec qui ! Nash, vous devriez aller lui parler.

— Mais que voulez-vous que je fasse si elle a décidé de partir ?

— Je ne sais pas, dit Clara, la consoler, par exemple.

— Vas-y toi, Clara, demanda Junior.

— Je veux bien le faire ! Mais, il me semble que ce serait plus efficace si elle te voyait à son réveil. Tu serais fixé sur ses véritables intentions.

À contrecœur, Junior fit ce que Clara lui conseillait.

Clara et Charlotte restèrent seules au salon, assises l'une à côté de l'autre. Charlotte prit la main de Clara et lui demanda :

— Alors, et vous deux ?

— Nous deux ?

— Je ne suis pas folle, il s'est passé quelque chose entre vous deux. Raconte-moi.

Clara lui jeta un regard sévère et changea de conversation :

— Je me prépare pour la cérémonie de cet après-midi, je veux tourner la page, j'ai besoin de repos. Il faut qu'on fasse le deuil de nos maris avant tout.

— Tu ne m'ôteras pas de l'idée qu'entre Nash et toi, il s'est passé quelque chose !

— Arrête, Charlotte ! Pense un peu à la situation de Mélia !

— Je l'ai eu toute la semaine son désespoir ! je peux te dire qu'elle est très malade ; elle sait que Nash la trompe. Elle croit qu'elle n'a plus d'avenir avec lui et plus d'avenir du tout.

— Comment peut-elle être au courant ?

— Elle a gardé des relations à Wuhan, et des informatrices bien intentionnées continuent à lui distiller les nouvelles des conquêtes de son mari.

— C'est un coup monté, dit Clara. Junior n'a matériellement pas le temps, et il est surveillé en permanence.

— Comment sais-tu ça, toi ?

— Je l'ai constaté. J'ai bien vu cette semaine, il travaille, c'est tout. Il y a certainement des gens qui veulent détruire Mélia.

En effet, elle était persuadée d'être une victime, et Charlotte au grand cœur l'avait accueillie.

— Et toi ? Comment ça va ?

— Tu le devines, je suis attristée par la disparition de nos maris, et je suis enthousiasmée par mon nouveau job. Je ne sais pas où se situera mon équilibre ; et notre équilibre à toutes les deux !

— Alors, commençons par pleurer nos années de bonheur avec nos maris, et tournons cette page définitivement.

— Ça sera difficile !

Les deux femmes restèrent à se regarder un long moment, puis Charlotte rompit le silence.

— Si on allait voir, comment ça se passe côté Mélia ?

— N'interviens pas ! Ce serait déplacé. C'est leur problème, pas le nôtre. Tu as déjà beaucoup fait pour elle !

— Ce ne serait pas aussi un peu ton problème ?

— Arrête Charlotte ! Si tu continues tes allusions, je me fâche !

— Il y a donc des raisons de te fâcher ?

— Oui, ta lourdeur !

Mélia se réveilla. Junior était près d'elle.

Elle lui murmura :

— Je suis morte pour toi. Je ne veux plus te voir !

Comme Junior avançait vers elle, elle recula au fond du lit :

— Sors ! Je ne veux plus te voir !

Junior sortit de la chambre.

Mélia s'assoupit.

Quand elle se réveilla, Clara était assise sur son lit :

— Bonjour, ma chérie.

— Ça ne va pas ! Je veux mourir ! Junior et moi, c'est fini !

Clara prit sa main, et attendit.

Elle pleurait.

— J'appelle le médecin.

— Je ne veux pas guérir, je suis trop vieille, j'ai vu trop de choses, c'est fini pour moi maintenant.

— Mélia, je suis plus vieille que toi, et je tiens le coup.

Clara fit revenir le médecin qui décida son hospitalisation.

Mélia se laissa faire.

Clara mit de l'ordre dans ses notes pour préparer son rendez-vous avec Monsieur James : elle eut du mal à faire la synthèse de son voyage à Wuhan ; elle n'arrivait pas à évaluer les conséquences du décès de son pauvre mari ; elle s'attendait à ce que le rendez-vous soit difficile ; mais elle n'avait pas peur, elle savait qu'elle survivrait à ces épreuves.

17

La cérémonie était commencée dans la cour de la caserne de Paddington quand ils arrivèrent.

Clara détestait ces rites militaires qui n'avaient jamais eu de sens pour elle ; Charlotte n'aimait pas trop ; Nash Junior s'en fichait complètement.

Charlotte pleura ; Junior prit le bras de Clara pour la soutenir ; Charlotte devinait que ce nouvel amour, et la disparition de leurs maris pouvaient leur faciliter la vie.

La cérémonie finie, Junior glissa discrètement à Clara :

— Je me rends à l'hôpital voir Mélia.

— Je ne te le conseille pas, cela ne ferait que la troubler.

— Qu'est-ce que je fais, alors ?

— Reste avec moi, je veux dire avec nous, mon chéri. Nous avons autant besoin de toi que Mélia. Les médecins ont dû la droguer pour l'aider à passer la crise, ta présence ne lui apportera rien. Installe-toi au mess avec Charlotte et attendez-moi, je vais à mon rendez-vous avec mon correspondant du Ministère.

L'entretien fut difficile. Clara manifesta sa mauvaise humeur. Monsieur James était silencieux.

Monsieur James ne pouvait pas répondre à ses questions, il ne savait rien de précis, sinon que leurs maris avaient disparu et étaient probablement morts, ou au pire encore, prisonniers.

— Ce qui veut dire pour moi et mon amie ?

— Que vous recevrez leurs soldes jusqu'à ce que l'administration les déclare décédés ! Laissez-nous quelques mois de plus. Peut-être qu'à l'issue du conflit nous y verrons plus clair.

Clara rejoignit ses amis au mess, et commanda le même alcool fort que buvait Charlotte. Elle lui résuma les propos de Monsieur James :

— À la fin de la guerre, ils arrêteront de nous verser les soldes de nos maris et les déclareront morts, sauf s'ils découvrent qu'ils sont prisonniers quelque part. Ils ne savent rien en fait, il nous faudra attendre un peu pour la confirmation officielle de leur disparition.

Charlotte finit son verre d'un trait :

— Ça va nous simplifier la vie, tout ça ! On ne pourra rien faire. C'est vraiment la merde ! Excusez-moi Junior.

Clara reprit :

— Heureusement que nous avons ce projet avec Nash Industries ; il nous permettra de refaire surface, quoi qu'il advienne de nos maris.

— Alors tout ira beaucoup mieux, conclut Junior.

Ils revinrent tous les trois à l'appartement de Clara, qui suggéra à Junior de rentrer chez lui pour la nuit ; mais il préférait rester avec elles. Clara voulait garder ses distances :

— M'acceptes-tu dans ta chambre, Charlotte ? Junior a peur de rentrer tout seul chez lui.

Charlotte se demanda à quoi jouait Clara : elle pouvait s'enfermer avec Junior pour une nuit de délire ou le mettre à la porte. Mais, elle ne comprenait pas qu'elle le laisse dormir seul, dans sa chambre, juste derrière la cloison.

Bon ! Elle était perturbée.

Ils évoquèrent le cas de Mélia. Junior admit son erreur, celle de l'avoir épousée : « C'est un fiasco complet ».

Charlotte surenchérit :

— C'est très difficile pour nous d'épouser un humain. Il y a de trop grandes différences.

— Je n'aurai pas dû m'accrocher à elle.

Charlotte continua en lançant : « Que comptez-vous faire tous les deux ? » auquel ni l'un ni l'autre ne répondit.

Clara brûlait d'envie de faire taire Charlotte, mais restait en retrait, enfermée dans sa tristesse.

— Clara, tu dors ? lui demanda Charlotte.

— Toutes ces émotions ! Je suis trop fatiguée pour continuer à bavarder. Permettez-moi de me retirer.

— Moi aussi, je suis fatigué, dit Junior, merci de votre hospitalité.

— Grasse matinée demain, proposa Charlotte en suivant Clara.

— Oui grasse matinée, se dirent-ils.

Charlotte regardait Clara se déshabiller.

— J'ai oublié de te féliciter, tu as amélioré ton look. Qu'est-ce qu'il t'est arrivé ?

— Un miracle ! Nash m'a offert une sorte de reconditionnement.

— Salope ! Je le savais, vous êtes amants !

— Ne me juge pas si vite, et parle moins fort, il pourrait t'entendre.

— Qu'est-ce que tu as à te reprocher ? Tu as trahi Mélia pour une promotion canapé.

— Je suis amoureuse de Junior.

— Toi ?

— Oui, je suis scotchée à lui maintenant !

— File le rejoindre dans ton lit !

— Charlotte, un peu de bon sens ! Je ne suis pas encore veuve officiellement, et lui est toujours marié avec Mélia.

— Comme si ça pouvait t'arrêter !

— Pauvre Mélia, dire que c'est moi qui ai causé sa perte !

— Mais elle n'est pas totalement perdue !

— Son sort est scellé, Nash Senior veut la voir disparaître de la vie de son fils, et l'a déjà remplacée par moi. Je ne maîtrise plus rien. Heureusement, je suis tombée amoureuse de Junior.

— Tu as remarqué qu'être la femme d'un humain peut être très dangereux : Mélia a retrouvé la mémoire, en tout cas partiellement, et elle m'a avoué avoir été la maîtresse de Nash senior quand elle était baby-sitter de Junior. Elle a dépucelé Junior puis, dix ans après, est devenue sa femme. Maintenant, elle est trop jeune pour lui. Tu vois, les humains vieillissent vite, et sont rapidement dépassés.

— J'en suis consciente Charlotte, mais j'ai devant moi vingt ans d'amour avec lui, si tout se passe bien.

— Il est trop riche pour nous, toutes les femmes lui courent après. Un jour, il en fabriquera une plus belle et plus maligne que toi, et tu feras une grosse déprime comme Mélia.

— Je ne peux rien répondre à ça, dit Clara. Mais, d'après son père, je suis destinée depuis toujours à être sa femme.

— Et bien, ma chérie, bon courage ! Dans ton bonheur, tu n'oublieras pas ton amie Charlotte.

— Quelle question !

— Tu auras tout : l'amour, l'argent, le pouvoir.

— Charlotte arrête de délirer. Caresse-moi, tu vas être surprise ! Tu vois ça, c'est moi qui l'ai demandé.

Charlotte s'exclama :

— C'est le même que Mélia ! Je croyais qu'il était unique !

— Je te dis, j'étais prédestinée !

Après quelques caresses, elles s'endormirent paisiblement.

*

Junior se leva avant tout le monde ; il fit du bruit en préparant le petit-déjeuner, et réveilla Charlotte qui le rejoignit dans la cuisine.

— J'ai pris une décision cette nuit, lui dit-il en mettant un peu d'emphase, je demande le divorce !

Charlotte réagit en rigolant :

— Je suis à peine réveillée, pourquoi me parles tu de ça ! Dis tout ça à Mélia ou à Clara, mais pas à moi.

— Parce que je t'ai sous la main, et j'ai l'habitude de tester mes discours.

— J'attendrai un peu que Mélia se rétablisse. Si tu lui dis maintenant tu vas la tuer, elle tient à toi, elle est désemparée.

— Tu as raison ! Mais qu'est-ce que tu penses de l'idée du divorce ?

— Je n'en pense rien de particulier, ce sont vos affaires à vous deux, je ne me permets pas de juger, vous sembliez vous entendre, et Mélia nous a toujours dit du bien de toi.

— Mais cette histoire avec Catia ?

— N'y attache pas trop d'importance. Elle a découvert l'intérêt des amours saphiques, mais je ne pense pas qu'elle soit devenue lesbienne ; elle a utilisé Catia pour meubler tes absences, elle avait besoin de quelqu'un auprès d'elle, ce n'est pas plus compliqué que ça. D'ailleurs, Catia a rompu avec elle.

— Qu'est-ce que tu me conseilles ?

— Je suis bien la dernière à qui il faut le demander ! C'est Clara la spécialiste.

— Clara ne peut pas être impartiale.

— Comment ça ?

— Parce qu'elle m'aime.

— Mon pauvre Nash, tu n'es pas dans la merde ! Deux femmes humanoïdes qui t'aiment. Une de trop ! Tu es mariée à une dont tu ne veux plus, et celle que tu désires n'est pas encore complètement veuve.

— Il faudra que je patiente.

— Laisse faire un peu le temps.

Junior se concentra sur son café puis demanda :

— Est-ce que Clara est réveillée ?

— Je crois que oui ! Mais elle n'ose pas sortir du lit, elle a pleuré presque toute la nuit, et elle a une drôle de tête.

Clara n'avait pleuré qu'au petit matin : au réveil, ses premières pensées avaient été pour son mari disparu.

Mais elle fit bonne figure en rentrant dans la cuisine.

Junior ne trouva pas qu'elle avait trop mauvaise mine.

Elle resta silencieuse. Junior l'embrassa :

— Je repars ce soir. Je me demande si je ne dois pas emmener Mélia !

— Ça dépendra des médecins, répondit Clara. Mais je suis sûre de leur réponse : ils la garderont en observation, tu seras obligé de partir seul. De toute façon, nous allons la voir cet après-midi aux heures de visite.

— J'y comptais bien dit-il, je rentre chez moi préparer mes affaires, et je passe vous prendre pour la visite à l'hôpital. Ça vous va ?

— Très bien, répondit Clara !

*

Charlotte était impatiente de découvrir, à la lumière du jour, le nouveau look de Clara :

— Mets-toi à poil, je n'ai pas bien vu cette nuit.

— Tu as quand même senti une différence ?

— Oui, mais tu n'étais pas trop d'humeur à te laisser toucher hier soir. Ce matin, je verrai mieux toutes tes améliorations. Tu as dû changer de taille, et tu devras faire un tri dans ta garde-robe.

— C'est vrai !

— À poil, alors ! Essayages.

Clara se déshabilla, et commenta la visite :

— D'abord, je suis soigneusement épilée d'origine, je n'ai plus de frais à prévoir pour ça.

— Laisse-moi deviner ce qui a changé ! La peau peut-être, tu es moins bronzée, mais ta nouvelle peau est très douce, c'est la même qualité que celle de Mélia.

— Bonne réponse !

— Tourne-toi. Voilà ce que j'ai trouvé : les seins ont été remodelés avec des pointes roses très réussies, le ventre et les hanches ont été dégraissés, les fesses sont parfaites.

— Bonnes réponses !

— Pour le clitoris, je suis au courant, je l'ai touché hier soir. C'est tout ?

— Le reste est très intime.

— Alors ?

— Assouplissement de l'anus, resserrement du vagin, capacité du cerveau augmentée par l'acquisition de bases de données médicales et psychologiques : je suis devenue très sexy et très savante.

Charlotte éclata de rire.

— Quel inventaire ! As-tu déjà essayé ton nouveau corps ?

— Oui.

— Avec Junior, je suppose ?

— Oui.

— Avec une femme également ?

— Oui.

— Tu vas me dire que c'était pour les remercier !

— Oui, en partie !

— C'était à ton goût ?

— Oui.

— Le jack pot ma chérie ! Des humains en plus ! Bon, maintenant on passe à du plus trivial : les fringues !

Clara essaya toute sa garde-robe ; elle fit trois tas : à jeter, à conserver peut-être, à conserver sûrement. Il n'y avait pas beaucoup d'articles dans la troisième pile.

— Maintenant qu'on a du fric, on peut dévaliser les magasins !

— Il me faudra un ensemble chic ; j'avais l'air d'une gourde provinciale à Wuhan. Toutes les filles sont très classe.

— Et les hommes ?

— Ils ne sont pas moches non plus, et sont bien habillés.

— Garderas-tu ton job à l'hôpital ?

— Je prolonge ma disponibilité !

— Et moi ? Tu m'embauches ?

— C'est ce qui était prévu ! J'embauche aussi Mélia et Catia si elles souhaitent toujours travailler avec nous.

— Mélia n'aura pas le choix, je ne vois pas comment elle peut vivre sans revenu, sans Nash, sans rien, il va falloir qu'elle gagne sa vie à partir de maintenant

.

18

La vie reprit son cours.

Mélia sortit rapidement et sans dommage apparent de sa crise. Elle en avait vu d'autres.

Junior séjourna à Wuhan, et partit la semaine suivante en mission en Europe, sans revenir à Sydney.

Il téléphonait un jour sur deux à Mélia pour avoir de ses nouvelles ; elle raccrochait en lui demandant d'aller au diable.

Puis Mélia lui répondit plus sérieusement par une démarche officielle de divorce par l'intermédiaire et avec l'aide de Nash Senior.

— Ça ne sera pas long, dit un jour Mélia à Clara, Senior est d'accord pour me laisser l'appartement, et me verser une pension de cinq mille dollars par mois. Ça me suffit, c'est tout juste ce que me donnait Junior comme argent de poche.

— C'est dommage que les histoires d'amour finissent mal, en général, lui chanta Clara tristement.

— Je ne regrette rien pour ma part, et je ne le plains pas ! Il a ce qu'il mérite ! Je veux simplement lui faire comprendre que c'est son père qui a décidé pour lui. Comme d'habitude !

Junior téléphonait à Clara, entre deux rendez-vous. Clara sentait que le lien créé au cours du voyage se distendait. Elle en fut dépitée :

Malgré tout, ce sera un beau souvenir !

Clara n'avait maintenant que trois préoccupations : le sort de son mari, l'ouverture de son école, et son contrat avec Monsieur James.

Pour la première promotion de l'école, elle étudia une vingtaine de dossiers de candidature d'élèves. Elle décida de faire passer un entretien de motivation et un examen médical à chacune : elle exigeait des humanoïdes saines pour éviter les maladies sexuellement transmissibles, et surtout elle souhaitait bien connaître les caractéristiques physiques et psychologiques des femelles concernées ; les dix candidates sélectionnées passèrent un scanner et des tests psychotechniques ; elle assista en tant que future médecin à toutes les visites médicales : elle ne voulait pas de surprise.

Charlotte trouvait la procédure de recrutement un peu lourde ; Clara promit de l'alléger si certaines étapes se révélaient inutiles.

Elle eut un entretien avec les maris pour s'assurer de leur accord, et pour déterminer ce qu'ils appréciaient ou reprochaient à leurs femmes.

Concernant la candidature de Mélia, elle interrogea Junior par téléphone ; il se prêta de bonne grâce au questionnaire et conclut :

— Mélia doit être frigide, je n'ai jamais senti qu'elle jouissait. Elle baisait par routine, parce que ça se fait entre mari et femme.

— Et ses points forts ?

— Malgré tout, elle était toujours disponible, toujours prête à m'accueillir, toujours d'accord pour écarter les cuisses. Je ne suis pas prêt de l'oublier, elle me fait encore bander.

— Ta conclusion générale ?

— Elle doit apprendre à être plus active. Comme toi ! À surprendre son futur mari, à admettre d'autres positions que les grands classiques, à se creuser un peu la tête pour satisfaire son mâle. Ce n'est pas grand-chose, en fait.

— Merci, Junior pour ta collaboration.

— As-tu l'intention d'administrer ce questionnaire à tous les maris ?

— Bien sûr, je fais les choses sérieusement.

— Alors ? Mes réponses sont dans la norme ?

— Secret professionnel. Chaque cas est très personnel !

— Et que t'as dit Mélia ?

— Secret professionnel. Parlons plutôt de nous, quand pourrais-je te voir ?

— Je suis convoqué à la fin du mois, à Sydney pour le divorce, Mélia te communiquera la date. J'avais l'intention d'envoyer mes avocats. Je pense que ça se réglera vite maintenant. Mais si tu veux me voir, je fais le détour.

Clara éleva la voix :

— Comment peux-tu dire « si tu veux me voir », tu n'as pas encore compris que je t'attends, et que je veux te voir ? Je veux te voir pour baiser. J'ai besoin de toi.

— Mélia découvrira notre liaison.

— Je ne voudrais pas créer une crise inutile.

— Tu sais que Senior souhaite te rencontrer après la session test de l'école. À ce moment-là, nous pourrons nous rejoindre.

— Ça va me paraître long !

— À moi, aussi !

— Une fois que tu seras libre avec Mélia, comment vois-tu notre relation ?

— Nous nous marierons !

— As-tu demandé l'avis de Senior ?

— Je n'en ai pas l'intention !

— Je suis sûre qu'il faut en parler à ton père ; si je le rencontre lors de ma prochaine visite à Wuhan, je lui demande son avis. Ou plutôt je pense que je vais lui demander son autorisation.

— Toi peut-être ! Moi, je m'en passerai.

— Mon chéri, demande-lui, parce que s'il s'oppose à notre mariage nous ne pourrons pas passer outre. Dans ce cas-là, je chercherai un mari ici, dans mes relations.

— Clara !

— Je ne plaisante pas, Junior, je t'aime, mais je ne voudrais pas me retrouver dans la situation de Mélia qui t'a beaucoup trop aimé.

— Bon, j'avertis Senior de mon divorce, et je lui parle de toi.

— Tu es un amour, je compte sur toi !

Elle raccrocha, pleine d'espoir.
Heureuse de vivre ces moments-là.

*

Clara avait recruté une collègue de l'hôpital pour concevoir ou réviser les textes des cours qu'elle comptait dispenser avec Charlotte ; anatomie, physiologie, l'art de mettre en valeur son corps, la nudité, les vêtements, l'art de les quitter ; les différences entre les humanoïdes et les humains ; les sentiments, le coup de foudre, l'art d'embrasser, les caresses, les parades sexuelles, les manœuvres de séduction, l'autoérotisme, les mots de l'amour ; les préliminaires, la masturbation du mâle, le cunnilingus, les positions classiques, les positions sportives, l'après-coït, le bondage et le sado masochisme, les pratiques lesbiennes et gays ; quelques pratiques étranges ou exotiques, et d'autres thèmes non prévus qui pourraient être souhaités par les élèves.

Clara avait l'intention de s'associer au Centre de Loisirs et de Soins de Kings Cross, et de demander l'intervention de Carl pour qu'un mâle puisse pratiquer avec les élèves en les entraînant avec des exercices en situation réelle. Il fallait un mâle acceptable pour les maris, et accepté par les candidates, un robot en l'occurrence. Ça tombait bien, toutes connaissaient Carl, ou de réputation, ou pour avoir bénéficié de ses services à un moment ou un autre.

Charlotte voulut tester les connaissances et les habitudes des élèves avant le début des cours : elle les interrogea individuellement, puis leur fit faire quelques exercices avec elle pour mieux les connaître. Elle fut agréablement surprise de leur niveau, et reprit espoir dans les capacités de la nouvelle génération.

Clara rencontra les maris des candidates sélectionnées pour leur présenter le programme ; elle leur demanda une participation active, et exigea qu'ils remplissent les questionnaires de satisfaction ainsi qu'un compte rendu détaillé des exercices que les élèves feraient à domicile.

Finalement, Clara et Charlotte choisirent six candidates : Mélia et Catia que Clara envisageait de garder ultérieurement comme monitrices, puis Natacha, Agun, Daphné et Florinda. Les autres candidates non retenues pour la session test restèrent sélectionnées pour les promotions suivantes.

Natacha était le choix de Clara : une rousse de la tête aux pieds, à la peau laiteuse, et dotée d'un tempérament de feu.

Agun plaisait énormément à Charlotte qui l'avait testée, et avait découvert une sportive d'une sensualité originale.

Daphné était le choix de Mélia principalement parce qu'elle lui avait résisté, et qu'elle avait trouvé en face d'elle une personnalité affirmée, pleine de délicatesse et de sensualité.

Florinda avait séduit Catia par son côté poupée bronzée et dynamique, une deuxième Mélia en quelque sorte.

Ces élèves avaient fait l'unanimité des sélectionneuses, et étaient pressenties pour devenir monitrices pour les sessions suivantes.

La formation devait se dérouler sur deux périodes de trois jours consécutifs, en séminaire résidentiel, séparés par une semaine de repos, d'exercices en famille et de réflexion pour les élèves et les formatrices. Pour des raisons d'économie, Clara et Charlotte avaient décidé que cette session test se tiendrait dans leur appartement, une journée étant réservée aux exercices avec Carl au Centre de Soins et de Loisirs de Kings Cross.

*

Par prudence Clara et Charlotte, Mélia et Catia subirent les mêmes examens médicaux et psychotechniques.

Clara ne fut pas surprise des résultats : Mélia et elles avaient un point commun, elles avaient subi un reconditionnement qui leur donnait les mêmes caractéristiques.

Mais Clara fut intriguée par l'une de ses nouvelles caractéristiques, et rencontra le médecin pour avoir une confirmation de ce qu'elle avait compris. Le médecin, une humaine, lui confirma :

— Aucune humanoïde femelle ne possède tous les organes de reproduction des humaines. Par contre, vous faites exception, vous avez subi une modification importante, vous êtes aussi complète que nous. Vous pourriez théoriquement avoir des enfants.

— Mais ni moi ni Mélia n'avons eu de règles !

— Pour Mélia la fonction de reproduction a été bloquée pour une raison inconnue, mais pour vous Clara, j'attendrai un peu pour affirmer la même chose.

— Ce qui veut dire ?

— De ce point de vue, vous êtes comme une humaine, et donc capable potentiellement de procréer, à condition de recevoir de la semence humaine au bon moment.

— Docteur, avez-vous eu d'autres cas comme le mien ?

— Je n'en ai jamais rencontré, mais je n'ai pas fait de recherches dans la littérature médicale. Je les ferai.

— Je pourrai donc avoir mes premières règles prochainement ?

— C'est possible et probable !

— Je pourrais être une mère porteuse ?

— Oui bien sûr, et aussi une mère tout court, une mère humaine !

— Je pensais que c'était impossible !

— Il faut croire que non.

— Docteur ! Puis-je vous demander un service ?

— C'est-à-dire ?

— Ne divulguez pas ces informations ; il y a un très gros risque pour vous et pour moi. Je ne vous cacherai pas que cette modification a été le fait de la société Nash Industries, et que mon corps risque de devenir un enjeu. Mais tout ça doit rester entre nous. Vous aussi serez en danger. Je le crains.

Clara comprenait mieux pourquoi Senior lui avait fait quelques cadeaux pour améliorer son physique : il savait que ça lui plairait ; il avait tout simplement oublié de lui préciser le plus important.

Quel serait le prix à payer ?

— Vous pensez à quels risques ? demanda le médecin

— Vous risquez de disparaître dans un malheureux accident provoqué par des agents à leur solde, si jamais ils apprennent que vous savez quelque chose sur moi. C'est tout ! Je ne peux pas vous en dire plus. Je suis moi-même sous le choc de cette information.

— Je comprends, je vais vous prescrire un tranquillisant !

— Merci, et dernière question : est-ce que je suis enceinte ?

— Faites un deuxième test si vous souhaitez, mais c'est inutile.

— Docteur, je veux être absolument certaine.

— Vous n'êtes pas enceinte.

— Docteur, faites disparaître toute trace de ces examens, ils n'ont même pas eu lieu.

— Comptez sur moi, j'ai compris le message !

— Merci.

— Comme vous n'avez pas le droit d'en acheter en ville, je vous offre ces deux boîtes.

Clara prit la boîte de préservatifs et celle de protections périodiques.

*

Cette découverte laissa Clara perplexe et anxieuse.

Elle s'était pourtant préparée avec Monsieur James à l'idée de devenir mère porteuse. Elle était même volontaire pour cette expérience. Mais être capable de procréer comme une femme humaine, elle ne l'avait jamais envisagé ni même souhaité.

Nash Industries avait donc un programme de développement que le service de Monsieur James n'avait pas soupçonné, et que la bagatelle avec Junior n'était qu'un avant-goût d'ennuis à venir.

La mission de Clara prenait une tournure inattendue.

19

La phase test de l'école se déroulait comme prévu. Clara fit un rapport circonstancié à Abby : le bonheur parfait.

Malgré tout, un voile sombre s'étendait sur elle à chaque fois qu'elle pensait à son mari ; puis la situation se débloqua rapidement : ce fut le drame.

Clara et Charlotte reçurent les plaques d'identité de leurs maris dont les corps congelés avaient enfin été retrouvés. Elles furent officiellement déclarées veuves, ce qui fut pour elles à la fois une grande tristesse et un grand soulagement.

Il y eut une remise de décorations à titre posthume, cérémonie à laquelle Clara et Charlotte furent contraintes d'assister, suivie d'un rendez-vous avec Monsieur James, leur correspondant au ministère. Celui-ci leur parla comme un père à ses enfants :

— Votre nouveau statut de veuves de guerre m'oblige à vous proposer des conjoints potentiels.

— Oh là là dirent-elles, comme vous allez vite !

— J'ai été sollicité par des collègues ; vous êtes des femmes d'expérience, les demandeurs sont eux-mêmes veufs ou divorcés. Souhaiteriez-vous étudier leurs candidatures ?

Charlotte était tentée, Clara beaucoup moins.

Finalement, elles optèrent pour un compromis : elles prendraient le temps de faire le deuil de leurs maris, mais n'étaient opposées à rien pour leur avenir matrimonial.

— Je vous confirme que la solde de vos époux vous sera versée pendant trois mois ; puis pendant un an, vous aurez une demi-solde, et après vous aurez seulement la quote-part qui vous revient de leur droit à la retraite, soit un quart du montant actuel environ.

S'il savait comme on s'en fout, pensa Clara, *nos ennuis financiers sont derrière nous !*

— C'est à considérer, dit prudemment Charlotte.

— Effectivement, c'est à étudier, ajouta Clara. Vous n'ignorez pas nos nouvelles activités professionnelles, prenantes et bien rémunérées, qui nous mettent à l'abri du besoin immédiat.

— C'est pour ça que j'ai pensé vous proposer la candidature de cadres supérieurs. Je vais droit au but : j'ai deux colonels intéressés.

— Qui d'autre encore ?

— J'ai aussi un jeune commandant, très brillant et promis à un bel avenir !

— Pour le commandant, nous avons une amie très jolie qui cherche son prince charmant, et qui sera divorcée sous peu. J'en garantis l'honorabilité ; il s'agit de Mélia, l'ex de Nash Junior.

— Pourquoi pas ? répondit le général.

Clara prit une décision :

— Nous sommes d'accord pour rencontrer ces prétendants, nous pouvons les recevoir dans le cadre d'un rendez-vous informel. Au fait, ont-ils connu nos maris ?

— Oui !

— Voilà un bon prétexte ! Ils sont invités, disons, samedi à 18 heures à notre domicile, nous donnerons une réception à la mémoire de nos maris. Et nous pourrons bavarder avec nos prétendants, sans aucune garantie d'aboutissement. Si vous pensez à d'autres personnes à inviter, faites-le-nous savoir ; vous êtes aussi des nôtres, évidemment !

— Ce sera avec plaisir, je viendrai avec Madame James, elle sera enchantée de faire votre connaissance.

*

— Dans quel merdier nous as-tu mis Clara ?

— Réfléchis un peu ! Mélia est virée par Nash, toi tu n'as plus de mari, moi je suis réservé pour Junior, soi-disant, mais je n'ai toujours rien de concret, je ne vais pas rester sans homme longtemps. Carl ne va pas me suffire ! Monsieur James est assez réaliste de nous avoir mis les points sur les i du point de vue financier. Et si ces colonels-là voyageaient moins que nos anciens commandants, ce serait sympa d'être en leur compagnie tous les soirs ?

— Tu as raison, les temps sont durs ; il ne faut rien négliger. Et puis avec ces militaires-là, nous prenons du grade.

— Et je pense à Mélia ; elle a quand même des atouts personnels pour tirer un pied de nez à Junior qui l'a laissée tomber comme une vieille chaussette.

— Là, tu es de mauvaise foi Clara.

— Oui. Mais ça me plairait de faire jouer la concurrence et de mesurer nos nouveaux charmes de veuves.

— Moi aussi, il y a longtemps qu'un homme ne m'a pas fait la cour. Comment va-t-on s'habiller ?

— En veuves !

— Joyeuses ?

— On se paie d'élégantes robes de cocktail noires avec grand décolleté dans le dos ; petits fours et champagne, des photos encadrées de noir au mur, une exposition d'archives de nos ex ; beaucoup de larmes et une grande ouverture d'esprit sur l'avenir, et ensuite prise d'un deuxième rendez-vous si affinités. Évidemment, Mélia est invitée.

— Ça me va, dit Charlotte, enfin un peu de distraction utile après les moments pénibles que nous venons de vivre.

*

— Ça t'a plu, Mélia ?
— C'était sympa cette petite fête !

— Et le commandant ?

— Mignon à croquer. J'ai pris rendez-vous avec lui chez moi, je le prends immédiatement à l'essai pendant la semaine d'exercices de l'école. Et vous ?

Charlotte était satisfaite :

— Mon colonel est très bien, je suis sûre qu'il aurait préféré Clara, mais son collègue avait la priorité de l'ancienneté.

— Où vous rencontrez-vous ?

— Et bien ici ! Je ne vais pas le rencontrer à l'hôtel quand même ! C'est trop impersonnel.

Clara promit :

— Ce soir-là, j'irai chez toi Mélia, si tu ne vois pas d'inconvénient, ou bien je me ferai très discrète.

— Pas de problèmes, tu ne m'as jamais gênée, répondit Charlotte.

Clara ne voulait pas s'imposer :

— Il faut qu'on harmonise nos agendas quand même !

— Et toi, Clara ? demanda Mélia.

— Moi, je fais la fine bouche, mon colonel ne m'a pas convaincue, il est un peu âgé pour moi. Et puis, tous ces humains vont vieillir vite. Tu connais ça, Mélia ! Je ne pense pas qu'il fera mon affaire à vrai dire. J'attends un entretien avec notre correspondant avant de m'avancer en terrain découvert.

— Monsieur James a dû voir qu'il te fallait un gradé supérieur à colonel. Un général peut-être et s'il y avait des maréchaux il t'en proposerait. Clara, tu devrais exiger un général, même débutant, pourvu qu'il soit beau gosse !

— Très drôle, ma chérie !

20

Dès la première semaine, l'ambiance de l'école fut excellente. La motivation plus que le professionnalisme des enseignantes y était pour quelque chose. Les élèves aussi se révélèrent très motivées.

Celles-ci avaient eu comme consigne de venir en tenue de sport, et de n'apporter dans leurs bagages que leurs sous-vêtements les plus sexy ; elles avaient rivalisé d'audace et d'imagination, depuis le simple fil de laine jusqu'au cuir le plus excitant. Mélia et Catia avaient investi dans des tenues extravagantes de dominatrices, Charlotte et Clara avaient opté pour le minimalisme, mini-shorts, brassières de sport, ficelles, qu'elles ne porteraient pas souvent.

Certaines faisaient dans la dentelle, d'autres dans le latex, d'autres dans le transparent. Il y en avait pour tous les goûts de mâles humanoïdes.

Les trois premiers jours en séminaire résidentiel alternèrent des périodes studieuses et des périodes de délire.

Les repas étaient livrés à heure fixe par un traiteur végétarien, et l'apport de calories fut réduit au minimum tolérable, chacune voulant un peu maigrir.

Charlotte n'eut aucun mal à maintenir l'ordre avec son martinet au prix de quelques coups bien placés sur les fesses des élèves dissipées. Elle mit aussi beaucoup d'ambiance avec quelques mouvements de gymnastique érotique dont elle fit profiter tout le monde.

Le programme prévu par Clara était minuté et plus sage.

Lever à six heures, et douche collective à deux ou plus, petit-déjeuner frugal, et un moment de tendresse possible avant le début des cours. Dans la journée, pas de vêtements, pas de sous-vêtements, pas de maquillage, pas de bijoux, égalité entre élèves et professeurs.

Premier cours théorique de huit à neuf heures, selon le programme du jour. Pause d'un quart d'heure, exercices de détente musculaire et passage aux toilettes.

Deuxième cours théorique jusqu'à dix heures quinze.

Les autres consignes étaient sévères : prise de notes obligatoire pendant les cours sur des cahiers contrôlés par les monitrices ; autorisation de se masturber uniquement en cas de besoin impérieux et urgent ; bavardages interdits ; pauses au soleil avec un thé, un biscuit et un fruit ; discussion libre entre élèves et professeurs.

Dernier cours théorique de la matinée jusqu'à midi.

La pause déjeuner et une courte sieste sur la terrasse permettaient de couper la journée.

Charlotte inventa un jeu avec le soleil dans le rôle de l'amant qui plut à tout le monde : rien de tel pour exciter les humanoïdes que de faire entrer les rayons du soleil dans un sexe grand ouvert.

En début d'après-midi, un test de contrôle des connaissances était administré et corrigé par Charlotte, corrigé au fouet si les résultats s'avéraient désastreux. Catia le comprit vite à ses dépens, elle s'était tellement masturbée pendant la dernière heure de cours qu'elle n'avait rien retenu de la leçon étudiée, et avait répondu au hasard au QCM. Elle fut priée de se mettre à genoux, les mains à plat sur une chaise. Chaque élève lui donna deux coups de baguette à l'endroit de son choix. Il y eut la timide qui se contenta de coups sur les fesses, une autre frappa les épaules, l'autre la main, une autre ajusta ses coups sur le dos, la dernière frappa l'intérieur des cuisses. Catia serra les lèvres, essuya ses larmes, et jura qu'on ne l'y reprendrait plus.

Charlotte promit la même punition à tout élève dont les résultats seraient insuffisants, et elle se déclara seule juge de l'insuffisance.

Les exercices d'application se succédaient l'après-midi selon le programme du jour : exercices de baisers, de caresses, de séduction, d'expression orale, d'habillage, de déshabillage, de strip-tease, de positions. Il y en avait pour tous les goûts, suffisamment variés pour apprendre dans la bonne humeur.

L'heure du thé permettait de faire une nouvelle pause pour échanger et rire. Évidemment, il était question des mâles de chacune dont les oreilles devaient bourdonner.

C'était aussi le moment des communications téléphoniques personnelles pour garder le contact avec le monde extérieur.

Les soirées après dîner commençaient par un exercice collectif pour se terminer par des exercices de préférence en binômes, mais il n'était pas interdit d'inviter une troisième amie.

Mélia se révéla une animatrice hors pair, d'une bonne humeur communicative et d'une inventivité insoupçonnée.

Clara déclara que la nuit serait libre pour des exercices d'application laissés à l'initiative des élèves, libre choix de la partenaire, autorisation de déranger les autres, et même de les réveiller en cas de nécessité. Les élèves levèrent leurs dernières inhibitions ; les vêtements étaient tolérés à condition de s'en défaire rapidement, ou qu'ils soient prétexte à un déshabillage imaginatif.

Réveil à six heures le lendemain.

Clara prévoyait de tenir ce rythme trois jours.

La semaine qui suivait était une semaine d'application en situation réelle à domicile, obligatoirement avec le mari de l'élève.

Le contrat moral était de s'engager à pratiquer chaque jour une nouvelle technique. L'élève devait apporter pour preuve de son travail, un emploi du temps détaillé contresigné du mari.

— Ça ne va pas être triste, déclara Charlotte. Les pauvres maris vont être exténués.

— N'oubliez pas, Charlotte et Mélia, que vous devez travailler avec vos nouvelles recrues militaires ! Ils vous serviront de cobayes.

— Je vais en faire baver à mon commandant, dit Mélia. Il paiera pour Nash.

— Ne t'y prends pas comme ça Mélia, si tu n'y mets pas un peu de sentiment, tu le décourageras. D'ailleurs, je dois rencontrer ce jeune homme pour lui expliquer notre démarche, comme aux autres maris.

À l'occasion de cette interview, Clara découvrit que le commandant de Mélia était un humain, fort sympathique au demeurant. Il était déjà amoureux fou d'elle, et appréciait son appétit et ses compétences érotiques. Elle trouva qu'il lui allait bien, et fut rassurée sur l'avenir sentimental de son amie.

*

Clara n'avait toujours pas résolu son problème matrimonial, elle obtint un rendez-vous exceptionnel auprès de monsieur James qui l'avait si bien conseillée pour le choix de feu son mari.

— Que puis-je pour vous, Clara ?

— Je viens vous remercier de tout ce que vous avez fait pour nous. Ma jeune amie Mélia est enchantée de son commandant, et je pense que l'affaire est conclue. Pour mon amie Charlotte, le choix du colonel est parfait. Il faut laisser faire le temps maintenant.

— Et pour vous ?

— Le colonel que vous avez pressenti a de belles qualités et une grande intelligence, il comblera sa future femme, j'en suis certaine !

— Mais, ce ne sera pas vous ?

— Je ne sais pas encore s'il a bien compris mon activité, mon niveau de revenus, mes déplacements professionnels et ma place dans la société Nash Industries. Comme convenu, je ne lui ai pas parlé de mon job dans votre service, cela vaut mieux.

Mon James acquiesça, encourageant Clara à continuer.

— Je gagne bien ma vie, sans doute le double de sa solde, je travaille beaucoup et je n'ai pas beaucoup de temps libre. Il est possible que je finisse par me fixer au siège, en Chine. Est-ce qu'il me suivra ? J'en doute fort. Je lui ai dit tout ça, mais il n'a pas réagi. Il n'a pas dû me comprendre. Quel conseil pouvez-vous me donner ?

— Le colonel m'a parlé de vous, il est sous votre charme, c'est un mot faible, il est subjugué par votre beauté et votre esprit. Il vous voit bien dans nos cocktails mondains.

— J'ai horreur des réunions mondaines et je lui ai dit, je suis une femme d'étude et de terrain, pas de cocktails mondains : en un mot, je ne suis pas une femme décorative.

— Ça, il le sait ! Je l'ai suffisamment averti. Mais il doit avoir son idée. Et du point de vue des relations intimes ?

— Je n'en suis pas déjà là, je veux être honnête avec lui ; c'est le genre d'homme que j'aime, mais je ne l'ai pas encore mis dans mon lit ! Il faudra aussi qu'il accepte mon passé, j'ai beaucoup aimé les femmes ; je n'y peux rien, je suis toujours attirée par les femmes. Mon mari acceptait bien ça, il était tellement ouvert d'esprit.

— Voulez-vous que je vous présente quelqu'un d'autre ?

— Je n'ai pas donné ma réponse définitive au colonel ! Il y a un autre point que je dois souligner : je suis en fin d'études de médecine, et je serai médecin bientôt, cela ne fait aucun doute ; j'ai subi un recyclage récemment, et je suis au top de ma forme intellectuelle, comme je le suis physiquement. Je voudrais un conjoint au top aussi, c'est ce que je n'ai pas encore bien mesuré chez le colonel. Voilà, c'est ce que je devais vous dire. Je vous remercie encore pour tout ce que vous avez fait pour nous.

Monsieur James grogna un peu, et répondit :

— Je pensais pour vous à un général de mes amis dont le profil ressemble au vôtre. Il est veuf comme vous ; il est extrêmement brillant, et fait une carrière exceptionnelle. Il tombera sous votre charme j'en suis certain, mais ce qui m'inquiète, c'est vous ! Le trouverez-vous à la hauteur ?

— Je continue à discuter et à flirter avec votre premier choix et je me décide sous huitaine. Si nécessaire je ne suis pas opposée à être présentée à votre nouveau candidat, mais n'oubliez pas, je ne serai jamais une potiche. Vous le savez bien ! C'est toujours pareil quand une femme est belle on croit que c'est le rôle qui lui convient !

— Je suis heureux de constater ce que vous êtes devenue.

— Je n'ai aucun mérite, j'ai été reconditionnée et relookée complètement par mon créateur.

— Ça se voit. C'est votre première récompense, je suppose ? Je suis très heureux pour vous.

Clara n'avait pas l'intention de tout dire à Monsieur James, elle attendait qu'il lui rende service pour son choix matrimonial. Elle continua :

— J'aurai plus de mérite à devenir médecin ou à être à la tête d'une société que j'aurai développée par moi-même ; mais pour mon confort, j'ai besoin d'un homme. À propos, votre général, c'est un humain ou un humanoïde ?

— Clara, vous me décevez ! Faites-vous une différence ?

— Oui général, je suis bien obligée, j'aurai trente ans pendant longtemps, et l'humain que j'épouserai sera vite sénile, dans mon échelle de temps.

— Ce général est un humain, un humain exceptionnel.

— Comme je vous l'ai déjà dit, je me donne huit jours avant d'étudier cette nouvelle candidature.

*

Au cours de ces journées chargées, Clara et Mélia oublièrent Nash Junior. C'est lui qui les relança :

— J'ai parlé à Senior de mon projet avec toi.

— Alors ?

— Il n'a pas l'air enthousiasmé, il m'a demandé de divorcer d'abord, et de réfléchir à deux fois avant de me remarier à une femelle humanoïde, avoua Junior.

— Il croit que c'est une tocade ?

— Oui !

— Tu lui as bien précisé qui était l'élue de ton cœur.

— Je lui ai parlé de toi Clara, il sait qui tu es, et il a bien compris que c'était toi et pas une autre.

— Il m'avait laissé entendre que j'étais la femme qu'il t'avait destinée ; il a donc changé d'avis pour mon avenir. Je suis déçue. Tu crois que je devrais l'appeler ?

— Patiente ! Je lui ai demandé de te rencontrer quand tu viendras.

— C'est bien, j'attendrai ma visite à Wuhan.

Junior appela Mélia chez elle.

Elle ne répondit pas, elle était trop occupée avec son commandant qui s'était rendu disponible pour la semaine intercours. Ils s'étaient enfermés dans l'idée de ne sortir de l'appartement qu'en cas d'urgence extrême. Et il n'y en eut pas ; Mélia avait fait suffisamment de provisions pour tenir un siège. Elle se sentait en bonnes mains ; lui aussi. Ils en profitèrent.

Junior rappela Clara :

— Je n'arrive pas à joindre Mélia !

— Je ne connais pas son emploi du temps ; ce n'est pas mon problème. Mélia est chez elle sans doute : c'est sa semaine de repos.

— J'avais l'intention de la prévenir que j'avais signé la convention de divorce, tu lui diras ?

— Je ne lui dirai rien ! Je ne me mêlerai pas de vos affaires, je ne veux pas qu'elle pense que je suis pour quelque chose dans ton divorce.

*

Clara n'avait pas été plus loin que quelques rendez-vous sympathiques, mais infructueux avec son colonel, et avait décidé de ne pas donner suite. Il n'avait pas su la convaincre.

Elle avait convenu de rencontrer le dernier candidat, le général, ami de Monsieur James ; elle le retrouva au cercle militaire pour prendre un pot, et faire connaissance. Ma foi, il était séduisant, et d'une intelligence hors du commun.

Martin était veuf comme elle, général depuis peu ; un général débutant avait dit Mélia ; il avait un fils de vingt ans, étudiant, et il voulait refaire sa vie avec une femelle humanoïde, les femmes de son âge, humaines et libres étant extrêmement rares. Au bout d'un quart d'heure, Clara se dit qu'il était un conjoint possible. Ils discutèrent jusqu'à la fermeture du cercle. Clara n'avait rien prévu, Martin non plus, et elle se retrouva chez lui à prendre un dernier verre. Elle n'avait aucune envie de rentrer chez elle où elle croiserait Charlotte faisant scrupuleusement les exercices d'application de l'école avec son colonel.

Clara se laissa facilement convaincre de passer la nuit avec lui. La nuit fut moins romantique qu'avec Junior, elle retrouva le genre de nuit qu'elle avait eu avec son mâle humanoïde, ni plus ni moins. Elle se jugea en dessous de tout : elle aurait pu faire mieux avec toutes les compétences qu'elle enseignait à ses élèves ; heureusement, celles-ci ne pouvaient pas la voir. Elle aurait eu honte de mettre si peu de ses conseils en application : mais c'était doux, et elle avait besoin de douceur et de calme. Et puis, c'était seulement son deuxième humain.

Finalement, elle se dit qu'ils n'avaient pas beaucoup dormi, que Martin avait bien assuré, et qu'elle avait pris son plaisir. Lui aussi.

Au réveil, sous la douche, elle se laissa admirer : il lui confirma qu'elle était la plus belle femme qu'il ait possédée. Ça lui plut beaucoup, elle voulait être désirée pour son physique, et pas seulement appréciée pour la finesse de son intelligence ou l'étendue de ses connaissances.

— C'était ton premier humain, demanda-t-il ?

— Ça, c'est la question piège ! Je vais peut-être te décevoir : tu es mon deuxième, mais tu as été vraiment le meilleur, très supérieur en tout point au premier.

— Je croyais que tu avais été mariée à un commandant humanoïde.

— N'empêche, réfléchis un peu, cela fait quarante ans que je vis, quarante ans que j'ai trente ans. Imagine, j'ai quarante ans de vie sexuelle, toi, tu dois en avoir vingt au maximum. Martin, j'arrête de philosopher, ça me fait mal au cœur.

— Oui, tu as raison. Il vaut mieux arrêter pour mon moral.

— Nous avons quand même quelques avantages sur vous les humains.

— Tu parais plus jeune que ton âge.

— Je ne te cacherai rien, je sors d'une révision générale, à l'usine, on appelle ça un reconditionnement, et je me suis payé des améliorations que tu as peut-être remarquées !

— Je ne suis pas spécialiste des humanoïdes !

Clara continua par une question de curiosité :

— Comment sont les femmes humaines en amour ?

Martin ne sut pas trop quoi lui répondre, et se promit de réfléchir à la question.

— Tu me fais une comparaison la plus objective possible ; ça m'intéresse pour ma culture personnelle, et pour l'école.

— Et toi ? Quel est ton avis si tu compares les hommes humains aux mâles humanoïdes ?

— Je n'ose pas te répondre à chaud. Il faut que j'y réfléchisse.

— C'est si défavorable que ça pour les humains ?

— Allez ! Je vais te lâcher une information : les mâles humanoïdes sont des machines infatigables, ils sont capables de tenir une nuit entière en érection, mais ce n'est pas forcément ce que je recherche.

— Ce sont des machines de sexe ?

— C'est le terme. Mais moi aussi je peux être une machine de sexe si je veux ; et si j'abuse, tu peux disparaître d'une crise cardiaque ou d'épuisement. Mais je me suis un peu calmée maintenant, je m'intéresse aussi aux sentiments de mes partenaires, à leur esprit, à leur intelligence : je suis une intellectuelle, une intellectuelle sensible. Il m'arrive même d'être amoureuse.

— Le général m'a dit que tu étudiais la médecine.

— Je termine mes études de médecine, mais ces études sont une formalité, j'apprends très vite. J'ai une chance incroyable, je bénis tous les matins mon créateur de m'avoir si bien doté intellectuellement.

Martin resta muet, puis l'embrassa.

— Je te reconduis chez toi ?

— Conduis-moi au Centre de Soins et de Loisirs de Kings Cross. J'ai un rendez-vous avec la direction du Centre.

— Tu pourrais y aller à pied !

— Je voudrais un dernier baiser en sortant de ta voiture, comme quand j'étais jeune avec mon premier amoureux, et je voudrais que tu me dises bonne journée, à ce soir, je t'aime !

— Ce soir, ce n'est pas possible, dit Martin prosaïquement.

— C'est une manière de parler, à demain soir alors, je sortirai bien en ville au restaurant, je te confirmerai l'heure et l'endroit, c'est moi qui t'invite.

*

Clara avait rendez-vous avec la direction du Centre, et surtout avec Carl pour mettre au point les exercices pratiques des élèves de la session test et de la promotion N° 1.

— Ça me fait plaisir de vous voir, Mademoiselle Clara !

Il écouta les demandes de Clara et lui assura que tout ce qu'elle souhaitait était parfaitement dans ses cordes. Il proposerait aux élèves quatre positions et leurs variantes, et insisterait sur les satisfactions que les femelles et leurs mâles devaient en attendre. Il prévoyait de faire un aide-mémoire pour les élèves.

— Pour la session test, il y aura six étudiantes : il faudrait les prendre en une matinée. Pour la première session, il y en aura dix-huit, penses-tu qu'en une journée ce soit possible ?

— Bien sûr. Je peux faire appel à un collègue qui sera enchanté de me rendre service.

— Très bien, répondit Clara !

Clara ne savait pas trop comment conclure avec Carl.

— Voulez-vous une démonstration, Mademoiselle Clara ?

— Bon, c'est mon travail, il faut bien que j'essaie ! Tu me fais seulement ce que tu as l'intention de proposer à mes étudiantes. Avec tes commentaires, s'il te plaît.

Clara se déshabilla rapidement.

— Comme vous avez changé !

— J'attends Carl !

— Je vais prendre mon pied !

— Tant mieux pour toi ! J'attends Carl !

Carl exécuta les quatre positions prévues pour les élèves, et improvisa les quelques commentaires qu'il leur ferait. Il y mit tout son cœur parce que c'était pour elle, Clara, qu'il aimait dans un rêve inaccessible. Clara ne voulut pas s'en apercevoir ; elle trouva la prestation très satisfaisante, un peu rapide à son goût, mais c'était juste une sorte de démonstration : la tendresse et la jouissance n'avaient pas forcément besoin d'être au rendez-vous.

— C'est ce qu'il nous faut, Carl ! Tu me feras voir ton texte d'aide-mémoire avant que je l'édite.

— Vous permettez que je vous embrasse, Mademoiselle Clara ?

— Bien sûr, mon petit Carl, dit-elle distraitement.

Il l'embrassa, elle s'habilla rapidement.

Carl la regardait comme un amoureux comblé. Elle feignit de ne pas s'en apercevoir.

*

Clara voulait que la mesure de satisfaction de la première semaine soit faite de manière la plus objective possible. Pour ce faire, elle mobilisa des psychologues de ses relations pour administrer les questionnaires aux étudiantes et à leurs maris.

Clara ne fut pas surprise des conclusions de cette enquête : les élèves étaient enchantées tant des cours que de l'habileté des formatrices. Les mâles humanoïdes ne tarissaient pas d'éloges sur les progrès de leurs femelles.

Clara et ses amies puisèrent dans tous ces premiers résultats l'énergie pour commencer la deuxième semaine qui s'annonçait épuisante. Les élèves les sollicitaient tellement qu'elles ne consacraient pas beaucoup de temps au sommeil.

Toutes les anciennes élèves de la session test postulèrent pour devenir monitrices. Dans un premier temps, Clara et Charlotte ne voulaient faire confiance qu'à Mélia et Catia, des valeurs sûres.

Clara se donna un mois de réflexion avant de démarrer la première promotion de l'école ; elle en profita pour refondre les textes des programmes et refaire les protocoles des exercices.

Tout était prêt pour une réussite éclatante.

21

Clara contacta le secrétariat de Nash Junior sans obtenir de réponse à la question : « *Quand et où se voit-on* » ?

Au quatrième appel, Junior daigna répondre assez sèchement :

— Abby t'a demandé de venir à Wuhan avec tous tes documents pour finaliser le projet d'école et le démarrage de la promotion N° 1, c'est bien ça ?

— Je prends le vol Sydney Wuhan demain comme prévu, en fin de matinée ; mais je veux savoir quand nous pourrons nous voir !

— Si tu arrives mercredi, je peux te rejoindre vendredi, tu as tes habitudes maintenant, tu descendras au même hôtel, tu connais le siège, tu es capable de te débrouiller toute seule. Et puis, Senior voudra te rencontrer dès ton arrivée.

*

Clara bénéficia du même accueil et de la même limousine qui l'emmena au siège. Abby, égale à elle-même, l'écouta, commenta et chiffra ses projets avec la même bienveillance attentive : elle soutint l'idée d'ouvrir deux écoles, une à Sydney pour les humanoïdes mariées, et une à Wuhan pour former les jeunes humanoïdes dès leur naissance.

— Ce seront des produits différents, précisa Clara.

— C'est vrai, et j'attends que tu travailles cette semaine sur ces deux projets, et que tu me fasses des propositions.

Abby avertit Clara que Senior la verrait en fin de journée :

— Sans doute pour te féliciter !

— Et nous ?

— Pas ce soir, Senior te réquisitionne, et je ne suis pas libre. Nous trouverons du temps pour nous plus tard.

*

Clara arriva en fin de journée au bureau de Senior.

— Bonsoir Père, dit-elle.

— Bonsoir ma toute belle, dit Senior en se levant et la prenant dans ses bras.

Clara qui pensait à un rendez-vous amical ou intime fut surprise, car il avait prévu autre chose.

— J'espère que tu n'as aucun engagement pour ce soir, je t'invite, ma toute belle, j'ai des gens importants à te faire rencontrer !

— C'est un honneur, Père !

— Venons-en au fait, dit-il, assieds-toi !

— J'ai lu le compte rendu que tu as fait à Abby, nous sommes très satisfaits de ton expérience pilote. Nous créerons au moins deux écoles une à Sydney et une à Wuhan, avant d'en ouvrir d'autres ailleurs en Asie, et peut-être en Europe.

— Père, j'espère que vous me confierez la direction de l'ensemble.

— Tu y tiens vraiment ?

— Je suis venue pour confirmer mon embauche à ce poste de direction générale.

— Nous pensions avec Abby te confier le développement en Australie et en Asie, pour le moment !

— Merci, Père !

— Viens-tu aussi pour autre chose ?

— Oui Père, pour Junior !

— Junior m'a parlé de toi, en effet. Et en bien !

— Je suis flattée.

— Maintenant que tu as réussi à faire divorcer Mélia, il voudrait se marier avec toi !

— Oui, c'est ce qu'il m'a dit également.

— Qu'en penses-tu ?

— Je lui ai dit qu'il fallait qu'il demande votre autorisation, ou du moins votre accord, je ne sais pas comment m'exprimer.

— C'est ce qu'il a fait : il m'a demandé mon accord.

— Quelle est votre réponse, Père ?

— Je réserve ma réponse tant que je n'ai pas entendu ton avis !

— Père, je ne suis qu'une humanoïde. Je suis capable de faire beaucoup pour vous et votre société, mais s'il s'agit de me marier à votre fils, je n'ai pas droit à la parole, je ne peux que m'en remettre à votre décision.

— Mais, toi, es-tu d'accord ?

— J'apprécie Junior, je crois que je pourrai m'entendre avec lui. Cependant, me marier à un humain, me laisse perplexe, j'ai des appréhensions, des doutes sur mes capacités à le faire ! Il me semble que cela présente des difficultés à la fois pour moi, et pour l'humain concerné.

— J'en suis conscient, dit Senior.

— Et l'expérience de Mélia ne m'encourage pas !

— Mélia s'en tire très bien.

— Elle a été une victime dans cette affaire !

— Pas nécessairement ! Elle s'est très bien rétablie.

Clara sourit :

— Oui, elle a réduit ses ambitions, je crois qu'elle a bien fait.

— Mais toi maintenant ? Il va falloir t'intéresser à toi !

Elle n'eut pas le temps de répondre que Senior sonna et appela sa voiture.

— Je t'invite à dîner chez moi.

Elle resta muette ; il continua :

— J'ai invité à ce dîner des gens qui vont t'intéresser.

La limousine de Senior les emmena, au fond d'un parc, sur le parking d'une maison bourgeoise de taille modeste, éclairée comme en plein jour. Clara compta trois autres voitures en stationnement.

— Je ne suis pas habillée pour une réception, dit-elle.

— Peu importe, c'est une réunion de travail sur un projet très confidentiel qui t'intéressera en tant que médecin.

*

— Clara, vous connaissez Adélaïde le médecin-chef de notre hôpital ! C'est une de vos compatriotes.

— Bonsoir Clara, heureuse de te revoir en excellente forme.

Senior présenta Clara de manière identique à tous les invités, avec la même phrase, il n'y eut pas de jaloux :

— Voici Clara qui vient de Sydney pour notre nouvelle école !

Les invités étaient des chercheurs et des scientifiques salariés de Nash Industries. Clara comprit tout de suite qu'elle était concernée. Dès l'apéritif, la conversion tourna autour du projet de fécondation des humanoïdes femelles par des mâles humains pour créer rapidement une nouvelle génération d'humains issus de mères humanoïdes.

La population humaine avait malheureusement amorcé un déclin inexorable qui n'assurait pas le renouvellement des générations. Les raisons en étaient partiellement connues ; il y avait ces radiations dangereuses qui tuaient sans que personne n'ait défini quels types d'humains y résistaient le mieux ; il y avait de multiples autres facteurs, mais personne ne se cachait le plus important : les femmes étaient de moins en moins nombreuses à procréer ; elles ne le souhaitaient plus. Ce devait être une forme de suicide collectif ; l'espèce humaine n'avait sans doute plus confiance en l'avenir.

En tout cas, la chute de la population était vertigineuse. Le déficit de peuplement qui en résultait était compensé par la croissance du nombre d'humanoïdes mâles et femelles très compétents, capables d'assurer la plupart des tâches et de faire vivre la société humaine dans laquelle ils évoluaient. Certains démographes prévoyaient la fin de l'espèce humaine par extinction pure et simple.

Nash Senior et son équipe faisaient partie de ceux qui refusaient cette évolution, et rejetaient l'idée qu'elle aboutisse inéluctablement à l'extinction de l'espèce. Et puisque les femmes ne pouvaient ou ne voulaient plus procréer, pourquoi ne pas utiliser les humanoïdes pour assumer cette tâche-là ? Senior voyait cette possibilité du point de vue philanthropique, mais aussi économique : c'était l'occasion de déposer de nombreux brevets juteux.

Il avait pensé à des humanoïdes mères porteuses, et il avait fait des essais ; mais les humanoïdes aussi dociles soient elles refusèrent de livrer les bébés qu'elles avaient portés. Il y eut des drames, et l'expérience avait été un échec.

Senior et ses scientifiques s'étaient fixés l'objectif de faire procréer des couples mixtes, mâles humains et femelles humanoïdes équipées de tous les organes de reproduction des humaines.

Clara aborda Adélaïde, la seule personne qu'elle connaisse dans cette assemblée :

— En quoi tout cela me concerne-t-il, demanda-t-elle, j'ai l'impression de faire de la figuration et d'être la future belle fille du patron ! Je n'aime pas ça.

Adélaïde éclata de rire :

— Je ne m'étais pas trompée sur toi ; toujours aussi caustique !

— Mais encore ?

— Tu n'es pas là en tant que future belle fille du patron. Où vois-tu son fils ? Il aurait pu au moins faire acte de présence !

— C'est vrai, je suis très déçue de son absence !

— Il ne viendra pas, il a été écarté de ce projet.

— Qu'est-ce que je fous ici, alors ?

— Mais, ma chère, ce projet est pour toi. Ce projet c'est toi !

Clara resta bouche bée, ses jambes ne la portaient plus.

— Ça ne va pas ? Tu veux t'asseoir, demanda Adélaïde.

— C'est vrai, je ne suis pas bien ! Il faut que tu saches que j'ai eu mes premières règles la semaine dernière, et je suis follement inquiète.

— Tu étais donc au courant ! Je t'explique rapidement : ton amie Mélia a bénéficié de ma première tentative d'implantation d'utérus, mais sans résultat. Je reconnais que ma technique n'était pas au point. Puis il y a eu d'autres essais qui ont tous foiré ! Tu vois le petit homme à droite du patron, c'est un grand savant, le professeur Chen, c'est lui qui est responsable de ce projet. Et si ça marche avec toi, tu seras la première humanoïde à devenir mère, fécondée par un homme. Tu es la candidate idéale, j'en suis certaine !

— Comment avez-vous été au courant pour mes règles ?

— C'est toi qui viens de me le dire. Mais avec ce que je t'ai implanté, je savais que ça ne tarderait pas. Je te laisse l'annoncer à Senior et au professeur Chen. Ils seront enchantés, et vont certainement vouloir fêter ça.

— Je leur dis quand ?

— Maintenant ! Clara.

— Sûr ?

— Certaine !

Clara se présenta au buffet pour se faire servir une coupe, et se rapprocha de Senior.

— Puis-je vous parler, Père ?

— Je t'écoute.

— Père, j'ai compris le sens de la réunion, et je dois vous avertir que j'ai eu mes premières règles la semaine dernière.

— C'est merveilleux ma toute belle ! Viens, je vais annoncer ça au professeur Chen qui mise beaucoup sur toi.

— Professeur, permettez-moi de vous présenter à nouveau Clara, la première humanoïde à avoir eu des règles : l'espoir de survie de notre espèce repose maintenant sur elle !

Le professeur essuya une larme, et serra très fort Clara contre lui.

— Merci, Clara, tu es la lumière de mon existence !

— Je suis aussi le résultat de vos travaux, Professeur.

Senior continua :

— Nous annoncerons officiellement cette importante nouvelle lorsque nous aurons fait toutes les analyses de confirmation. Mais je suis confiant, Clara sait de quoi elle parle, elle est médecin.

La réunion de travail se prolongea par les conférences des sommités présentes.

Clara suivait les développements des orateurs, et fut rassurée quand elle comprit les garanties scientifiques du projet.

Le schéma général était que des femelles humanoïdes choisies se verraient implanter des organes de reproduction féminins synthétiques qui produiraient les ovules humains, c'était la première série de brevets déposés. Puis des mâles humains sélectionnés ensemenceraient les femmes humanoïdes pour produire les petits humains. Tout le monde espérait des filles. Il y avait encore une série de brevets juteux à la clé pour programmer le sexe de l'enfant.

*

Les invités partirent, et Senior retint Clara auprès de lui.

— Père, je suis assez surprise que vous ne m'ayez pas avertie de ce projet quand vous m'avez reconditionnée !

— Aurais-tu accepté d'y participer ?

— Qu'aurais-je pu faire d'autre ?

— Ce qui revient au même, n'est-ce pas ?

— C'est vrai finalement ! Que dois-je faire maintenant ?

— Devine !

— Un enfant ? Avec qui ?

— Devine, dit Senior en la prenant dans ses bras. *Qu'il en soit ainsi !*

— On commence ce soir ?

— Évidemment.

— Il n'y a pas de raison de traîner, soupira Clara. Auparavant, je voudrais, si ce n'est pas trop demander, avoir quelques explications ! Intellectuellement, ça me sera plus confortable pour assumer les conséquences.

— Je t'écoute.

Clara obtint de Senior les informations scientifiques complémentaires nécessaires à sa compréhension : comment une machine humanoïde comme elle, pouvait-elle fabriquer des ovules dans un utérus qu'on lui avait greffé récemment ? Quel genre d'enfant attendaient-ils : un être humain, un humanoïde, un mutant ? Comment serait-elle suivie pour éviter les risques que lui faisait courir le développement de ce corps étranger ? Comment devrait-elle vivre pendant les neuf mois d'attente ? Qu'est-ce qui se passerait si le projet échouait ? Et s'il réussissait avait-il l'intention de multiplier les essais et avec qui ?

Senior voulait contribuer à sauver l'espèce humaine de l'extinction en faisant appel aux matrices disponibles des humanoïdes femelles : Clara rentrait dans le projet comme cobaye, ensuite elle pourrait participer à sa gestion.

Il avait prévu de sélectionner plusieurs milliers de femelles humanoïdes, une fois l'essai réussi avec elle. Évidemment, il pensait que, grâce à son expérience, elle pourrait intervenir et participer au développement de cette nouvelle société de production d'humains organisée sur le mode de production des humanoïdes.

Clara n'eut pas la réponse à toutes ses questions, mais elle fut rassurée, et passa à des sujets plus personnels :

— Et Junior ?

— Il n'a plus rien à voir avec toi, je l'ai écarté du projet !

— Moi qui pensais avoir une histoire d'amour avec lui !

— Je le remplace avantageusement, n'est-ce pas ?

Clara se souvint de l'avertissement de Junior : « accepte s'il te demande de venir dans sa garçonnière »

— Senior, ça va faire désordre si je continue à vous appeler Père.

— En effet, appelle-moi Senior désormais.

Clara l'embrassa puis elle continua :

— Je suis une grande sentimentale, et je suis certaine que le bébé sera raté si je n'ai pas un minimum d'attachement pour son géniteur !

— C'est un chantage ?

— Senior, voyons ! Junior voulait m'épouser. Vous, je ne sais pas ! J'aimerais bien qu'un des deux Nash prenne une option sur moi.

Il bougonna :

— À mon âge ?

— Vous êtes encore jeune !

— Peut-être, mais je n'ai pas la même espérance de vie que toi.

— Qu'importe, prenez du bon temps avec moi puisque je vous plais ! Est-ce que je pourrai vous tutoyer ?

— Évidemment oui, quand nous sommes seuls !

*

— On ne va pas rester à bavarder, dit Senior, passons aux choses concrètes !

— Je suis prête.

Clara le suivit dans sa grande maison, qu'il appelait sa garçonnière, et ils entrèrent dans une chambre immense et impersonnelle.

— La salle de bains est là, dit-il en montrant une porte.

— Laisse-moi te déshabiller, dit Clara.

Senior se laissa faire.

Elle lui enleva sa veste, lui déboutonna lentement sa chemise pour le mettre torse nu et elle fut surprise de voir le même corps que celui de Junior, la même musculature, un corps étonnement jeune.

Elle défit sa ceinture, et fit tomber son pantalon et son short.

Elle s'agenouilla, et elle entreprit de le sucer.

Il bandait bien : elle trouva sa verge d'une taille respectable ; elle pensa aussitôt à son vagin rétréci. Il lui passa la main dans les cheveux et guida les mouvements de sa tête.

C'était bien la première fois qu'elle faisait l'amour à un homme tout en restant habillée.

Elle s'arrêta :

— J'ai un peu peur quand je vois la taille de ta verge.

— Déshabille-toi, ordonna-t-il.

Elle prit son temps en le regardant fixement.

Bof ! Aucun intérêt il me connaît par cœur !

Et non ! Erreur, il est toujours sensible à ma plastique.

— Tu es très belle, lui dit-il.

— Grâce à toi !

Elle se frotta contre lui, debout, pour sentir la verge contre son ventre.

— Il faudra me caresser beaucoup, n'oublie pas, mon vagin a été étréci et il faut que ton membre s'introduise sans me blesser. Si tu veux bien jouir, soit tendre avec moi.

— Je vais faire attention à ma poupée fragile.

— Tu as tout intérêt !

Il la poussa sur le lit où ils roulèrent.

— Tu sens très bon, lui dit-il en l'embrassant dans le cou.

Son sexe devenait de plus en plus dur et volumineux.

Elle le sentait contre elle.

Elle prit peur.

— Excuse-moi Senior, il faut que j'utilise ta salle de bains !

Elle n'arrivait pas à mouiller, elle refusait de s'ouvrir, elle n'avait pas tant envie de lui que ça ; son sexe refusait sa verge. Pour la première fois, elle n'avait pas envie d'un mâle. Elle en eut honte.

Impossible !

Un humain ! Comment pouvait-elle ne pas en avoir envie ?

« Moi qui cherche la jouissance, la jouissance absolue, me voilà dans de beaux draps. Ma petite, ce n'est pas ce que j'attends de toi » gronda-t-elle. Puis elle se mouilla le doigt et se caressa devant dans la glace. Elle avait accepté l'impossible avec Senior. C'était sans doute une erreur : son corps disait non !

Senior entra dans la salle de bains, et la regarda : il vit qu'elle avait les larmes aux yeux :

— Qu'est-ce qu'il ne va pas ?

— Ma tête t'accepte, et mon corps te refuse !

— Qu'est-ce que tu racontes ?

— En clair, j'ai un blocage.

— C'est le syndrome de Mélia, dit-il en souriant.

— Ça existe ? demanda Clara.

— Oui, c'est déjà arrivé à Mélia. Ça lui est arrivé de bloquer avec moi. Elle était complètement fermée, terrorisée, elle se refusait à moi. C'est bien loin tout ça, quand j'étais jeune, et que junior ne me faisait pas de concurrence.

Clara reprit ses baisers en le regardant dans le miroir de la salle de bains : elle le trouva beau et le lui dit d'un ton très sérieux.

Senior ne répondit pas, mais sourit.

Elle retrouva un peu son entrain, elle lui caressa les pectoraux comme pour se rassurer ; elle évita de toucher ce sexe qui lui faisait si peur, et se serra contre lui sans bouger.

Au bout d'un long moment, elle se sentit prête, et lui dit :

— On va sur le lit, et tu commences en douceur.

Elle s'allongea sur le dos les cuisses bien écartées. Elle se caressa devant lui, et fit bondir son clitoris de sa cachette : elle était fière de lui montrer son œuvre. Il grogna et s'allongea sur elle. Elle sentit sa verge la frotter, puis les lèvres s'ouvrirent d'un coup, et il put la pénétrer.

— Lentement, dit-elle, je te sens très bien ! Plus lentement, s'il te plaît !

Elle ferma les yeux, et s'étira les bras en croix.

Elle n'avait jamais ressenti un sexe occuper autant de place dans son corps : il bougeait en faisant de petits mouvements de rotation prudents. Il évitait de l'écraser, et se tenait sur les mains comme s'il faisait des pompes : elle s'était trompée, il était plus sportif qu'elle n'avait imaginé.

— Viens ! Viens plus près, serre-moi contre toi !

Elle le prit par les épaules pour qu'il l'écrase.

— Vas-y maintenant, plus fort !

Senior accéléra son mouvement de va-et-vient.

Clara glissa sa main entre leurs deux corps pour stimuler son clitoris qu'elle ne sentait pas frotter contre sa peau pendant qu'il continuait ses va-et-vient avec une belle régularité.

Il se retira après avoir joui.

— Je voudrais sucer ; laisse-moi sucer le reste, lui dit-elle.

Et elle se retourna pour le faire.

Elle ne l'avait pas senti éjaculer ni jouir ; en tout cas, il n'était pas démonstratif ; elle non plus il faut bien le dire, et elle décida de ne pas en rester là. Elle continua à se caresser le clitoris pour le garder en érection. Il la regardait faire, elle se caressa un sein ; il prit l'autre pour le palper.

— Oui, continue, j'ai encore envie de toi !

Ils restèrent allongés sur le côté face à face. Il réussit à s'introduire entre ses cuisses.

— Reprends-moi, dit-elle.

Elle s'allongea sur le dos, et attendit.

Il était en terrain conquis.

Clara n'arrivait pas à jouir.

Elle commença à soupirer, elle bougea les épaules, puis le poussa sur le côté pour changer de position. Puis elle se mit à califourchon sur lui pour contrôler le rythme et la profondeur de la pénétration. Elle lui prit une main, et la guida pour qu'il la caresse. Ils se regardaient ; elle se pencha vers lui pour l'embrasser puis se redressa.

Clara pensa que ça pouvait durer longtemps : tant qu'il resterait ferme se dit-elle, et, surtout tant qu'elle n'aurait pas joui.

Elle continua ses mouvements, et poussa quelques cris, ça lui fit du bien. Senior lui caressait le clitoris, le pinçait. Il semblait à son aise. Pas elle ! Elle n'était pas satisfaite, elle lui demanda :

— Prends-moi comme une chienne !

Elle se mit à quatre pattes, et se rappela que c'est dans cette position qu'elle avait le mieux pris son plaisir avec Junior.

Il la pénétra avec violence, et ses cuisses frappaient ses fesses, il n'aurait pas pu s'enfoncer plus profondément.

Elle le sentit se décharger en elle.

Elle fut tentée de simuler un peu pour le rassurer, mais elle y renonça ; elle s'allongea sur le ventre la tête dans les mains, prête à pleurer ; il s'allongea sur elle au repos : elle serait bien restée toute la nuit dans cette position.

— Je commence à avoir froid, dit-il, en se retirant.

Elle se retourna violemment, et le prit dans ses bras pour se serrer contre lui.

— C'était bien, lui dit-elle !

— Et pourtant, tu n'as pas joui !

— Je suis trop stressée, je suis sûre que demain matin, ce sera mieux.

— On est déjà demain matin !

— Alors tout à l'heure, j'y tiens, restons dans les bras l'un de l'autre, j'ai besoin de m'habituer à toi.

— On éteint ?

*

Le maître d'hôtel poussa le chariot du petit-déjeuner dans le salon attenant à la chambre.

— Qu'est-ce que tu prends Clara ?

De la salle de bains, Clara ne l'entendit pas ! Senior approcha le chariot de la table, et se servit un grand café. Il le but en regardant par la fenêtre dont il avait ouvert les volets : il admirait son parc.

Finalement cette Clara était plutôt un bon coup, comme lui avait dit Junior, *beaucoup de grâce, du caractère et un tempérament fougueux au lit.*

Ce matin, elle l'avait satisfait à nouveau au-delà du raisonnable, et il aurait besoin de toute la journée pour récupérer. Depuis hier soir, il avait bien déchargé quatre fois, et il devrait arriver à l'engrosser rapidement, même s'il savait que la fréquence des rapports n'augmentait pas ses chances de l'inséminer. Pour cela, il fallait qu'il la retienne un mois à Wuhan, ou la fasse revenir régulièrement. *Parce que quatre fois par nuit, ce n'était pas possible, il ne pourrait pas tenir ce rythme longtemps, elle allait le tuer !*

Clara le tira de ses réflexions :

— Ah, le petit-déjeuner est déjà arrivé, dit-elle en rentrant dans le salon.

— Qu'est-ce que tu prends ?

— Un grand café et un fruit, mon chéri.

Clara s'était vêtue d'un soutien-gorge et d'un chemisier qui laissait ses fesses et son sexe libres.

Senior la regarda et lui dit :

— Aujourd'hui, tu vas à l'hôpital pour les examens de routine, et pour vérifier si l'ovulation se fait normalement.

— Je voudrais un peu de liberté pour préparer le projet d'école à Wuhan.

— Priorité à ton insémination !

— Bien sûr, mais ça ne m'occupera pas à plein-temps !

— Tu pourrais faire un peu de tourisme cet après-midi.

— Quand je serai enceinte et en congés oui ! Maintenant, non ! Je veux que cette école fonctionne bien. N'oublie pas que la session N° 1 commence à Sydney avec dix-huit étudiantes, et que ça doit marcher !

— Il faudra déléguer, Clara !

— C'est pour ça que je me hâte de mettre tout au point. Pour le projet bébé, tu es toujours d'accord pour que j'oublie Junior, et qu'on se marie ?

— Je ne t'ai rien promis. J'étudie la question aujourd'hui !

— Il y a un autre point ! Tu vas déposer des brevets pour la conception et la fabrication du bébé ; le contraire m'étonnerait !

— Oui, bien sûr !

— Le bébé et moi serions intéressés par un pourcentage sur ces brevets.

Senior éclata de rire.

— Tu ne manques pas de culot !

— Dans ton esprit, c'est un compliment, je suppose ?

— Tu le prends comme tu veux ; je pensais bien que tu me demanderais ça. J'ai tourné la question dans tous les sens, j'ai un texte d'accord à te soumettre.

— Je suis satisfaite que tu reconnaisses les droits du bébé et les miens. On en reparle ce soir ?

— Oui, on parle de tout cela avant le dîner, je rentrerai le plus tôt possible pour toi. J'ai un conseil d'administration. Fais-toi conduire à la maison aussitôt que tu es prête, et attends-moi.

*

Les examens ne révélèrent rien d'anormal. Clara avait bien commencé ses cycles menstruels, l'ovulation pouvait se faire, et avec un peu de chance elle pourrait être enceinte rapidement.

— C'est à Senior de faire du bon boulot, dit Adélaïde !

— Je voudrais faire un test de grossesse avant de partir à Sydney.

— Il n'est pas question que tu partes !

— Si je suis enceinte à quoi sert de rester ! Si je ne le suis pas ou si j'ai mes règles à quoi sert de rester ! Je reviendrai quand l'école de Sydney sera ouverte et tournera.

— Il faut que Senior soit d'accord !

— Il le sera, dit Clara.

— Tu me parais bien sûre de toi !

Adélaïde la regarda dans les yeux et lui dit doucement :

— As-tu envoyé toutes tes cartes postales ?

Clara fut à peine surprise, *c'était donc elle son contact à Wuhan.* Monsieur James lui avait dit qu'elle le reconnaîtrait sans problème.

Adélaïde lui précisa :

— J'ai le mal du pays. Je voudrais rentrer le plus tôt possible. Voilà un dossier pour toi, tu le liras attentivement, tout te concerne au premier chef. Et remets-le à qui tu sais.

22

Clara rentra au siège de Nash Industries pour retrouver Abby.

— Comment s'est passée la soirée d'hier, ma chérie ?

— La conférence était passionnante et les intervenants très intéressants ! Mais, je ne pourrai rien t'en dire, Abby.

— Tout le monde est au courant ! Mais on n'en parle pas, c'est d'accord ; je sais que c'est confidentiel.

— Tant mieux ! Nous allons pouvoir travailler sur le projet d'école à Wuhan.

Clara avait réfléchi à une approche différente de celle de l'école de Sydney : ce n'était pas le même public. À Wuhan, au sortir de l'usine, les humanoïdes femelles et mâles étaient livrés avec un corps de vingt ans ; leurs compétences sentimentale et sexuelle étaient limitées ; ils avaient encore beaucoup à apprendre.

Clara se souvenait — comme si c'était hier — de sa première rencontre avec un mâle ; elle avait été pénible ; elle ne savait pas à quoi s'attendre, et n'avait absolument aucune idée du plaisir que l'un et l'autre pouvaient en tirer.

— Moi aussi, dit Abby j'ai été très contrariée.

Elle avait été plus que maladroite, et avait fait fuir son premier mâle aussi inexpérimenté qu'elle. Il lui plaisait pourtant beaucoup ; elle l'avait rencontré au cours d'une soirée par l'intermédiaire d'amis communs ; elle l'avait trouvé beau, et il lui semblait que lui aussi la trouvait à son goût.

À cette époque-là, les logements étaient si petits et si peu confortables que les nouveaux couples se donnaient rendez-vous dans les jardins publics ou les forêts des alentours. Pour Abby, ce fut une forêt. Du moins, c'est ce qu'elle raconta à Clara.

Le mâle avait entrepris les premières caresses et les premiers baisers. Elle avait trouvé toute cette salive un peu dégoûtante, mais les caresses la flattaient.

— Mon premier mâle a commencé comme ça aussi, interrompit Clara.

— Le mien a continué en essayant à tout prix de baisser ma petite culotte, et ça, je n'ai pas aimé du tout : je la remontais quand il la baissait, et le manège a duré assez longtemps. À la fin, il a sorti son sexe, et j'ai pris peur, je ne comprenais pas ce qu'il allait en faire. Il ne m'a rien expliqué, et a commencé à le frotter contre moi, contre mon dos, et il s'est lâché dans la raie des fesses, et a sali ma petite culotte. J'étais furieuse, je pensais qu'il l'avait abîmée ; et puis, j'ai été prise d'un fou rire que je n'ai pas pu arrêter.

Le mâle l'avait très mal pris, et elle ne l'avait jamais revu.

— Et toi Clara ?

— Moi, j'étais très timide, et je me suis laissée caresser par mon premier flirt. J'avais envie de quelque chose, mais je ne savais pas quoi ? On a vite tourné en rond sans que ni l'un ni l'autre trouve une solution. Rien ne se passait, et je l'ai fui assez vite avant que je rencontre mon futur mari qui était plus mûr, et a su s'y prendre pour me faire plaisir.

— Nous étions tellement innocentes à cette époque-là.

— La plupart des jeunes femelles qui sortent de l'usine sont aussi nulles que nous l'étions.

— Je prévois de les informer ensemble, mâles et femelles, sous forme d'aide-mémoire sur leur physiologie et leurs besoins sexuels de base. Mais, je ne voudrais pas aller trop loin, et que leur expertise soit très supérieure à celle des mâles en circulation, cela risque de créer du désordre.

— Pourquoi ne ferais-tu pas un programme d'autoformation qu'on leur administrerait au moment où ils sont livrés ? Un peu comme on leur injecte les règles de droit et de moralité.

— C'est un prérequis de connaissances générales, mais, pour ma part, j'irai plus loin, je leur permettrai d'expérimenter.

Clara prévoyait des exercices : chacun des humanoïdes pourrait avoir une première expérience avec l'autre sexe, ou le même sexe selon leur penchant naturel.

— C'est une possibilité, admit Abby.

— Ce seraient de simples exercices d'application des connaissances de base.

Elles passèrent la journée à établir les programmes de la nouvelle école, prévoir les modalités de fonctionnement, calculer les comptes d'exploitation prévisionnels.

*

Clara déposa au secrétariat les cartes postales du jour à ses correspondantes habituelles. Tout allait bien. Rien de particulier à signaler. Bons baisers de Wuhan. Marguerite à cinq pétales pour tous et timbres de collection.

*

— Monsieur Nash vous prie de l'excuser, Mademoiselle Clara, fit le maître d'hôtel : la réunion du conseil d'administration va se prolonger, il m'a demandé de vous servir à dîner.

— Merci. Je le prendrai au salon. Je n'ai pas très faim ce soir.

« Comment peux-tu être aussi conne ma pauvre Clara ! Ses affaires passeront toujours avant toi ! Tu crois encore aux promesses des Nash ! Déjà Junior qui se défile comme il s'est défilé avec Mélia. Que je suis conne ! Je suis tombée dans le même piège qu'elle. Mélia a séduit Senior d'abord, et puis Junior. Je n'ai pas été plus futée qu'elle ; j'ai juste fait dans l'ordre inverse !

De toute façon, il ne peut pas me retenir contre mon gré à Wuhan ! Je pars, je prends la fuite j'ai mon billet de retour et je reviendrai le jour prévu à Sydney ».

Après dîner, pour se calmer, Clara décida de travailler sur les programmes et le budget de l'école. Tout allait bien de ce côté ; Abby et son équipe étaient réalistes, le compte d'exploitation serait positif dès la première année, et elle gagnerait très bien sa vie.

Clara téléphona à Charlotte : ce fut Mélia qui répondit, et minauda un « bonsoir, je t'aime » avant de passer le combiné à Charlotte.

Les préparatifs se déroulaient comme prévu : il y avait assez d'inscrites pour les trois prochaines promotions sans avoir fait beaucoup de publicité, et les clientes versaient les acomptes demandés.

La trésorerie se constituait au fur et à mesure, et elles n'auraient pas besoin de prêt bancaire. La formation de la promotion N° 1 pouvait avoir lieu la semaine suivante, et Charlotte attendait Clara avec impatience pour démarrer.

— Toujours collée à Mélia ? Questionna Clara.

— C'est plutôt elle qui est collée à moi.

— Et vos militaires ?

Ils prenaient ce qu'il restait, et ils semblaient se satisfaire de la situation.

— À propos de ton général ! Enfin, Martin a appelé ; il t'attend avec sérénité. Je lui ai dit que tu prévoyais de revenir ce week-end par le vol régulier.

— Merci, Charlotte !

Alors Martin se manifestait aussi ! Celui-là, c'était du solide ; un humain qui avait la tête sur les épaules, et en qui elle pouvait avoir confiance ! Martin la rassurait. Elle n'était pas certaine qu'il ait besoin d'elle pour vivre, mais elle, par contre, s'était attachée à lui.

*

Senior rentra tard et de très mauvaise humeur.

— J'ai les résultats d'examen d'aujourd'hui. Ils ne sont pas si satisfaisants que ça : rien ne se passe comme nous voudrions, il faudra attendre le mois prochain pour toi !

— Rien ?

— Le médecin-chef est pessimiste.

— Alors ?

— Personnellement, je n'abandonnerais pas si j'étais le seul décideur ! Mais mon conseil d'administration vient de voter l'arrêt les frais pour ce projet pour d'autres raisons. Nous devons nous concentrer sur le marché le plus porteur et les fabrications les plus rentables : les militaires mâles, et les jeunes femelles.

Adieu veau, vache, cochon, couvée !

— Donc ?

— Ce n'est pas la peine de continuer l'expérience avec toi si je ne suis pas suivi. Et je serai désavoué s'il y avait un enfant.

Clara se dit qu'elle n'allait pas perdre une dernière nuit d'amour.

— Je peux rester une soirée avec toi, pour notre plaisir ?

Senior n'avait pas envisagé cette hypothèse.

— Rien ne nous l'interdit !

— Et bien ! Qu'est-ce que tu attends ?

Clara était prête, Senior beaucoup moins.

La nuit fut torride.

Clara, totalement désinhibée, utilisa tous les stratagèmes et les ficelles qu'elle enseignait à ses élèves. En prime, elle eut un feu d'artifice d'orgasmes qu'elle n'espérait plus.

— Qu'est-ce qu'il t'arrive, Clara ?

— Je ne sais pas ; je crois que je suis simplement heureuse de te faire plaisir.

Mais Clara n'insista pas, elle comprit rapidement que Nash Senior était imperméable à l'idée qu'elle puisse vouloir lui faire plaisir, et en être heureuse. Elle pensa que les humains ne comprenaient pas le don sans contrepartie, en tout cas les deux Nash qu'elle connaissait.

Senior avait pris sa décision :

— Ce sera la dernière fois entre nous ; j'ai réfléchi, je ne peux pas te garder auprès de moi, ni comme femme, ni comme maîtresse permanente.

— Merci de ton honnêteté. Cette nuit de délire sera un souvenir inoubliable !

— Pour moi aussi.

— Et Junior ?

— Je te déconseille Junior. C'est peut-être un bon coup, mais ce n'est que ça ! J'ai changé d'avis sur ton avenir ; pour ta tranquillité, oublie Junior : il n'est plus fait pour toi. Ton avenir, c'est ton école et l'exercice de la médecine.

Le revirement de Senior ne pouvait s'expliquer que par la tombée en disgrâce de Junior.

À moins que, malgré tout, Senior ne me réserve pour plus tard.

— Alors je suis libre de mes engagements ?

— Tu l'as toujours été Clara, je t'ai toujours laissée libre de tes choix.

Là, Senior racontait n'importe quoi ! Clara ne pouvait pas être libre de ses choix, elle était programmée au respect de son créateur, à répondre positivement à ses demandes, au respect de l'ordre établi en somme. Elle n'était pas libre de dire non, autant se suicider que de dire non à un humain.

Clara se dit aussi qu'elle devait avoir eu une poussière dans ses circuits puisqu'elle avait été tentée de se rebeller ; elle eut une pensée émue pour Carl qui avait pris le parti courageux de transgresser les règles en toute conscience, mais dans la plus grande discrétion.

Senior et Clara se quittèrent après le petit-déjeuner.

Il la prit sans ses bras.

— J'ai été très heureux de faire intimement ta connaissance, ma toute belle.

— Moi aussi Senior, c'était un honneur !

— Rends-toi disponible pour moi à ta prochaine venue, j'aimerais voir si tu peux être à nouveau aussi brillante au lit, occasionnellement. Mais je t'avertis, ce ne sera que du sexe, n'attend rien d'autre de moi.

— Je répondrai présente. Ta rencontre a été pour moi une expérience exceptionnelle.

23

Clara rejoignit Abby aux bureaux du siège.

— J'ai encore une journée ici, est-ce que je pourrais visiter la ville avec toi ?

— Veux-tu faire du tourisme, ou préfères-tu un câlin ?

— Les deux !

Elles programmèrent les deux.

Clara fut surprise de la brume permanente étouffant la ville sous une chape de nuages bas.

Elles montèrent sur le Colline du Serpent, pour visiter la Tour de la Grue Jaune. Clara regarda étonnée, cette pagode de cinq étages, à la fois neuve et ancienne, ses tuiles vernissées et ses énormes piliers. Elle pourrait au moins commenter les cartes postales qu'elle avait envoyées à ses amies et à Monsieur James.

Dans l'ascenseur, Clara surprit un regard trouble d'Abby qui lui caressa l'avant-bras. Elle ressentit une décharge d'électricité statique. Mais elles étaient entourées de touristes, et elles continuèrent la visite comme si ce contact n'avait rien fait passer entre elles.

Malgré la brume, la vue panoramique sur le fleuve Yang Tsé plut beaucoup à Clara qui resta longtemps à l'admirer avant qu'elle ne se sente déshabillée, scrutée des épaules aux fesses. Le regard d'Abby la fit frissonner, et elle comprit ce dont il s'agissait :

— Viens, cherchons un hôtel pour cet après-midi !

Elles prirent une chambre dans la zone de l'aéroport.

— J'espère que ce n'est pas par dépit que tu te rabats sur moi !

— Bien sûr que si, mon amour, dit Clara en riant.

— Je vais te faire payer cette réponse insolente !

— Sois gentille ! On n'est jamais si bien qu'entre nous, les femmes humanoïdes.

Les humains d'un côté, les humanoïdes de l'autre, les robots enfermés dans leurs lieux de production, et tout se passera bien ! Le mélange des espèces ne pouvait qu'amener de gros ennuis dans l'esprit de Clara.

— Déshabille-toi, ordonna brutalement Abby !

Elle n'attendit pas que Clara commence, elle lui déboutonna son pantalon, le baissa et s'attaqua directement à ce qui l'intéressait : torturer le clitoris, tirer les lèvres et s'introduire dans son sexe. Clara trébucha emmêlée dans son pantalon, hurla en tombant au sol sur les fesses, puis roula sur le dos.

Abby s'allongea auprès d'elle lui enfonça brutalement deux doigts dans le vagin, et s'agrippa au pubis avec le pouce.

Clara fut tétanisée, et sa jouissance éclata presque aussitôt ; elle resta étendue sur le dos à la merci de son agresseur qui ne voulait pas s'arrêter là, et la masturbait en frottant son clitoris dressé de toute sa longueur. Abby le prit entre deux doigts et le mordilla en mettant beaucoup d'énergie à la caresser et à l'embrasser, comme si ce devait être la dernière fois qu'elle disposait de son corps.

Clara n'opposa pas trop de résistance, et Abby continua jusqu'à ce qu'elle jouisse à nouveau.

— Maintenant à toi, fais quelque chose pour te venger de Senior, violente-moi !

Elles se dégagèrent de leurs derniers vêtements.

Clara n'avait pas complètement oublié sa déception avec Senior. De rage, elle se rua sur Abby et la plaqua au sol, s'assit sur elle à califourchon, lui écrasa le ventre et lui pressa les seins des deux mains.

Abby gémit, mais se laissa faire.

Clara lui empoigna le cou en faisant reposer la tête sur le pli du coude, et lui serra la gorge avec l'autre main comme pour l'étouffer. Abby la repoussa violemment d'une ruade, Clara rebondit sur ses fesses et la rattrapa par les cuisses qu'elle écarta en force pour y glisser la tête. Elle la lécha de bas en haut, réussit à ouvrir son sexe en écartant les lèvres, et introduisit sa langue puis un doigt pendant que sa langue se concentrait sur le clitoris ; Abby était moins bien dotée qu'elle, mais la pièce était belle. Elle lui serra la taille avec ses jambes pour la faire tourner sur elle-même. Clara résista pour la forme et s'allongea sur le dos ; les doigts d'Abby étaient déjà en elle et la fouillaient à nouveau.

— J'aime ton sexe, j'aime tes fesses, j'aime tes seins, j'aime ton sourire, j'aime tout en toi, lui chuchota Abby.

— J'aime ta manière guerrière de me faire l'amour, tu vas beaucoup trop me manquer, répondit Clara.

Elles se serrèrent dans les bras l'une de l'autre, s'embrassèrent longuement, puis restèrent immobiles en silence pour se caresser tendrement.

Abby s'écarta :

— Lève-toi, j'ai besoin de te regarder encore.

Clara se leva pour se laisser admirer, et se tint immobile à la manière pudique des statues antiques qu'elle avait vues dans les musées.

Abby lui souleva les bras, lui caressa les épaules, le dos, les fesses, comme si ses mains devaient garder la mémoire des plis secrets de son corps.

Clara se laissa sculpter.

Puis, debout toutes les deux, elles mirent leurs mains entre leurs cuisses pour se caresser et se pénétrer mutuellement.

Elles jouirent ensemble : c'était ce qu'elles voulaient !

— Quand nous reverrons-nous ?

— Viens à Sydney, tu seras bien accueillie, et tu pourrais même en tant qu'intervenante exceptionnelle faire un cours sur ton expérience sexuelle. Tu es la bienvenue !

— Alors, tu me paies au moins le déplacement parce que ce sera sur mes congés : Senior a du mal à me lâcher au siège.

— Nous ferons comme tu l'as dit. Serre-moi fort !

24

Clara fut heureuse de voir que Mélia l'attendait à l'aéroport.

Mélia avait changé de coiffure en nouant ses cheveux en arrière, et s'était habillée en tenue d'été, short sexy, chemisier presque transparent. Elle lui proposa :

— Pourrais-tu venir chez moi ?

— Tu m'invites ?

— Charlotte est occupée avec son colonel, et comme tu aurais été seule chez toi, je me suis dit qu'on serait bien ensemble.

Clara la trouva très séduisante. Elle l'embrassa et la serra contre elle. Jamais elle n'avait eu autant envie de la posséder.

— Tu es très belle, ma chérie !

— Parce que je suis très amoureuse ! Mais mon amour n'est pas là ce soir ; alors j'ai pensé que tu voudrais bien de moi.

— Je le remplace ?

— Oui !

— Pas complètement quand même ?

— Je n'ai jamais pu rester seule la nuit, avoua Mélia.

— Moi non plus je ne peux plus ! Allons chez toi ! Tu as averti Charlotte, je suppose ?

— Elle t'attend demain matin.

*

Mélia informa Clara qu'elle souhaitait continuer à travailler à l'école, donner certains cours et diriger les exercices des prochaines sessions. Elle se sentait bien dans cette activité. Pour le principe, Clara émit quelques objections, et lui proposa de lui faire subir une sorte d'examen de passage.

— Je voudrais voir tes progrès.

— D'accord, dit Mélia.

— L'examen commence. Voilà je te pose un problème, tu me donnes ta solution, et tu la mets en œuvre. Écoute bien : Je vais prendre une douche, je me sens sale après ce voyage. Qu'est-ce que tu me proposes comme apéritif ?

— Une minute, je me mets en tenue de travail, et je te rejoins dans la salle de bains.

Mélia se débarrassa de son chemisier transparent, se défit de son short et de ses sous-vêtements, puis une fois nue, savonna, frotta et doucha Clara en passant délicatement partout où une caresse pouvait faire du bien. Elle s'appliqua à vérifier si son examinatrice y prenait du plaisir, recommença plusieurs fois les endroits les plus sensibles, puis sécha Clara soigneusement en attendant le verdict.

— Alors ?

Clara trouva satisfaisant l'exercice de la douche, et l'embrassa pour sa récompense.

— Maintenant, deuxième exercice : je me sens un peu fatiguée, et j'ai envie de m'allonger pour me relaxer. Qu'est-ce que tu me proposes ?

— Je finis de te sécher les cheveux, et je ne te laisse pas t'endormir.

Mélia fut médiocre à cet exercice, et sévèrement jugée par Clara :

— Baisers trop fades, pas assez intrusifs. Il faudrait que tu fasses quelque chose avec tes mains.

— Te caresser les seins ?

— À toi de voir !

Mélia ne fut pas très efficace : elle passa ses doigts autour des seins de Clara et en pinça la pointe, sans conviction.

— J'ai besoin de caresses, d'accord, mais j'ai aussi peut-être besoin de sexe, tu n'as pas compris ?

— Oh là ! Oh là ! Il fallait le dire, râla Mélia, tu n'es pas drôle ! Tu m'as demandé de te relaxer, pas de te baiser.

Clara feignit de se mettre en colère :

— S'il faut tout te dire ! Tu n'as pas bien écouté ce que je ne te disais pas. Regarde ce que je vais te faire, moi, tu m'en diras des nouvelles.

Clara empoigna brutalement le clitoris de Mélia.

— Et lui ? Il reste en rade ? Merde, alors fait quelque chose, un peu d'imagination !

Mélia poussa un petit cri, et se ressaisit en cherchant le clitoris de Clara qu'elle trouva et malaxa à son tour.

— Nous sommes bien parties ! Continue !

Mélia persévéra, et Clara trouva ça très bon. En tout cas, ses soupirs disaient qu'elle appréciait. Clara lui ordonna :

— Mets-toi sur le dos, appuyée sur les coudes, écarte bien les cuisses, je vais nous branler mutuellement, uniquement en nous frottant nos petits chéris.

Clara se mit face à elle les cuisses écartées en ciseaux, glissa une cuisse entre celles de Mélia pour que les deux clitoris puissent se toucher. En tirant une des jambes de Mélia, elle la rapprocha et se frotta à elle, doucement d'abord, puis de plus en plus vite.

Mélia était étendue sur le dos, le ventre agité de mouvements d'avant en arrière, les coudes sur le lit, les seins vibrants, pointes dressées.

Clara poussait et tirait pour avoir une adhérence parfaite, sexe contre sexe. Elles se regardaient dans les yeux comme pour un défi à qui se retiendrait et jouirait la dernière.

Clara soufflait, Mélia coincée sous elle, haletait.

Mélia ferma les yeux et craqua la première : elle se raidit une dernière fois et se détendit d'un coup, suivie immédiatement par Clara qui éclata de rire.

— Un peu fatigant ? Comment trouves-tu ça ?

— Très jouissif, dit Mélia !

Elles se dessemelèrent les cuisses à regret.

Clara reprit son souffle en allant chercher la bouche de Mélia qui lui donna sa langue à sucer.

— Bon, l'examen n'est pas fini !

— Pitié, chef ! Je suis épuisée, dit Mélia.

— Tu dois bien avoir des godes dans tes tiroirs. Je voudrais une pénétration, et ensuite, je prévois un dodo dans tes bras.

Clara choisit un godemiché double, bien flexible. Elle demanda à Mélia de la pénétrer puis de s'installer à l'autre bout.

— On ne va pas pouvoir dormir, s'inquiéta Mélia.

— Tu as déjà essayé ?

— Oui avec Catia ! Et on n'a pas pu dormir, elle bougeait trop ; elle voulait jouir tout le temps. À chaque fois que je bougeais, elle frissonnait, se réveillait et voulait recommencer.

— Et bien, nous ferons la même chose. Bouge un peu les fesses que je le sente bien.

Elles s'allongèrent face à face, bouche contre bouche, seins contre seins, les mains sur les fesses l'une de l'autre pour rythmer les mouvements de bassin. Elles purent jouir à nouveau avant de s'endormir encastrées.

*

Monsieur James avait bien reçu les cartes postales, et ne s'inquiétait pas outre mesure, mais il fut soulagé quand Clara lui téléphona pour l'avertir qu'elle était de retour, saine et sauve.

Monsieur James était de fort méchante humeur : il y avait quand même eu un contretemps fâcheux.

Clara l'assura de sa disponibilité complète pour la suite de la mission.

25

Charlotte, Mélia et Catia avaient bien travaillé. Elles avaient interviewé les maris et les futures élèves. Elles avaient trouvé une grande maison à louer près de Bondi Beach en bordure de mer ; en sous-sol une grande salle de jeux transformée en salle de classe, une pièce à vivre pour les repas et les exercices ; suffisamment de chambres pour les aménager en dortoir, et s'installer à trois ou quatre, assez proche de la plage pour un bain le matin, le soir ou la nuit.

Un traiteur assurait l'intendance pour les repas et l'essentiel du ménage. Tout était prêt pour accueillir les dix-huit élèves inscrites.

Clara avait l'intention de passer son week-end avec Martin, et se reposer de son voyage. Charlotte avait pris un message selon lequel « il l'attendait chez lui pour deux nuits de délire ».

— Il a dit ça ?

— Pas exactement, mais c'est ma traduction personnelle rapide de ma conversation avec ce charmeur de général.

— J'espère que tu dis vrai, je lui demanderai s'il le pensait !

— Oh non Clara, de quoi aurais-je l'air !

— De ce que tu es : une belle vicieuse.

Clara constata que c'était bien ce qu'avait voulu dire Martin, une partie de jambes en l'air d'un jour et deux nuits, uniquement pour eux deux, et le monde à l'extérieur pouvait s'écrouler que ça leur serait complètement égal.

— Je n'en souhaite pas tant dit Clara, un peu de tendresse me suffira.

Ce à quoi Martin répondit :

— Je n'en crois rien. Tu exiges du sexe. Tu as besoin d'un homme ou d'une femme tous les soirs depuis ton reconditionnement.

Clara ne pouvait pas affirmer le contraire.

— Parle-moi de ta semaine, demanda Clara.

Martin lui expliqua la complexité du soutien logistique que le pays apportait aux Américains dans la guerre de l'Antarctique et les conséquences sur les effectifs disponibles. En tout cas, lui était dispensé de terrain depuis longtemps, et il laissait ces joies-là aux plus jeunes.

Les gradés de l'état-major restaient sagement au chaud, parce que subir cinq jours d'une mer rude au départ de Hobart, puis crapahuter sur la banquise, même en été, ça ne le faisait plus bander !

Clara en savait quelque chose : feu son mari en avait fait la triste expérience !

Il l'informa de sa nomination aux services de renseignement, il devenait le grand patron du contre-espionnage. Le poste était encore plus sédentaire et lui permettrait de la cajoler tous les soirs.

— Je travaille avec une de nos connaissances communes.

— Qui ?

— Monsieur James est mon nouveau patron ; le tien aussi je crois ?

Monsieur James l'avait donc mis au courant de son contrat. Ou bien, son contrat avec le service avait encouragé Monsieur James à lui proposer Martin, ou bien Monsieur James ne voulait pas laisser Martin avec une autre humanoïde moins engagée qu'elle. Pourquoi se torturer à découvrir les vraies raisons, puisque Martin lui convenait parfaitement ?

— Génial !

— Et toi ma douce, ta semaine ?

C'était la première fois que quelqu'un lui disait qu'elle était « sa douce ». Elle ne trouvait pas que c'était très mérité.

— J'ai fait un peu de tourisme à Wuhan : ce serait joli si ce n'était pas si brumeux et si froid. C'est l'hiver là-bas, j'avais oublié. Et puis j'ai travaillé à mon projet et à son développement en Australie et en Asie.

— Et tes soirées ?

— J'ai une bonne amie là-bas, et je me suis éclatée avec elle, il me faut quelqu'un chaque soir si je ne veux pas devenir folle.

— C'est ce que je te disais tout de suite.

Clara changea prudemment de sujet de conversation :

— La semaine prochaine, j'ouvre la première promotion de l'école en séminaire résidentiel et je suis obligée d'y rester la nuit pour surveiller les élèves et les monitrices, pour éviter les débordements. Elles doivent prendre le bon pli, sinon…

— Tu es sévère ?

— Intraitable ! Exigeante sur la qualité ! Si je veux que ça marche, il faut que les clientes soient satisfaites et leurs maris aussi. Je te promets, si je peux m'évader ne serait-ce qu'une heure un soir je m'occupe de toi. D'autant plus que nous nous sommes installées à Bondi.

— Je suis tout près.

Au lieu de rester enfermés, ils firent une excursion à pied le long de la côte et rejoignirent Bronte à Maroubra par Coogee. Clara n'avait jamais fait cette promenade. Le sentier côtier passe de la falaise à la plage, puis par les rochers jusqu'à Maroubra. Les paysages variés alternent les parcs, la traversée d'un immense cimetière, les lotissements de résidences et les zones côtières de falaises et de plages. C'est une longue marche en plein soleil le long de la côte.

Cela leur prit la journée coupée par un pique-nique dans un parc. Il faisait chaud. Ils s'arrêtèrent à l'ombre d'un eucalyptus et regardèrent la mer de Tasman où des surfeurs attendaient patiemment la vague de la journée, de l'année ou du siècle.

— On a chaud, mais ce n'est pas torride comme ambiance, constata Clara.

Clara regretta cette remarque ambiguë que Martin ne releva pas. Il continua à lui poser des questions sur son école et ses objectifs.

— Il me semble que je t'en ai déjà parlé !

— Tu m'as seulement parlé de la maquette, mais tu as dû faire évoluer le projet.

Clara lui développa ses idées.

Martin conclut :

— Avec ça, les humanoïdes vont prendre leur pied tous les jours et toutes les nuits.

Martin ne voulut pas lui dire que c'était le moyen pour les hommes d'avoir la paix avec des humanoïdes de plus en plus présents, de plus en plus exigeants et remuants, prêts à prendre le pouvoir sur l'espèce humaine.

— Je souhaite que tous les humanoïdes soient heureux et bien dans leur peau, affirma Clara.

— Le bonheur et la paix par le sexe en somme !

— Tu n'es pas d'accord avec moi ?

— C'est toi la psychologue, il me semble.

— Ça dépasse la psychologie ! C'est de la politique, si vous voulez la paix avec les humanoïdes, Messieurs les humains !

Mince, alors ! pensa Martin.

— Les humanoïdes doivent rester les serviteurs des humains, s'ils deviennent leurs maîtres, nous sommes tous perdus, quoi qu'en disent certains philosophes humanoïdes. J'aime une société organisée, structurée, chacun à sa place, humains, humanoïdes et robots. Nous ne sommes pas libres de ce choix-là. Une transgression serait fatale à la vie sur Terre et à l'humanité.

— Mais toi Clara, tu transgresses, tu t'inclus déjà dans l'humanité !

— Non Martin, je ne fais qu'obéir aux ordres de ma programmation, je ne suis pas libre, et je ne transgresse pas.

Ils regardaient la mer de Tasman.

Martin, distrait par un surfeur qui avait pris une très belle vague, mit un moment avant de continuer :

— Je te sens libre, Clara.

— Tu crois vraiment ? Je suis sûre que tu te trompes. Est-ce que je suis libre de mener la vie sexuelle que je mène ? Non ! Je suis obligée d'assouvir un besoin impérieux qui me fait me précipiter vers un mâle ou une femelle pour avoir satisfaction. Je ne suis pas libre, je suis programmée pour baiser.

Martin fit le modeste en espérant une réponse qui lui plairait :

— Je dois te décevoir de ce point de vue.

— En un sens oui, tu ne pourras jamais assumer tous mes besoins à toi tout seul, aucun humain n'en est capable. D'un autre côté je suis très heureuse de discuter avec toi, je ne peux pas le faire aussi librement avec les autres humanoïdes.

— Librement ? Tu vois ! En discutant avec moi de tout ça, Clara, tu transgresses, tu sors de ta condition.

— Je n'en suis pas si consciente.

— Tu es beaucoup plus libre que la majorité des humains qui s'enferment dans leurs règles ou les règles imposées par la société ou ses dirigeants.

— Je ne te comprends pas ! Tous les humains sont libres.

— Comme tu es naïve, la majorité a abdiqué sa liberté et seuls quelques humains sont vraiment libres.

— Je serais donc aussi libre que la plupart des humains ?

— C'est mon opinion !

— Alors, je préfère de loin être humanoïde !

Martin regardait les surfeurs, de plus en plus nombreux.

— Tu vois, Martin, en ce moment, j'ai une envie de sexe qui me remonte comme une bouffée de chaleur, et je devrais être en train de baiser, et bien, j'ai du mal à me maîtriser ; j'ai du mal à me retenir de commencer à baiser ici, avec toi, tout de suite.

— C'est une question de nuance, dit Martin, moi j'ai envie de toi et je dois aussi me maîtriser parce que je ne vais pas te sauter sur cette promenade en présence de tout ce monde.

— Alors, rentrons chez toi.

— C'est la voix de la sagesse !

Elle se déshabilla, il se déshabilla : ils se retrouvèrent nus dans le même grand lit. Ils ne savaient plus trop comment commencer. La bouffée de sexe de Clara s'était évaporée avec la marche ; son besoin n'était plus aussi impérieux que cela.

Martin lui caressa le visage, la prit dans ses bras. Elle se serait bien endormie sans un mot de plus. Elle le caressa à son tour, puis l'envie de le sentir en elle la reprit.

— Je voudrais que tu me fasses l'amour maintenant.

Martin continua à la caresser, puis ses gestes devinrent plus précis, plus ciblés autour de son sexe. Il pinça son clitoris entre deux doigts et ne le lâcha plus.

Clara se laissa faire passivement.

— Ne t'arrête pas, c'est bon.

C'était tellement bon qu'elle ne fit rien d'autre, et attendit ses orgasmes tranquillement. Ils arrivèrent et furent spectaculaires.

Clara manifesta bruyamment sa satisfaction.

Elle laissa Martin prendre sa récompense.

Il la pénétra lentement ; elle voulait avaler son sexe dans le sien ; elle utilisa les muscles de son périnée pour le serrer fort et le retenir. En très peu de mouvements, il éjacula.

— Reste au chaud, lui dit-elle, ne débande pas.

— C'était très bon, lui avoua-t-il.

— Pour moi, c'était parfait, dit Clara en l'embrassant.

Martin eut la sagesse de croire qu'elle ne simulait pas.

26

La nouvelle fit l'effet d'une bombe : Nash junior devenait le nouveau patron de la division ELNI, Écoles et Loisirs de Nash Industries, donc le patron direct de l'école de Clara et du Centre de soins de Kings Cross. Et à ce titre, Junior imposait sa présence au premier jour de l'école, histoire de l'inaugurer. Il était déjà parti dans la nuit de Wuhan pour Sydney où il prévoyait d'arriver au lever du jour, et d'y séjourner une semaine. Abby avait laissé le message officiel à Charlotte qui, malgré l'heure tardive, communiqua aussitôt la nouvelle à Clara qui dînait tranquillement avec Martin.

— Qu'est-ce qu'on fait ? s'inquiéta Charlotte.

— Rien de plus que l'accueillir officiellement, et de préparer un discours de bienvenue.

— Mais il assistera aux cours !

— Et alors ? Nos élèves accepteront sa présence, bon gré, mal gré !

— C'est moi qui suis désignée par Abby pour le chercher à l'aéroport, dit Charlotte.

— Très bien, le trajet n'est pas long, nous vous attendrons pour commencer, et je demande au traiteur de préparer un pot d'accueil plus important.

— D'après Abby, il vient aussi pour toi.

— Moi ? Ça m'étonnerait qu'il aille très loin avec moi. Senior m'a recommandé de l'éviter.

— Alors ?

— Il vient peut-être faire son marché parmi les élèves, ou bien reprendre Mélia, ou te draguer toi ?

— Ah ! Non pas ça, supplia Charlotte.

— Tu n'en veux vraiment pas ? C'est pourtant un bon coup. Si jamais il insiste, je te donne un truc : épuise-le, fais-le tellement jouir qu'il n'en réchappe pas, crise cardiaque ou attaque cérébrale, tu me suis ? C'est le seul moyen élégant de s'en débarrasser.

— Tu es une vraie salope, Clara !

— Je ne te permets pas ! Je te donne un truc pour te défendre, et tu m'agresses.

— Excuse-moi.

Clara changea de ton :

— Soyons sérieuses, le prétexte pour l'éviter est que nous sommes surchargées avec le lancement de l'école. Son intérêt est qu'elle fonctionne très bien dès le début, donc, nous devons assurer une permanence comme tous les autres enseignants, et je ne t'autorise pas à quitter les élèves d'une semelle. C'est vu ?

— D'accord Clara !

— Bonne nuit, Charlotte, ne te fais pas de soucis.

Martin avait écouté la conversation en souriant.

— Ton histoire me fait sourire : ça se passe comme dans l'armée dans ta société ! Il vaut mieux être chef.

— Tu vois ma liberté, c'est celle de dire « oui, chef » ! Mais, je n'ai pas entendu dire que dans l'armée, si ton chef a envie de te sauter, il te saute ! Alors que si Junior veut me sauter, il me sautera. Je ne pourrais pas m'y opposer.

— J'en serai peiné !

— Moi aussi, mais c'est mon patron humain, et les humanoïdes veuves ou célibataires ne peuvent que dire oui !

— Tu y prends plaisir ?

— Je dois t'avouer que pour le plaisir c'est une fois sur deux, la première fois rien ne s'est passé, on a juste flirté, la deuxième j'y ai mis du cœur, et je me suis trouvée très bien.

Elle faillit ajouter « comme avec toi », mais s'abstint.

— C'est drôle que tu dises : « j'y ai mis du cœur ».

— J'ai dit ça ?

— Oui !

— La première fois, je voulais simplement pouvoir annoncer victorieusement à mes amies, « j'ai couché avec un homme, mon premier homme ». Je ne leur ai même pas dit. ! La deuxième fois, j'ai vraiment aimé cet homme ! Tu vois, Martin, moi je t'aime même si tu es un homme. Je te le dis sans sous-estimer les difficultés !

— Moi aussi Clara, je t'aime, même si tu n'es qu'une petite humanoïde de rien du tout. Mais tu éviteras de m'épuiser outre mesure si un jour tu veux me faire disparaître.

— Nous avons cette force face aux humains, nous pouvons vous épuiser, et vous casser, si nous y mettons un peu de constance. Aucun humain n'est vraiment conscient de ça. Mais aucun humanoïde ne le ferait, nous sommes programmés pour vous servir et non pour vous nuire, du moins volontairement.

*

Ce fut l'effervescence quand les élèves apprirent que le grand patron lui-même allait inaugurer la première promotion de l'école.

Clara décida que les cours en sa présence se feraient en tenue de sport contrairement à ce qui avait été dit lors des entretiens de recrutement, quitte à se remettre en uniforme naturel dès son départ. Clara avertit les élèves qu'il était extrêmement séduisant et qu'elles devraient garder une distance de bon aloi, Nash Junior ayant déjà été marié à une enseignante qu'elle présenta : Mélia.

Celle-ci en profita pour tailler un costume sur mesure à son ex-mari, ce qui, espérait-elle, dégoûterait à jamais les élèves d'y toucher, et même simplement de le souhaiter.

D'ailleurs, Mélia se disait toujours jalouse et ne voulait pas qu'elles s'en approchent trop près.

Junior arriva très tôt et d'excellente humeur après une paisible nuit de repos dans les airs.

Il fut flatté d'être aussi bien accueilli, par Charlotte d'abord, d'une grande courtoisie, puis par Clara et l'équipe enseignante ; les élèves se comportèrent comme des groupies autour d'une star de la chanson. Nash apprécia beaucoup, et le fit savoir dans son discours d'ouverture de l'école.

Mais le pot d'accueil s'éternisait, et Clara se dit que la journée de formation serait sans doute gâchée si elle n'intervenait pas. Elle en dit deux mots à Nash :

— Il faut conclure la cérémonie d'accueil : les étudiantes ont payé pour des cours, et je ne veux pas finir le programme à minuit aujourd'hui, ou prendre du retard. Tu es invité aux premiers cours.

Junior trouva facilement sa place dans la classe :

— Je me mets dans le fonds à côté du climatiseur, et je n'interviens pas.

— C'est la place des cancres, lui précisa Clara !

La matinée se passa à merveille, les élèves voulaient faire bonne impression, et se tinrent à carreau : pas besoin de martinet ou autres menaces de sanction.

Le cours de Mélia sur la masturbation fut une réussite, et Junior vint la féliciter ; manifestement Mélia s'éclatait dans son nouveau job.

Au cours du déjeuner, un buffet adapté à tous les appétits, Junior prit Clara à part :

— Il faudrait qu'on parle.

— Pas ici, nous sommes écoutés ! Regarde, tous les yeux sont tournés vers nous ! En fait, ils sont tournés vers toi, pour être plus précis !

— Est-ce que je peux te voir chez toi ce soir ?

— J'ai un bureau où je me rends disponible pour mes rendez-vous. Si tu veux, viens ce soir à partir de 18 heures après les cours.

— Je préférerais chez toi, c'est plus intime !

— Sois raisonnable, je dois suivre les étudiantes ; je surveille tout le programme ; je rencontrerai certaines d'entre elles après les cours pour parler de leurs problèmes. À moins que tu t'inscrives au cours pour les hommes, mais je te préviens les dates ne sont pas encore définies !

— Ne te fous pas de moi Clara, je vais au Centre de soins d'abord, et je reviens ici à 18 heures.

— Très bien, mon chéri, à ce soir, je compte sur toi.

*

La vie de directrice d'une école du sexe n'est pas une sinécure, mais ça, Clara le savait, et elle était prête à assumer.

— Je voudrais discuter avec vous, lui dit une des étudiantes, Mélanie !

Clara prit son dossier : Mélanie était une humaine inscrite par son mari humanoïde. Elle avait été admise par Charlotte et Mélia qui pensaient que la confrontation avec les humanoïdes serait intéressante.

Mélanie mariée depuis cinq ans à un humanoïde richissime, semblait une femme équilibrée. Clara l'avait remarquée dans le groupe, elle se pliait à tous les exercices et n'était pas la dernière à jouir. Elle ne se distinguait en rien des autres élèves, seuls les enseignants savaient que c'était une humaine ; les autres élèves ne se posaient pas la question.

Un détail aurait pu la dénoncer : elle était bronzée, mais des traces de maillot indiquaient qu'elle mettait un deux-pièces sur la plage contrairement à la plupart des jeunes femelles humanoïdes.

Clara apprit que Mélanie venait d'une famille ruinée par on ne savait quelle calamité, et qui avait trouvé bon de la marier à un humanoïde richissime pour assurer sa survie financière.

Mélanie n'avait pas très bien vécu cette manœuvre familiale qui s'assimilait à une vente en bonne et due forme, mais elle avait fini par accepter ce qu'elle considérait au début de son mariage comme inacceptable. Elle tentait d'être heureuse sexuellement et voulait être à la hauteur des exigences de son mâle qui se plaignait de sa frigidité.

Mélanie appréciait son mari humanoïde, amant infatigable, mais elle avait une grande crainte, celle de vieillir trop vite et de le décevoir : lui resterait toujours âgé de trente ans, et elle allait rapidement devenir plus âgée que lui.

— C'est inéluctable, lui dit Clara le décalage va s'accentuer, mais est-ce que cela changera quelque chose ? Ce sont des différences d'âge gérables pour le moment.

— Et après ?

— Je n'ai l'expérience que de couples hommes humains et humanoïdes femelles, cela se passe très bien pour la femelle moins bien pour l'homme. Et les enfants ?

— Nous ne voulons pas d'enfants.

— C'est vous ou lui ?

— C'est plutôt lui !

— Vous pourriez en avoir ! Demandez-lui de pratiquer l'insémination artificielle s'il rechigne à vous partager avec un humain.

Mélanie révéla à Clara la vraie motivation de son inscription :

— Je compte m'informer sur les expériences sexuelles avec les femmes. Je me sens attirée par toutes ces femelles humanoïdes, alors que beaucoup me considèrent comme un glaçon.

— Vous vous sous-estimez, vous avez réussi tous les exercices difficiles ! Je vais demander à une monitrice de vous aider à choisir une partenaire dès ce soir, si vous le souhaitez. Nous ferons le point à la fin de la première semaine avec vous et avec votre mari. Profitez bien de la formation, elle vous sera utile de toute façon.

*

Junior avait attendu son tour dans la salle d'attente.

— Que voulais-tu me dire ?

— Je voulais te parler de nous et de notre mariage.

— Mais, mon cher Nash, ton père ne veut plus de ce mariage ! J'en conclus que c'est terminé entre nous !

— C'est vrai, Senior ne veut pas entendre parler de mariage avec une humanoïde, mais il ne m'a pas interdit de te draguer, et de coucher avec toi occasionnellement.

— Junior, n'oublie pas que ton père me réserve également « occasionnellement ». J'ai beaucoup apprécié notre nuit d'amour au retour de Wuhan, mais je suis choquée de devoir vous partager.

— Senior s'en fout ! Tu ne peux pas t'imaginer comme il s'en fout.

— Moi pas ! Je suis choquée, la morale humanoïde n'autorise pas ça ! Nash, je ne vais pas tourner autour du pot, tu as quantité de jolies humanoïdes plus jeunes que moi qui ne demandent pas mieux que de te satisfaire.

— Clara, je te veux toi, et personne d'autre.

— C'est un souhait, ou un ordre ?

— C'est un ordre.

— Dans ce cas ! Où es-tu descendu à l'hôtel ? Fais-moi envoyer une voiture ce soir vers 22 heures, je me libérerai discrètement, et je serai à toi.

La voiture arriva à l'heure dite, et Clara s'éclipsa de l'école en espérant que son absence ne soit pas remarquée par les élèves. Elle avertit Mélia et Charlotte qu'elle avait reçu l'ordre de rejoindre Junior.

— Il y a des inconvénients à être trop belle, observa Mélia en souriant tristement.

— Tu vas pouvoir pratiquer ta stratégie d'épuisement, ma chérie, lui glissa Charlotte.

— J'assume les filles ! Je vous confie les élèves cette nuit. Je serai de retour pour le petit-déjeuner.

*

Clara avait passé un appel téléphonique à Monsieur James pour le tenir au courant de l'ordre de Junior. Elle lui communiqua le nom de l'hôtel où avait lieu leur rencontre.

Monsieur James la remercia, et lui répondit qu'il l'aviserait pour la suite à donner ; de toute façon, elle avait carte blanche.

S'il y avait du nouveau, il lui ferait passer les messages par un employé du room service qui se ferait reconnaître.

27

Junior traita Clara comme une princesse. Il avait prévu, aux frais de sa société, un dîner de luxe au Champagne français.

— Tu le mérites !

— Je n'ai encore rien prouvé, notre école n'est pas lancée. Il ne faudrait pas qu'il y ait de pépins au cours des premières sessions, c'est pour ça que je dois partir au plus tard à six heures pour être présente au lever et à la toilette des élèves. J'y tiens !

— Mais, tu vas te tuer au travail.

— C'est aussi pour toi et Nash Industries que je travaille.

Il l'observait et semblait avoir quelques doutes sur sa sincérité.

— Alors, comment ça s'est passé avec mon père ?

— Il a voulu me faire un bébé, mais il semblerait que ça ne marche pas, et que ça ne peut pas marcher !

— Il a été désavoué sur ce projet : il est furieux, et voudrait continuer malgré tout. Il finira peut-être par arriver à ses fins.

— Ça ne m'étonne pas de lui ! Mais toi ?

— Je m'en suis bien sorti, j'ai récupéré la direction Monde de toutes les activités de loisirs et des écoles de Nash Industries. Cette branche est promise à un grand développement, et je te réserve une place de choix dans mon encadrement, à défaut d'être ma femme en permanence.

— Merci de ta confiance et de penser à ma carrière Junior, mais je croyais que tu m'avais demandé de venir pour passer la nuit avec toi.

— Chaque chose en son temps ! Je viens aussi pour Mélia.

Il expliqua qu'il était là pour plusieurs jours, et qu'il voulait renouer avec Mélia qui lui manquait terriblement.

— Mon cher Nash, Mélia est divorcée et elle ne veut plus de toi, arrête de la harceler. Et puis, si tu veux de moi, je n'accepte pas de te partager avec Mélia, c'est aussi simple que cela, dit-elle avec de la violence dans l'intonation.

— Ne t'emporte pas Clara, je ne te crois qu'à moitié !

— Tu as tort, si vraiment tu me veux comme amie par intermittence, tu ne dois pas toucher à Mélia, j'en serais jalouse, je n'accepte pas de te partager. C'est elle ou moi. Et si tu persistes, je m'en vais.

Maintenant, elle paraissait furieuse.

Il avala de travers, toussa, et se servit une autre coupe.

— Clara arrête ton chantage, et déshabille-toi !

— J'aime mieux quand tu me parles comme ça ! C'est clair au moins ! Alors, strip-tease improvisé pour Monsieur.

Et elle commença son effeuillage.

Il la regarda.

Clara retira sa jupe et sa petite culotte pour découvrir son entrejambe qu'elle caressa lentement. Elle jeta ses chaussures au pied du lit et déboutonna son chemisier.

— J'ai soif, remplis-moi donc une coupe, demanda-t-elle.

— Finis d'abord de te déshabiller.

Sale con.

Sans un mot, elle enleva son chemisier, et lui jeta son soutien-gorge à la figure.

— Tu es satisfait maintenant ?

Junior sourit, mais ne lui répondit pas.

— Même pas une coupe ?

— Viens la chercher.

Clara prit sa coupe, la but et passa sous la table, ouvrit le pantalon de Junior et commença à le sucer avec la ferme intention de le faire jouir au plus vite.

Il continuait à manger comme si de rien n'était.

Quelle conne je suis ! Mais, quelle conne !
J'aurais dû refuser de venir !
Mais est-ce que j'ai le choix ?
Je crois que non, il m'aurait viré sous n'importe quel prétexte !
Tant pis, profitons de cet enfant gâté.
Il veut une humanoïde soumise, il aura une humanoïde soumise !

Elle se remit à table pour manger comme si de rien n'était ; elle ne savait pas ce que c'était, mais c'était très bon. Elle demanda à Junior :

— Quand Monsieur sera prêt, je pourrai peut-être continuer à baiser Monsieur, si Monsieur le désire.

Il ne répondit rien, mais lui jeta un regard qu'il voulut désagréable, mais au fond de lui-même, il devait rire bêtement.

— Monsieur, souhaitera-t-il une pipe au Champagne authentique ?

Voilà une bonne idée. Je n'y avais pas pensé.
Elle feignit d'avoir entendu une réponse positive :

— Vos désirs sont des ordres, dit-elle en se tortillant le cul avant de plonger sous la table avec la bouteille.

Ce gosse de riche va en avoir pour son argent !
Clara but une gorgée de Champagne juste pour s'humidifier la langue, et la recracha dans la bouteille avant de le sucer.

Elle fit bien et fort, car il éjacula assez vite dans sa bouche ; elle recracha aussitôt son sperme dans la bouteille.

Elle continua à le sucer, puis le lécha soigneusement de bas en haut, des testicules au gland. Au bout d'un moment, Junior se manifesta :

— Tu pourrais peut-être passer à autre chose !
— Que désire « Monsieur » ?
— Boire un coup !

Elle voulut lui servir du Champagne au sperme. Elle lui prépara une coupe, mais il lui arracha la bouteille des mains pour boire au goulot comme il aurait fait avec une cannette de bière tiède. Il rota bruyamment.

— Il n'est pas très frais, dit-il.

Il laissa un fond.

— J'en commande deux autres plus fraîches ?

Sans obtenir de réponse de Junior, elle les commanda.

Clara revêtit le kimono de Junior quand l'humanoïde du Room Service frappa. Elle réceptionna les deux bouteilles fraîches.

Clara reconnut l'agent de Monsieur James.

Elle lui tendit la bouteille presque vide dans laquelle elle avait craché le sperme.

Clara enleva son kimono pour le servir nue, comme il avait demandé.

Il lui caressa la croupe.

Elle frémit puis protesta :

— Tu ne vas pas boire toute la nuit, quand même ! Je voudrais bien baiser un peu, moi. Et même beaucoup. Tu m'as demandé de venir pour ça, oui ou non ?

Elle recommença à le sucer, il réagissait bien, et banda. Clara fit en sorte qu'il éjacule à nouveau.

Finalement, Junior lui dit qu'il daignerait la baiser si elle cessait de s'agiter dans tous les sens.

Clara s'étala sur le dos en position d'accueil de son seigneur et maître, se caressa pour l'exciter et attendit qu'il veuille bien, après intromission de son splendide organe, commencer ses mouvements de va-et-vient.

Elle ne sentait rien et, histoire de l'encourager, lui dit à l'oreille :

— C'était très bon.

Junior s'activa suffisamment pour jouir : *et de trois,* compta Clara que le Champagne rendait gaie.

Trois à zéro !

Il se retira satisfait.

Elle ne le laissa pas en paix, et continua à le masturber jusqu'à ce qu'il bande encore une fois.

— C'est bon, tu peux revenir au chaud, dit-elle, moi je n'ai pas encore joui ! Tu n'as rien fait pour, et j'attends de toi un peu plus d'attention.

Il reprit la même position, Clara le sentit à peine.

Son nouveau vagin était devenu souple et musclé. Elle fit l'effort de contracter et de relâcher ses muscles du périnée.

— Super, tu es très bonne. Je sens très bien tes contractions, c'est très excitant.

Merde, je ne fais pas ce qu'il faut pour m'en débarrasser !

Bof, il me regrettera encore plus !

— Continue, mon chéri si ça te fait du bien, lui dit-elle !

Il n'avait pas besoin d'encouragements, il continua.

Elle le fit se retirer pour le sucer à nouveau. Il restait encore du sperme à boire.

Il est inépuisable ce type, je n'arriverai pas à le vider.

— Tout ça me donne soif, dit-elle.

— À moi aussi !

Elle servit deux coupes, mais se garda bien de boire la sienne qu'elle donna à Junior après qu'il ait bu la première.

— Je suis furieuse, je n'ai pas encore joui !

Elle le masturba, et eut du mal à le faire bander ; mais elle ne se découragea pas.

— Tu n'es pas au top cette nuit, tu dois avoir encore soif !

— Oui, dit-il !

Bon ! Il a déjà bu deux bouteilles, il boira bien une troisième.

Elle le caressa et recommença une nouvelle pipe.

— Je suis sûre que tu aimes ça !

— Oui, vas-y.

Elle avait mal aux lèvres et à la bouche, mais continua jusqu'à ce qu'une brusque détente lui prouva qu'il avait encore joui.

Elle se caressa pendant qu'il récupérait.

Elle n'eut aucun mal à jouir toute seule, sans son aide.

— Quatre à un, dit-elle !

— Qu'est-ce que tu dis ?

— Rien, je me sers une coupe !

— Et moi, tu m'oublies !

— Junior, tu as assez bu !

— Mais, j'ai soif, je finis la bouteille !

Clara lui présenta deux coupes et continua à le masturber, sans succès. Puis, il se mit à ronfler.

Elle se rinça la bouche, se lava les dents au champagne, étendit Junior dans son lit et le borda. Après une douche, elle prit le deuxième lit de la chambre, mit le réveil à cinq heures et s'endormit profondément avec la satisfaction du devoir accompli.

*

Le lendemain après-midi, Junior revint à l'école.

Il y eut un mouvement de panique parmi les élèves qui étaient en tenue de travail. Clara interrompit le cours et décréta une pause.

Des exercices individuels de strip-tease étaient prévus au programme pendant les deux heures qui suivaient : Junior voulait absolument y assister.

— Tu nous casses l'ambiance, lui reprocha Clara !

— Je m'en fous, je me suis réveillé de mauvaise humeur à midi, avec la gueule de bois. Tu m'as saoulé hier soir. J'exige d'assister aux exercices, et c'est Mélia qui commence puisqu'elle est monitrice.

Cela ne changeait pas le programme, il était prévu que Mélia fasse d'abord une démonstration aux élèves.

— Je vais négocier avec Mélia pour qu'elle accepte de faire un strip-tease en ta présence.

Charlotte détourna l'attention de Junior en présentant les élèves une à une, comme s'il devait choisir une proie parmi elles.

Clara prit Mélia à part :

— Tu veux bien ?

Elle ne fit aucune difficulté :

— Je me suis exercée, et j'ai monté le scénario avec Charlotte. Au lieu de le faire devant toi, ce sera devant mon ex, je serai stimulée. Il ne pourra pas rester passif.

— Ne va pas trop loin. Ne le provoque pas. Pas de scandale !

Clara expliqua aux élèves que Mélia en tant que monitrice allait faire une démonstration, et que les élèves présenteraient leur numéro une à une, tous les exercices seraient filmés pour être étudiés en cours par la suite ; ils seraient notés, notes attribuées par les enseignants et très exceptionnellement par le patron des écoles.

Il y eut des gloussements d'approbation parmi les élèves.

Quelles petites connes ! Si elles croient pouvoir draguer Junior !

Clara demanda discrètement à Mélanie si elle acceptait l'exercice devant un humain ; Mélanie ne voulait pas se distinguer des autres et accepta de bonne grâce, mais ne pensait pas être parmi les meilleures.

Mélia se présenta. Les élèves applaudirent pour l'encourager. Elle monta sur la petite estrade sur l'air d'une musique militaire, et se figea dans un garde-à-vous impeccable. Ce garde-à-vous dura le temps suffisant pour qu'elle déboutonne lentement son chemisier. On aurait pu croire que quelqu'un d'autre la déshabillait. Elle ébouriffa ses cheveux en y passant les mains, puis se caressa des seins à la taille. Elle avança au pas vers Junior, enleva brutalement le chemisier qu'elle jeta sur ses genoux, et se courba vers lui pour qu'il puisse respirer son parfum et voir la naissance de ses seins.

Elle dégrafa sa brassière par-devant, se recula rapidement, libéra ses seins, et jeta la brassière vers Junior qui se pencha pour la ramasser ; elle cacha ses seins aussitôt dans un geste de fausse pudeur, en reculant sur l'estrade.

Sur un air de musique hawaïenne, elle posa ses mains sur les hanches et avança en ondulant. Elle s'arrêta assez près de lui pour qu'il puisse la toucher s'il le voulait ; elle pressa ses seins des deux mains puis les glissa sur sa taille vers ses hanches comme si elle voulait faire tomber sa jupe. Elle ouvrit la bouche pour envoyer un baiser et passa sa langue sur ses lèvres. Elle s'attendait à un geste de Junior et s'apprêtait à réagir violemment, mais il ne broncha pas.

Par signe, elle lui fit comprendre qu'il devait dégrafer sa jupe, attachée sur le côté ; ce qu'il fit. Elle tourna sur elle-même, et se retrouva en string laissant la jupe dans les mains de Nash. Elle se sauva vers l'estrade en balançant les hanches d'un mouvement qu'elle voulait suggestif. Elle se mit la main aux fesses pour les soulever, descendit son string lentement, et se pencha en avant pour bien faire voir son entrejambe aux spectateurs.

Puis elle remonta son string et se tourna. Face au public, elle sembla ne pas savoir ou mettre ses mains, une sur son sexe qu'elle dévoilait petit à petit et une sur un sein qu'elle souleva. Après un mouvement de jambes ressemblant au pas de l'oie et un tour sur elle-même, elle se débarrassa de son string qu'elle jeta à Nash.

Elle se retourna face au public, leva les bras dans un grand V de la victoire. Elle s'immobilisa en statue, bien campée sur ses jambes. Elle s'étira en se dressant sur la pointe des pieds, et se figea pour que tous admirent sa plastique : elle se sentait belle, elle se sentait admirée, regardée, scrutée par des humanoïdes jalouses.

La musique s'arrêta, il y eut un long silence.

Elle remarqua que le pantalon de Junior gonflait, il avait mis une main dans une poche : elle eut un grand sourire aux lèvres ; ça la rassura : elle lui faisait encore un peu d'effet.

La musique reprit, et elle entreprit de faire une sorte de danse du ventre improvisée, en gonflant la poitrine, cambrant les fesses, et les bras ballants se caressant les côtés de la poitrine aux fesses.

Elle passa l'index sur son sexe puis le glissa entre ses grandes lèvres, simula la pénétration, puis retira son doigt. Au moment où tout le monde croyait qu'elle n'allait pas oser, elle s'introduisit un, puis deux doigts et les ressortit pour les lécher. Elle recommença plusieurs fois, se caressa le clitoris qu'elle fit jaillir de sa cachette, et le présenta à Junior comme s'il devait le sucer.

Junior resta stoïque. Mélia le défiait, les yeux dans les yeux.

Charlotte était satisfaite de son élève, elle avait insisté pour qu'elle ne simule pas ; Clara, de son côté, se demandait si cette prestation allait avoir une influence sur celle des élèves.

Le public applaudit quand Mélia se retourna, pliée en deux, gémissant et riant en même temps. Elle précisa par la suite, quand les élèves étudièrent la séquence en cours qu'elle n'avait pas voulu simuler, et qu'elle regrettait d'avoir manqué de très peu un deuxième orgasme. Sans doute par pudeur, avoua-t-elle.

La marche militaire retentit à nouveau. Elle se retourna vers les spectateurs, retira ses doigts, les suça avec délice et se mit au garde-à-vous en souriant, puis s'allongea au sol, et fit des pompes cuisses écartées comme si elle chevauchait un mâle ; elle se mit à quatre pattes, et avança en laissant glisser son ventre sur le sol, faisant ressortir sa petite poitrine ; elle s'approcha de Nash, et se frotta à ses jambes. Nash lui flatta le cou et les épaules ; elle s'allongea sur le dos en ronronnant, les genoux et les coudes en l'air, en attente d'une caresse sur le ventre. Il s'abstint de la toucher.

Elle avoua par la suite qu'elle attendait des caresses sur le ventre comme on fait à une chatte, ou mieux encore, une main sur son sexe.

Mais rien ne vint. Mélia, furieuse, se redressa, plaqua ses deux mains sur l'entrejambe de Nash, et palpa avec insistance le pantalon de bas en haut. Elle sentait qu'il bandait, et tout le monde put le voir. Elle se redressa en se glissant contre lui pour l'embrasser, un seul baiser sur la bouche, un seul contact des seins sur son visage, et de son sexe contre son pantalon ; avant de reprendre rapidement ses vêtements, et partir en courant vers la sortie sous les applaudissements des spectatrices.

— Merci, dit-elle en revenant saluer son public.

Junior applaudissait de bon cœur.

Il y eut deux rappels qui lui permirent de se pencher en avant les seins offerts. Junior n'y toucha pas.

Mélia n'aurait pas fait ça avec Clara, mais elle le devait bien à Junior, pour une dernière fois, une sorte d'apothéose de son amour éteint pour ce sale con.

Elle rayonnait.

Clara interrompit les applaudissements en reprenant la parole pour expliquer aux élèves la règle du jeu de la présentation de cet exercice : chaque élève, dotée d'un numéro, allait être appelée au hasard par Nash Junior pour présenter son spectacle. Elle rappela que les prestations seraient filmées afin d'être étudiées ensuite en classe.

Clara, Charlotte et Mélia prenaient des notes pour pouvoir leur faire des commentaires individuels pertinents.

Les élèves ne furent pas timides, et certaines réussirent à voler un baiser de Nash Junior à la fin de leur spectacle ; celles-là obtinrent les meilleures notes.

Le goût de Junior se révéla assez sûr : il fut un juge sévère, mais juste ; il n'y eut aucune contestation.

*

Au grand soulagement de Clara, Junior quitta l'école pour un rendez-vous extérieur.

À la pause, Clara débriefa avec les enseignantes.

Catia était satisfaite des enregistrements vidéo qu'elle avait faits. Mais elle était outrée de la présence de Nash Junior qui n'aurait pas dû assister aux exercices notés. Qu'il vienne au début de la formation, très bien, à la fête de fin des cours, pourquoi pas, mais pendant un exercice difficile pour les élèves, elle trouvait ça inapproprié ; sur ce point, elle était du même avis que Clara.

Charlotte trouvait que les élèves avaient bien réagi, et que la présence de Nash les avait plutôt stimulées.

Mélia n'avait pas été surprise, elle avait bien préparé son sketch, et se foutait complètement de la présence de son ex. Après tout, il la connaissait sous toutes les coutures. Mais elle avait été surprise et flattée de sa réaction. Au fond, ce spectacle était son dernier cadeau, et elle promit qu'il n'y en aurait pas d'autres.

— J'ai été très bien et je suis contente de moi, conclut Mélia.

— Parfaite ! Mais tu as été plus cochonne que prévu, dit Charlotte.

— C'est à cause de Junior. Jamais je n'aurais été aussi vulgaire avec Clara.

— Les élèves ont trouvé ça osé, mais ont compris qu'elles pouvaient être aussi indécentes que toi avec leurs mâles, dit Catia.

— A priori, la présence de Junior n'aura donc pas de conséquences néfastes pour les élèves, conclut Clara.

— Mélanie n'a pas apprécié quand il lui a mis la main aux fesses, fit Catia.

Mélia répliqua :

— J'ai expliqué à Mélanie que ce n'était pas tous les jours qu'on avait les mains du patron aux fesses, et qu'il fallait voir ça comme un compliment, qu'elle-même ne les avait pas eues, c'était tout dire !

Clara conclut :

— De toute façon, je ferai un rapport au siège pour cette intervention inopportune de Junior, et j'espère qu'on pourra se débarrasser de lui.

*

Clara fit un rapport téléphonique à Monsieur James, le suppliant de la débarrasser définitivement de Nash Junior.

Monsieur James l'informa qu'il lui ferait passer des instructions par l'employé du room service.

28

Junior revint en soirée.

Il exigea que Clara et Mélia passent la nuit avec lui.

Clara avança tous les arguments pour l'en dissuader. Rien n'y fit, et sur la promesse que ce serait la dernière fois, et qu'il n'apparaîtrait plus pendant les cours ou les exercices, Clara céda.

Elles se retrouvèrent dans sa suite.

Elles s'occupèrent de lui sans état d'âme puisque c'était un ordre d'une autorité supérieure humaine.

Les heures qu'ils passèrent ensemble furent pour elles d'une grande monotonie : excitation, coupe de Champagne, éjaculation ; excitation, coupe de Champagne, excitation, éjaculation ; excitation, coupe de Champagne, excitation, éjaculation et une nouvelle coupe de Champagne, et même pas fatiguées, mais un peu ivres tout de même. Enfin !

Clara et Mélia n'attendaient aucune satisfaction.

Junior ne prit pas l'initiative, et les laissa le caresser, sans leur rendre la pareille.

Pour se donner du courage elles s'embrassaient de temps en temps et en profitaient pour murmurer « quel sale con » si faiblement qu'il ne pouvait pas l'entendre.

Il commanda cinq bouteilles de Champagne français, et se fit livrer trois repas.

Pendant le dîner, il fit ce qu'il appela « une pause conversation ».

— Mélia tu étais super cet après-midi ! Très excitante, très chaude, dit-il d'une voix avinée.

— Merci. J'avais construit mon scénario, et je m'étais exercée avec Charlotte. Je suis heureuse que ça t'ait plu.

— Les autres spectacles aussi étaient réussis, en particulier celui du numéro 7, un bijou de subtilité.

Le numéro 7 avait commencé en short et maillot de danse. Elle s'était vite débarrassée du short et avait pris tout son temps avec le maillot. Junior l'avait trouvée très classe. Il avait apprécié qu'elle fasse sauter les bretelles lentement ; qu'elle dévoile un sein, le soulève et le mette en valeur de face et de profil, puis qu'elle dévoile l'autre sein, qu'elle se caresse les mamelons ; qu'elle tire sur le maillot, pour que les plis de son sexe soient bien visibles à travers le tissu.

Elle l'avait roulé soigneusement jusqu'à la limite du pubis, et elle s'était caressée juste ce qu'il fallait ; puis, après avoir joui, discrètement, lui semblait-il, elle avait lentement dénudé ses fesses une à une, puis s'était rhabillée rapidement, avant de laisser glisser son maillot sur ses cuisses dans un seul geste rapide.

Puis elle s'était immobilisée.

Elle était devenue un automate : elle s'était figée de dos, avait tourné sur elle-même sur la pointe des pieds les bras assurant son équilibre puis s'était placée de profil, et enfin de face. Elle avait fait deux tours sur elle-même avant de s'enfuir en courant vers les coulisses.

— Une merveille de sobriété et de pudeur. C'est du grand art, dit-il, en voilà une qui pourrait être monitrice.

— Oui répondit Clara, c'est une de mes meilleures notes. Par contre, c'était un peu trop artistique. N'oubliez pas que le but est de faire bander leur mâle, même si c'est un peu vulgaire. Le côté artistique me paraît secondaire dans cette affaire.

— Mélia a réussi parfaitement ! Elle a été obscène, comme la numéro 2 dans un autre genre. Elle a quelque chose d'original cette femelle. Elle y a mis beaucoup de sentiments. On sent qu'elle aime faire plaisir à son mâle, ce doit être une belle cochonne !

— Et pourtant, tu l'as mal notée !

— Oui, elle s'est rebellée quand je lui ai caressé les fesses. Elle n'aurait pas dû ! Il fallait qu'elle trouve une manière de me remercier, parce que c'était un geste de félicitation. Elle aurait pu venir m'embrasser, je l'aurai récompensée. Elle m'a bien fait bander celle-là.

— C'était Mélanie, demanda Mélia ?

— Oui répondit Clara qui continua : maintenant on arrête de bavarder, on passe à la salle de bains, je me sens très sale !

Junior regarda Clara d'un air interrogatif, il ne savait pas comment interpréter ce qu'elle venait de dire.

*

Clara s'occupa de Mélia puisque Junior ne prenait pas l'initiative de leur faire l'amour comme elles le souhaitaient. Elles décidèrent de se couler un bain pour elles seules : elles se sentaient salies, ignoblement salies.

Clara et Mélia se firent jouir sans retenue, et si bruyamment que Junior les rejoignit une bouteille de Champagne à la main.

— La salle de bains est interdite aux hommes en ce moment, dit Clara, en l'éclaboussant d'eau mêlée de mousse parfumée !

— Je vais me gêner.

Il faillit glisser sur le sol humide.

Elles se moquèrent de lui.

— Alors, apporte-nous des coupes, sale égoïste !

Junior les servit, et les regarda boire.

— Il faudrait peut-être penser à moi, leur dit-il.

— On te laisse la place dans la baignoire, si tu veux.

Elles se levèrent et le basculèrent dans l'eau, le laissèrent se débrouiller, s'allongèrent toutes mouillées sur le lit et se séchèrent avec les draps. Elles continuèrent un long moment leurs caresses et leurs baisers sans tenir compte de lui.

Quand elles en furent lasses, elles retournèrent à la salle de bain sous prétexte de vérifier la propreté de Junior. Elles le trouvèrent très sale, le frottèrent vigoureusement puis le sortirent de l'eau sans ménagement, et le traînèrent sur le lit.

Mélia commença à le sucer pendant que Clara l'embrassait à lui faire perdre le souffle. Le résultat ne vint pas, Nash était beaucoup trop ivre.

— Tu nous déçois, on n'a même pas joui, et tu es incapable de faire quoi que ce soit : on t'offre un dernier verre ?

Il marmonna une réponse incohérente. Clara lui présenta une coupe ; elle se doutait que ce cocktail allait le rendre malade et l'assommer.

Elle y avait ajouté une dose de somnifère livré par l'employé du room service. Celui-ci lui avait recommandé de glisser dans les poches de pantalon de Junior et dans sa valise, quatre autres petits sachets fournis par Monsieur James.

Junior but la première coupe, en demanda une deuxième, et s'écroula dans son lit avant de l'avoir terminée.

— On le laisse se rafraîchir comme ça ; le personnel de l'hôtel aura une surprise demain matin.

Mélia souhaitait faire une expérience supplémentaire :

— Je voudrais bien voir s'il continue à bander en dormant.

Elle fit ce qu'il fallait, mais sans résultat.

— On s'occupe de nous décida Clara !

Finalement, Mélia était satisfaite : cette soirée lui avait permis de retrouver Clara. Elles finirent la nuit ensemble au calme, elles se firent jouir tout juste honnêtement : le champagne les avait perturbées. Au réveil, elles mirent un peu de désordre dans la chambre, et étalèrent les restes du repas sur le lit, inondèrent la salle de bains, et laissèrent Junior nu, étendu sur le dos. Elles quittèrent l'hôtel avant 6 heures, pour rejoindre l'école, et prendre leur petit-déjeuner avec les élèves.

Charlotte et Catia les regardèrent avec un air de reproches mêlés de jalousie.

— Vous n'avez rien perdu, les filles. C'est un con. Il ne nous mérite pas dit Mélia.

— Vous étiez sûrement mieux ici, confirma Clara.

*

Clara téléphona à Monsieur James pour l'avertir que Nash Junior s'était encore comporté comme un salaud, et qu'il s'était endormi brutalement sans les remercier de leur présence active. À son avis, Junior ne pouvait être réveillé que par une intervention extérieure.

Clara indiqua qu'elle avait suivi à la lettre les instructions qui lui avaient été transmises.

Monsieur James lui répondit qu'il ferait le nécessaire.

*

Pendant le premier cours du matin donné par Charlotte, Clara téléphona à Wuhan pour informer Abby :

— Nous avons eu un problème, Abby !

— Je parie que c'est avec Junior.

— Il a fait une visite inopportune à l'école, les élèves ont été contraintes de faire leur exercice de strip-tease devant lui, et je m'attends au pire de sa part aujourd'hui. Pourrais-tu nous en débarrasser ?

— C'est tout ? Tu fais fort ! Je transmets à qui de droit. Et toi comment ça va ?

— La première nuit, il a abusé de moi. La deuxième nuit, il a obligé Mélia à m'accompagner dans sa chambre d'hôtel ; il voulait abuser de nous, mais cet imbécile était tellement ivre qu'il n'a rien pu nous faire, c'est vraiment un sale type ! Il nous prend pour ses putes !

— Je vais parler de tout ça à Senior, mais attends-toi à devoir donner des explications écrites de cet incident.

— Je te fais un rapport que je t'envoie ce soir. De plus, dit Clara, il s'est très mal comporté à l'hôtel, il a mis la chambre dans un désordre inimaginable. Bonjour l'image de la société Nash Industries. Il est vraiment devenu infâme.

Il y eut un moment de silence.

— Il l'a toujours été ! Je ne vois qu'une chose à faire pour vous en débarrasser : vous marier. Nash n'aura plus aucun moyen de pression sur vous ; vous pourrez refuser ses avances sans contrevenir à la loi. Vous pourrez aussi les accepter si ça vous chante, mais vous vous expliquerez avec vos maris dans ce cas-là.

Clara protesta :

— Nous serons fidèles à nos futurs maris !

— Vous savez ce qui vous reste à faire, annoncez que vous vous marriez, et repoussez-le sur cet argument.

— De mon côté, dit Clara, je ne continuerai pas à travailler avec lui ou pour sa société s'il nous traite comme ses putes.

— Ne fais pas ça Clara ; marie-toi tu seras plus libre ! Tu pourras accepter de satisfaire Senior occasionnellement ; mais il ne pourra rien faire contre toi si tu te refuses à lui.

*

En soirée, Clara avait décidé qu'il y aurait une heure de promenade en bord de mer sur le chemin côtier reliant Bondi Beach à Coogee et Maroubra.

Ce sentier piétonnier, parcouru avec Martin, lui avait laissé un excellent souvenir. Il longe la côte de la mer de Tasman et offre de splendides perspectives sur la mer, les zones urbaines, les parcs, les anses côtières ; comme il est parfaitement aménagé, il peut être utilisé comme piste cyclable, comme piste de jogging ou tout simplement comme lieu de promenade à pied.

Clara offrit le choix entre promenade et sport : les sportives pouvaient suivre Mélia et Catia et faire du jogging pour évacuer leur stress. La seule contrainte était de bien calculer pour revenir à l'heure pour le dîner : donc un retour après une demi-heure dans un sens.

Les moins sportives pouvaient rester avec Clara et Charlotte pour marcher en bord de mer et bavarder.

— N'oubliez pas que le dîner est dans une heure et que nous n'attendrons pas les retardataires !

Mélia et Catia partirent en flèche comme des chiennes folles lâchées dans un parc, suivies par une dizaine d'élèves fatiguées de rester assises en cours.

Le groupe s'étira sur le sentier. À cette heure de la soirée, la promenade était délicieuse.

— Clara, j'aimerais vous parler, demanda Aurélia une brunette.

Clara l'avait perçue comme une jeune femme timide, une élève studieuse et appliquée, très attentive en cours et pendant les exercices.

— Certains aspects de la formation me gênent, dit Aurélia.

— Pour l'instant, tu as bien suivi les cours, et tes résultats aux épreuves sont excellents.

— La nuit, je n'aime pas la promiscuité.

— Tu as eu des problèmes avec quelqu'un ?

Deux autres élèves l'avaient agressée, elles l'avaient trouvée à leur goût, et l'avaient chahutée ; Aurélia leur reprochait des caresses aux fesses qu'elle n'avait pas appréciées venant d'autres femmes.

— Au fond, qu'est-ce que tu n'aimes pas, des câlins avec les autres femmes ou ces femmes-là en particulier ?

— C'est la première fois qu'une femme me fait des avances et qu'elles se mettent à deux pour me caresser.

— As-tu aimé ?

— Ce n'est pas ça, mais je n'avais pas envie !

— Avec elles ?

— Oui, avec elles !

— Dans ce cas-là, tu leur demandes d'arrêter. Tu es libre de disposer de ton corps.

En fait, Aurélia voulait Clara : elle lui fit une déclaration d'amour fou que Clara trouva exagérée, mais sympathique :

— Peux-tu me donner trois bonnes raisons pour que je te satisfasse cette nuit ?

— D'abord, j'embrasse bien !

— Oui !

— Ensuite, j'ai la plus jolie chatte de la promotion et elle sent très bon

— Oui ! Et la troisième raison ?

— Je n'ose pas te demander : je voudrais jouer avec ton clitoris ; il est exceptionnel.

Clara arrêta Aurélia au bord du sentier et l'embrassa ; elle trouva son baiser très correct.

— Maintenant, ta chatte, s'il te plaît !

— Ici, sur le sentier ?

Clara mit une main dans le short d'Aurélia, la caressa et la fit mouiller, puis préleva d'un doigt un peu de son miel qu'elle suça.

— Effectivement, c'est bon. Tu ne te laves surtout pas ce soir, d'accord ! Tu perdrais toutes tes bonnes odeurs ? Maintenant, embrasse-moi, et mets la main dans mon short pour le chercher ; pendant ce temps-là, je fais un nouveau prélèvement pour goûter encore une fois à ta chatte.

La main d'Aurélia atteignit son but.

— Il est dans quel état en ce moment ? demanda-t-elle.

— Au repos ! Dis Clara.

— Ouah !

— Ce soir, je te donne une heure pour me convaincre !

— Merci, ça va être super-bon.

— En attendant, nous devons faire le point avec les deux autres étudiantes que tu as trouvé indélicates.

Aurélia désigna Paola et Debby : elles étaient dans le groupe des marcheuses.

— Va les chercher, et reviens avec elles !

Clara leur rappela les règles de la nuit : si une élève refusait un exercice, il était hors de question de lui forcer la main pour satisfaire ses propres envies. Les deux accusées se défendirent :

— Mais Aurélia s'est jointe à nous quand nous avons commencé à nous embrasser toutes les deux : elle voulait participer.

— C'est vrai admis Aurélia, j'étais à la fois curieuse et craintive. Mais vous m'avez bousculée.

— Soyons clairs, dit Clara, vous ne devez pas obliger une autre à quoi que ce soit, vous devez tenir compte de ce qu'elle veut ou ne veut pas. Je reconnais que ça peut être difficile une fois que vous êtes lancées dans l'action. Merci en tout cas de m'avoir parlé de cet incident. Je rappellerai les règles à toutes les élèves. Paola, je voudrais te parler

— Oui ?

— Je suis surprise de ton attitude pendant les exercices, que se passe-t-il ?

— J'aime bien les cours, c'est très intéressant, mais je voudrais plus d'exercices de pénétration.

— Sans simuler ?

— Oui !

— Comme je l'ai expliqué, il y aura des exercices au Centre de Soins de Kings Cross, les deux vendredis des semaines de cours.

— Ce n'est pas beaucoup !

— N'oublie pas que tu auras toute la semaine prochaine pour t'exercer autant que tu veux avec ton mari. Vous aurez aussi des exercices entre vous avec des godemichés.

— Ce n'est quand même pas beaucoup, et ce n'est pas la même chose !

— Ce que je peux te proposer c'est de rejoindre ton mari cette nuit pour mettre en application les exercices du jour.

— C'est possible ?

— Je n'ai rien contre, ce que je ne veux pas, c'est que cet exercice se fasse avec un autre mâle que ton mari.

— Mais Carl ?

— Carl est un robot ! C'est toléré avec un eux, à moins que ton mari ne s'y oppose, dans ce cas je prévoirai quelque chose d'autre pour toi.

— Oh non, Carl, c'est bien. Un robot, ça me va très bien. Je ne demanderai même pas à mon mari. Et merci pour la permission de ce soir.

— Il peut te prendre à 21 heures et il doit te ramener à 6 heures au plus tard, pour la toilette collective et le petit-déjeuner. J'espère que tu ne seras pas épuisée.

*

Les dernières nuits furent agitées.

L'absence de Clara puis de Mélia, réquisitionnées par Junior n'avait pas arrangé les choses. Charlotte et Catia n'avaient pas fermé l'œil, les élèves non plus, personne n'avait dormi plus de deux heures. Il y avait deux catégories d'élèves : celles qui étaient très à leur aise avec les autres femelles, et les autres qui se contentaient d'exercices solitaires.

Charlotte avait été obligée de séparer deux furies qui s'étaient sévèrement griffé le dos, et deux autres qui s'étaient attaquées à Aurélia et commençaient à la tabasser. Toutes avaient été punies : elles avaient eu droit à dix coups de fouet, immobilisées sur une chaise.

Mélanie, de son côté, avait pu faire les expériences qu'elle souhaitait avec deux femelles ; elle les avait violentées ; mais elles ne s'en étaient pas plaintes. Mélanie avait été habile.

Avant de se coucher ce soir-là, Catia fit observer que toutes les élèves participaient bien, peut-être dans le désordre, mais elles participaient.

Charlotte ajouta que la méconnaissance de leur corps et de ses réactions était flagrante ; les cours et les exercices avaient le mérite de leur permettre cette découverte.

Clara pensa que les entretiens avec les mâles devaient se faire assez tôt dans la semaine pour orienter la deuxième partie de la formation sur les points faibles et les pratiques à améliorer.

Mélia s'éclatait toujours, autant pendant les cours que pendant les exercices pratiques où elle était très appréciée : elle ne mettait aucune limite à l'obscénité et à la vulgarité. Elle avait probablement retrouvé toute sa mémoire de jeune pute expérimentée.

*

Clara divisa le groupe en deux pour la visite du lendemain chez Carl au Centre de Loisirs. Il devait leur montrer les positions simples et les plus classiques qu'elles pouvaient exiger de leurs mâles.

— Est-ce que Carl va exciter le boîtier antidouleur ?

— Non, dit Clara, d'abord il n'aura pas le temps et ensuite c'est trop avancé pour elles. Je garde ça pour le perfectionnement d'un éventuel cours supérieur.

— Donc, demain, le premier groupe va avec toi chez Carl pendant que le deuxième groupe révise avec nous, dit Charlotte.

— Et on inverse l'après-midi. À la fin des cours, vous prendrez rendez-vous avec chacune pour le débriefing des étudiantes et de leurs maris.

Il était l'heure de se quitter pour dormir.

— Tu viens avec moi, Catia ? demanda Mélia.

— Oui, ça me changera des élèves !

Clara et Charlotte se firent la même réflexion quand elles se retrouvèrent dans leur chambre.

*

Mélanie fut la première volontaire quand Carl demanda :

— Qui veut bien commencer avec moi ?

Carl expliqua la position classique du missionnaire que tout le monde avait pratiqué. Il fit la démonstration des différentes variantes et de leurs avantages. Mélanie participait avec entrain. Les élèves regardaient avec curiosité la performance de Carl et les réactions de Mélanie qui jouissait en toute simplicité, très détendue. Toutes se mirent à se caresser lentement. Clara les observait.

Carl continua en prenant Mélanie en levrette, et commenta les gestes et les mouvements que la femelle pouvait faire pour optimiser sa jouissance. Mélanie se révéla active et démontra qu'un mouvement du bassin pouvait grandement améliorer les résultats. Mélanie exigea de continuer jusqu'à un nouvel orgasme.

Carl embrassa Mélanie, et la félicita de s'être lancé la première.

Puis il demanda une autre volontaire pour pratiquer ces deux positions : toutes ne profitèrent pas de l'occasion pour se laisser aller, au grand regret de Carl.

Quand chaque élève fut passée, Clara fit le point avec le groupe.

— Je vous trouve un peu passives, dit Carl.

— Nous sommes intimidées ! répondirent certaines.

— Devant les autres, c'est difficile on ne peut pas se lâcher !

Clara proposa la conclusion générale qui s'imposait :

— Soyez plus active avec votre mari, devancez-le un peu, prenez conscience de ce qu'il est en train de faire, et lâchez-vous, vous êtes avec lui pour jouir, et lui aussi.

— Avec Carl, c'est tellement bon, dit une gourmande.

— On n'a pas le temps de s'ennuyer non plus.

Clara continua :

— Maintenant, Carl va passer à deux autres positions qui vous permettront de diriger les opérations. Mélanie, s'il te plaît !

Carl s'étendit au sol, et demanda à Mélanie de s'enfourcher sur lui, de commencer ses mouvements du bassin en le regardant bien dans les yeux. Au bout d'un long moment, il lui demanda de continuer l'exercice en lui tournant le dos et en se caressant ; il leur fit voir les variantes possibles ; il insista sur la manière de gérer le rythme et la profondeur de la pénétration.

Les élèves observatrices devaient lister les avantages et les inconvénients de ces positions, toutes se caressaient pour se mettre dans l'ambiance. Mélanie montra l'exemple, et eut deux beaux orgasmes qui rendirent certaines jalouses.

— Est-ce que ton mari prétend toujours que tu es frigide ? lui demanda Clara en aparté.

— J'ai dû l'être à une époque, avoua Mélanie, mais maintenant je suis guérie, ou je n'y comprends rien.

— Tu vérifieras la semaine prochaine, tu t'exerceras. Je suis confiante, lui répondit Clara.

Carl fut satisfait de lui, les élèves se lâchèrent un peu, et l'ambiance bien réchauffée permit à toutes de jouir au moins une fois.

Clara prit la parole :

— Évidemment, vous pratiquerez ces quatre positions à la maison pendant la semaine qui vient. C'est obligatoire, et nous contrôlerons à votre retour.

Carl était satisfait :

— Je vous dois des félicitations à toutes ! Je vous ai sentis un peu plus à l'aise. Certaines d'entre vous atteignent l'excellence.

— Et bien encore merci Carl, conclut Clara !

*

Clara rencontra Monsieur James.

L'entretien fut long et animé.

Elle nota que, pour sa sécurité et le bon déroulement de sa mission, il lui interdisait de quitter le territoire australien.

Finies les escapades en Chine.

Elle accepta sans plaisir.

Elle reçut l'ordre de se marier avec Martin, et de lui laisser faire son travail de mari.

Elle protesta pour la forme, prétextant vouloir garder sa liberté de choix, mais accepta par discipline bien comprise.

Monsieur James l'informa que les analyses pratiquées avaient conclu que le sperme de Nash Junior ne valait rien.

Monsieur James promit de l'éloigner définitivement.

C'était devenu son affaire. D'ailleurs, il l'avait fait expulser après une perquisition matinale de sa chambre d'hôtel où ses agents l'avaient trouvé ivre.

— Clara, savais-tu que ce monsieur Nash se droguait ?

— Je l'ignorais.

Monsieur James lui montra un des petits sachets que Clara connaissait.

— Je lui ai confisqué la drogue qu'il détenait sur lui, et je l'ai menacé de poursuites, conduisant directement en prison, s'il ne partait pas immédiatement sans espoir de retour. Nous l'avons reconduit à son avion, et prié de ne plus revenir en Australie. Il ne reviendra pas.

Clara ressortit de l'entretien le moral au plus haut.

29

À la fin de la session de la première promotion, Clara, Charlotte et Mélia se concertèrent :

— Pour éviter tout problème avec les hommes, nous devons nous marier, leur affirma Clara. Y voyez-vous des inconvénients ? Et vos militaires y voient-ils des inconvénients ?

— C'est vrai que ce serait une bonne protection contre tous ces humains prédateurs. Mon colonel me plaît beaucoup, dit Charlotte. Il sera sûrement d'accord.

— Mon homme sera certainement d'accord aussi, dit Mélia, nous nous entendons très bien. C'est juste une question de formalités et de dates.

— Le mien est parfait même si c'est un homme, surenchérit Clara. Je vois que nous sommes toutes d'accord.

Les trois femmes décidèrent donc de se marier.

Chacune avertit l'heureux élu : Mélia son commandant vigoureux, Charlotte son colonel, et Clara son général.

Elles n'eurent aucune difficulté à les faire accepter.

Elles exigèrent une cérémonie commune, et de faire la fête ensemble : elles furent mariées le mois suivant.

Mélia s'installa dans son splendide appartement ce qui enchanta son commandant ; c'était beaucoup mieux que son petit logement de fonction à la caserne.

Charlotte rejoignit son colonel chez lui, une jolie maison sur les falaises près de Bondi Beach à deux minutes de l'école. Elle était pleinement satisfaite.

Clara partagea le logement de fonction de son général à la caserne de Paddington. L'appartement était petit, mais elle s'y sentait en sécurité dans une enceinte protégée, hors de l'agitation de la ville. Martin était là presque tous les soirs, et elle goûtait pour la première fois à une vie de famille réglée par des horaires réguliers.

Même si elles avaient le projet de s'installer dans de nouveaux bureaux, Clara et Charlotte gardèrent leur colocation pour en faire les bureaux provisoires de l'école. Elles en firent aussi un lieu où elles pouvaient se retrouver ensemble de jour ou de nuit en cas d'absence simultanée de leurs maris.

Les occasions étaient fréquentes pour Charlotte et Mélia.

Clara se joignait rarement à elles, et ne faisait d'exception que pour ses rendez-vous avec Abby en visite d'inspection régulière.

Abby adorait toujours Clara, et Clara se prenait à aimer Abby.

Celle-ci avait été nommée directrice générale des écoles et des Centres de loisirs de Nash Industries, en remplacement de Nash Junior mis en retraite anticipée par son père ; trop fatigué de ses frasques et de son incompétence pour lui pardonner l'humiliation de l'expulsion de Sydney.

Clara dissimulait à ses amies le fait qu'elle était soumise au rythme de ses périodes de règles. À ces moments-là, elle gérait cette particularité en prenant du recul par rapport à l'école, et se consacrait au travail de bureau et au développement en Australie : recherche de lieux, de professeurs et d'élèves.

Elle ne pouvait pas cacher son état à Martin, elle ne le voulait pas d'ailleurs. Elle lui expliqua les tenants et aboutissants de son reconditionnement et les projets de Nash Senior la concernant, mais en minimisa les conséquences.

— Je ne suis pas devenue pour autant une femme humaine malheureusement ou heureusement, avait-elle conclu.

Martin avait pris l'information avec beaucoup de flegme, de toute façon, Martin était au courant de tout depuis le début de leurs relations, et ils n'en avaient plus jamais parlé entre eux.

*

Clara n'était pas mécontente de s'être éloignée un peu du terrain pour couler des nuits tranquilles auprès de Martin : elle n'était pas déçue par sa douceur, sa gentillesse et son doigté.

Globalement, elle était satisfaite de son choix.

Il lui restait Carl si elle voulait un peu de violence.

Il lui arriva d'ailleurs un incident avec Carl lors d'une séance de remise en forme.

— Vous avez saigné, Mademoiselle Clara.

— Ah ?

— Comme ça arrive régulièrement aux femmes humaines.

Clara le regarda en souriant. Elle le savait complice.

— Bon, on arrête pour aujourd'hui Carl, mais tu ne diras mot à personne ; d'un certain point de vue, je suis comme les femmes humaines.

— Je me disais bien que vous aviez changé, Mademoiselle Clara.

— Tu gardes ça pour toi, mon petit Carl !

— Comptez sur ma discrétion, Mademoiselle Clara.

*

Jusqu'au jour où Clara rentra furieuse dans leur appartement de fonction de Paddington. Martin lisait tranquillement un gros dossier ; elle l'interrompit :

— Nos bureaux ont été cambriolés. Ceux de mon ancien logement, lui dit-elle.

— Qu'est-ce qui a été volé ?

— Rien, apparemment.

Clara et Charlotte avaient constaté que leur logement avait été visité pendant la nuit. La porte avait été forcée et était restée ouverte, l'appartement n'était pas en désordre rien n'avait été volé, apparemment. Charlotte pensait qu'en cas de cambriolage, les ordinateurs auraient disparu, ce n'était pas le cas. Elle pensait que le fichier des étudiantes avait été visité, et quelques données confidentielles avaient dû être volées.

Clara avait averti Abby qui mit au courant Nash Senior. Elle avait porté plainte pour se faire rembourser par l'assurance les traces de l'effraction.

— D'après toi, que cherchaient tes cambrioleurs ?

— Je n'en sais rien. Toi qui es dans le renseignement tu devrais t'y intéresser, c'est une effraction bizarre sans motifs apparents.

— J'envoie quelqu'un enquêter. Avez-vous averti la police ?

— Oui. Mais ça ne l'intéresse pas, il n'y a pas eu de vol ni de dégâts.

— Tu dois tout me dire. Qu'est-ce que tu t'es fait voler ?

— Des notes personnelles et mon journal intime.

Clara n'avait jamais parlé de son journal intime à Martin qui ne manifesta aucune surprise.

— Je notais tout ce qui m'arrivait du côté cœur. Ça, c'est banal, il y a même toute ma romance avec toi. Et puis, tout ce qui concerne ma santé, et depuis mon reconditionnement à Wuhan, je notais mes règles. Ça, c'est plus sérieux. Le voleur a la preuve que j'ai des règles.

— Bon, Clara, je vais faire passer au peigne fin ton appartement pour identifier les cambrioleurs.

— Après réflexion, je ne pense pas que ce soit Nash Industries.

Martin ajouta :

— Une humanoïde qui a des règles est une humanoïde d'un genre nouveau qui peut intéresser beaucoup de monde. Ton cambriolage relève de mon service. Je prends ça très au sérieux Clara.

Martin passa ses ordres au téléphone, et demanda un rendez-vous à son patron.

Clara le sentait soucieux quand il lui dit :

— Tu es en danger, Clara. Tu fais partie des humanoïdes que nous surveillons. Celles à qui Nash a implanté un utérus.

— Nous ?

— Les services occidentaux soupçonnent Nash Industries de ne pas avoir abandonné leurs recherches et leurs essais sur la fécondation d'humanoïdes par les humains.

Clara protesta :

— Moi j'en suis restée à la version officielle : le conseil d'administration a refusé de suivre Nash Senior. Je n'ai plus entendu parler de ce sujet. Senior m'a d'ailleurs laissée complètement tomber.

— Pour quelles raisons ?

— Économiques. C'est plus rentable de fournir les Américains en jeunes soldats. Fabriquer des femelles humanoïdes dotées d'utérus ne génère aucune rentabilité immédiate.

— Il faudra que tu limites tes contacts au strict minimum avec cette société.

— Martin, je travaille dans une de leurs filiales, et je suis sous l'autorité d'Abby la nouvelle directrice générale. Je lui dis tout. Mon activité est transparente pour elle.

— Elle doit te surveiller de près, et tout savoir sur toi et ton état de santé. Tes règles prouvent que tu peux procréer.

— D'après Nash Senior, il semble que non.

*

Martin rencontra Monsieur James. Ce n'était pas loin. Un bureau dans l'immeuble en face. Il ne filtra rien de leur conversation qui resta longtemps secrète pour Clara.

— Le cahier volé ne présente que peu d'intérêt, à mon avis, ce sont seulement les états d'âme de votre femme.

— N'oubliez pas qu'elle est médecin et que ses observations peuvent être pertinentes.

— Médecin pour humanoïdes ! J'ai un doute.

— Monsieur James, cette humanoïde est un cas exceptionnel, j'ai pu constater qu'elle est extrêmement intelligente et dévouée à la cause humaine. Elle a toute ma confiance.

Monsieur James partit d'un grand éclat de rire.

— C'est étonnant de vous entendre dire ça. Dans notre métier, la confiance ne règne pas.

— Pour ma part, je crois en sa sincérité, à son attachement à notre pays et à moi. Elle est fiable.

— Raison de plus pour ne pas la laisser s'échapper ou se la faire voler. Elle nous a coûté assez cher.

La première mesure prise par les deux hommes fut de faire surveiller Clara 24 heures sur 24.

— Pour ce qui est des essais, est-ce que tu suffiras à la peine ?

— Je le pense, dit Martin.

— Pour le reste, tu la laisses conduire ses activités comme elle l'entend, et nous attendrons sereinement la bonne nouvelle.

*

— Écoute-moi bien Clara, lui dit Martin.

— Je t'écoute, mon chéri.

— Ton cambriolage est la preuve que quelqu'un s'intéresse à ton corps comme mère porteuse ou humanoïde capable de procréer. Je t'ai mis sous protection, il est hors de question que tu te fasses enlever. Je tiens à toi. Veux-tu toujours rester avec nous, enfin avec moi ?

— Cette question !

— Donc, je te confirme les décisions de Monsieur James, tu ne sors pas d'Australie où tu es en sécurité, tu gardes ton travail sédentaire dans ton école. À défaut, tu seras obligée de démissionner de Nash Industries. Mais je ne te le demande pas pour le moment. Je ne pense pas que ce soit eux les coupables. C'est peut-être plus ennuyeux.

— À qui penses-tu ?

— À personne. Mais je préférerais que ce soit Nash Junior qui fasse des siennes.

— Qui ? Nos alliés ?

— Cela nous dépasse, je n'en sais rien. Ne me fais pas dire ce que je ne peux pas dire. Mais je veille sur toi pour que tu continues ton activité comme d'habitude.

— Ma vie amoureuse, mes états d'âme sont entre les mains d'inconnus. Il y en a qui doivent se foutre de moi quelque part.

— Tu es devenue une midinette humanoïde.

*

Martin découvrit rapidement que le cambriolage était l'œuvre d'un débutant qui avait laissé des traces de son effraction, une débutante en fait, proche de Clara. Les documents volés furent retrouvés chez Mélia qui avoua aux enquêteurs qu'elle avait agi par jalousie.

Nash évincé de la direction des écoles voulait se venger. Il le fit en informant Mélia que Clara la trompait avec lui depuis toujours, et qu'elle s'était fait roulée par son amie.

Mélia fut convoquée chez Monsieur James pour expliquer son geste. Elle lui raconta son histoire, qu'il connaissait déjà, depuis son reconditionnement raté jusqu'à son vol des documents chez Clara.

Mélia voulait s'assurer que Nash Junior disait vrai, et que Clara l'avait trahie. À la lecture du journal intime de Clara, elle découvrit qu'elle ne l'avait pas trahie, elle lui avait simplement succédé. Mais elle fut surprise de découvrir que l'implantation d'un utérus synthétique avait provoqué des règles chez Clara, et pas chez elle.

Monsieur James lui confirma que Clara avait agi sur ordre en séduisant Nash Junior et qu'elle n'avait aucun ressentiment vis-à-vis de Mélia.

Pour sa capacité à procréer, Monsieur James lui assura que rien n'était perdu : le reconditionnement pouvait être refait, l'implantation pouvait être tentée à nouveau, et pourrait lui redonner toutes les capacités qu'elle aurait dû avoir. Cependant, il posa la condition qu'elle s'engage comme Clara dans le service, qu'elle se réconcilie avec elle et qu'elle collabore.

Mélia accepta du bout des lèvres, mais Monsieur James exigea que cette réconciliation ait lieu dans son bureau, et évidemment fasse l'objet d'un contrat.

*

Mélia signa son engagement dans le service de Monsieur James.

Elle était maintenant l'égale de Clara et eut les éclaircissements qu'elle attendait : Monsieur James avait missionné Clara pour surveiller son mari en rentrant en relation avec elle. Le gouvernement soupçonnait la société Nash Industries de chercher à faire se reproduire des humains dans les utérus synthétiques des humanoïdes. Monsieur James avait constaté que l'expérience n'avait pas abouti avec Mélia.

Clara s'était portée volontaire pour la remplacer.

Clara avait obtenu ce qui n'avait pas fonctionné avec Mélia.

Le médecin-chef de Wuhan, Adélaïde, avait eu un malencontreux accident lors d'une sortie en montagne au Tibet. Son corps n'avait jamais été retrouvé. Il faut savoir qu'elle n'approuvait plus la politique de Nash senior qui continuait, malgré tout, ses expérimentations.

Simultanément, une nouvelle Adélaïde avait pris la responsabilité de la clinique, installée par Monsieur James sur un terrain militaire dans un coin discret des Blue Montains. Elle recevait les jeunes femelles achetées par le gouvernement à Nash Industries sous l'appellation « fonctionnaires catégories B ». Celles-ci séjournaient à la clinique, le temps d'être dotées d'un utérus synthétique, et de quelques capacités supplémentaires non prévues dans la commande d'origine. Elles rejoignaient ensuite leurs postes. Le service ne les perdait pas de vue, et les présentait à des hommes de confiance, souvent des militaires ou agents du service, cherchant une jolie épouse humanoïde. Ces prestations d'agence matrimoniale n'étaient pas une nouveauté pour le Service, mais l'enjeu était maintenant supérieur. Les humains bénéficiaires du programme signaient une clause de secret de quarante ans.

Mélia fit anonymement un cours séjour dans la nouvelle clinique. Adélaïde fut très satisfaite du résultat.

*

Monsieur James considéra que le nombre de couples potentiellement reproducteurs était suffisamment important pour distribuer les nouveaux rôles. Les aspects médicaux restaient sous la responsabilité d'Adélaïde. Clara formait les nouvelles épouses à leur rôle de femmes, de maîtresses, et aussi à leur futur rôle de mères.

— Vaste projet, conclut Monsieur James. Clara est la mieux placée pour seconder Adélaïde à la clinique, et vous Mélia pour seconder Clara dans son école.

Clara et Mélia ne pouvaient qu'accepter.

Il était évident que le secret le plus absolu devait entourer ce projet.

Monsieur James n'avait prévu qu'une seule sanction en cas d'indiscrétion avérée : la déconstruction de la fautive, et la récupération des pièces détachées pour équiper de nouvelles humanoïdes.

C'était extrêmement clair.

— Évidemment, vous ne tiendrez aucun journal intime. Celui de Clara a été détruit.

— C'est parfaitement compris, répondirent-elles.

— Si vous devenez enceinte, nous avons prévu une procédure pour vous protéger, et qui vous permettra de continuer votre vie tranquillement. Mais toujours dans le plus grand secret, notre gouvernement y tient.

*

— Allons chez Carl, proposa Clara.

— Ça me fera du bien, répondit Mélia.

Carl les accueillit joyeusement.

— Cela fait si longtemps que je ne vous avais pas vu ensemble, Mademoiselle Mélia et Mademoiselle Clara. C'est un plaisir de vous recevoir.

— Mon petit Carl, le plaisir est aussi pour nous.

— Qui veut commencer ?

— Toutes les deux ensemble. Tu nous échauffes et puis tu nous feras la petite décharge électrique entre les deux vertèbres. Nous voulons du costaud.

— Pas de problèmes ! Installez-vous.

Carl fêtait sa promotion et étrennait ses nouvelles jambes ; il était d'excellente humeur.

Carl fit le train-train de mise en route habituelle utilisant ses tuyauteries à propos et au bon rythme. Il admirait toujours autant Mélia qui était devenue sa favorite.

— Passons aux choses sérieuses, dit-il. Qui commence ?

— Je crois que Mélia est d'accord pour commencer. Cet exercice lui fait toujours une forte impression.

Carl recommanda à Mélia de se mettre à plat ventre sur Clara étendue au sol sur un tapis.

— Comme ça, Mademoiselle Clara ressentira tout ce que vous ressentez, et vous accompagnera ; je la conseillerai au moment opportun.

Mélia réagit violemment à la décharge, et partit tout de suite dans un délire bruyant.

Carl surveillait.

— Maintenant, Mademoiselle Clara, pénétrez-la avec un doigt ou deux.

— O.K. dit Clara.

Mélia criait, et jouissait dans un orgasme ininterrompu. Clara la maintenait serrée sur elle pour ressentir tous ses tressaillements. Puis le corps de Mélia se détendit, et resta collé sur celui de Clara. Elles s'embrassèrent.

Carl jugea que c'était suffisant, il les laissa se reposer avant de demander à Clara de se préparer. Mélia récupérait, étendue au sol, les bras en croix et les jambes écartées.

Clara s'allongea sur elle et attendit.

— Je vais vous envoyer deux décharges, puis je vous sodomiserai, ça vous changera, Mademoiselle Clara.

— O.K., vas-y.

Clara eut parfaitement conscience de ce qui se passait ; ses orgasmes se succédaient à un rythme soutenu ; elle n'avait jamais ressenti rien de tel. Elle crut qu'elle allait perdre connaissance, mais elle sentit que Mélia la pénétrait à son tour, et l'entendit lui dire :

— Pardon, Clara, je n'ai pas eu confiance en toi.

Elle comprit qu'elle l'embrassait. Elle était toujours secouée, puis ces orgasmes s'espacèrent, elle sentit Carl retirer son tuyau jaune, puis Mélia retirer ses doigts et elles s'allongèrent par terre toutes les deux, côte à côte.

Un long moment Carl continua ses caresses en essuyant leur sueur avec une serviette très douce.

Mélia sortit la première de son rêve.

— C'était exceptionnel, dit-elle.

— Parfait pour moi ! Carl, tu es vraiment un génie.

— Vous étiez en pleine forme aujourd'hui Mesdemoiselles.

Elles s'habillèrent tranquillement, Clara paya pour toutes les deux, et après avoir embrassé Carl elles retournèrent chez elles.

— Repos pour moi ce soir, dit Mélia.

— Moi aussi ! Mais je prendrai bien une ou deux caresses de mon mari si elles sont bien amenées.

— Pourquoi pas ! répondit Mélia, moi aussi.

— À demain à l'école.

— À demain.

30

Clara implanta des Écoles Supérieures du Sexe sur tout le continent australien : Melbourne, Perth, Adélaïde et Darwin. Elle avait beaucoup à faire pour former à ses idées l'encadrement et les enseignants.

Charlotte et Catia en prirent officiellement la direction.

Clara se rendait à la clinique d'Adélaïde pour la formation des femelles humanoïdes, et faciliter leur rencontre avec les humains sélectionnés.

Monsieur James avait prévu de donner à chacune des humanoïdes une fausse identité humaine pour éviter toute indiscrétion. Elles deviendraient des humaines immigrées récentes, et se marieraient à nouveau aux humains qui les avaient épousées en tant qu'humanoïdes.

Une simple déclaration de reconditionnement raté suffirait à rayer des fichiers leur existence d'humanoïdes.

— Nous sommes quand même peu de choses se dirent-elles !

— Nous devons rester discrets, avait assuré Monsieur James.

*

Clara en déplacement à Perth était très préoccupée par son travail. Elle ne s'était pas rendu compte qu'elle n'avait pas eu de règles ce mois-là. Un deuxième mois sans règles : elle avait un problème.

Clara eut plus qu'un moment de panique, elle fit les tests de grossesse du commerce qui se révélèrent positifs, elle consulta son amie humaine médecin à l'hôpital qui lui confirma sa grossesse.

Elle devait être la première humanoïde à être enceinte.

*

Martin s'était absenté en Europe, et Clara se retrouvait seule.

Elle en profita pour rendre visite à Carl. Elle le laissa la regarder et la caresser. Il vit tout de suite le changement chez Clara :

— Seriez-vous devenue humaine, Mademoiselle Clara ?

— Comme je te l'ai déjà dit, d'un certain côté oui, mais c'est très confidentiel, et il n'y a que toi à le savoir !

— C'est formidable, dit Carl, en lui caressant doucement le ventre.

— Fais-moi jouir Carl, tu dois avoir un programme pour femme enceinte.

— Bien sûr, Mademoiselle Clara, j'ai déjà eu le cas et même des femmes beaucoup plus avancées que vous dans leur grossesse. Vous, Mademoiselle Clara, vous en êtes à peine à trois mois.

Carl lui fit le programme prévu, et par discrétion falsifia sa facturation. Clara trouva la prestation très satisfaisante, et remercia Carl par un baiser.

— Pourriez-vous me promettre une faveur, Clara ?

— Que veux-tu, mon petit Carl ?

— Si c'est une fille, me la confierez-vous pour l'initier ?

— C'est promis, Carl, tu initieras ma fille quand elle aura l'âge. En attendant, tu n'en dis mot à personne. Tu risques de ne plus me voir pendant une année, je te ferai donner discrètement de mes nouvelles.

— Merci, Mademoiselle Clara. J'espère que ce sera une fille !

Clara se rhabilla lentement, Carl la regarda faire, lui caressa le visage et l'embrassa amoureusement, puis lui souhaita bonne chance !

À son retour, Martin regarda Clara d'un œil attentif : il savait qu'il serait le père.

Il attendit que Clara lui parle de son état, ce qui ne tarda pas :

— Bravo, Martin ! Tu as réussi, lui dit-elle.

Martin déclencha rapidement les mesures de protection.

Clara l'humanoïde fut rayée officiellement des effectifs à la suite d'un malencontreux accident de reconditionnement.

Il la transforma en une humaine crédible. Elle devint une madame Martin avec un pedigree humain irréprochable, d'une vieille famille britannique, récemment émigrée en Australie.

Clara l'humanoïde fut pleurée par Charlotte, Catia et Mélia.

Puis elles l'oublièrent.

L'école continua sans elle.

Clara, l'humaine changea son physique, elle se fit faire un maquillage qui l'enlaidissait. Elle circula avec son garde du corps près de l'École Supérieure du Sexe de Bondi, demanda dans la rue des renseignements à Charlotte qui ne la reconnut pas. Elle continua à se promener en ville et vivre une vie de femme humaine sans activité professionnelle, mariée et enceinte.

Puis, Mélia fut enceinte.

Elle était surveillée par son commandant de mari qui fit déclencher par Monsieur James la procédure de protection.

Elle subit le même sort que Clara et bénéficia d'un malheureux accident de reconditionnement. Elle eut la surprise de retrouver Clara transformée par sa grossesse ; elle devait patienter encore deux mois : en excellente santé.

Mélia l'humanoïde fut pleurée par Charlotte et surtout par Catia que Charlotte à force de caresses réussit à consoler.

Puis elles l'oublièrent.

Fin

Du même auteur

Romans d'anticipation
Cycle P900
P900 – Planète Aurore
P900 – Voyage sur terre
P900 – Les pirates

Science-fiction
Clara et ses amours de robots
Le début de la fin ?

Roman historique
Princesse Sofia – Amours de l'an 1000

Policier
Les secrets de Justine

Roman sentimental
Alex et Mélanie
Amours et délices sans orgue

Nouvelles
La fée électricité
Dans la forêt magique

Nouvelles érotiques
Robert 2050
Amours confinés
Le marieur de 1905
La marieuse de 1945
Départs
Du sexe vanille ! Oui ou zut ?

darmenjean@gmail.com